笠間書院

Koyano Junichi

小谷野純一 訳●注

讃岐典侍日記《さぬきのすけにつき》

原文&現代語訳シリーズ

笠間文庫

目次

凡例

一　本書は、一般研究者や大学院、大学での学習者だけでなく、古典を愛する方々にも利用できるよう配慮して、執筆したものである。
一　本文を右頁に、現代語訳を左頁にそれぞれ掲示し、また、両頁にわたって脚注を施した。
一　本文は、『群書類従』所収本を底本とし、今小路覚瑞・三谷幸子編『校本讃岐典侍日記』本文篇に対校資料として掲げられている二十三本の諸本を見合わせ設定した。
一　底本をはじめ、諸本のいずれによっても意の通らない本文箇所に関しては、私に改め、また、諸本に異同のない本文箇所でも、誤謬と判断される場合には、検証に立ち設定した。これらについては、可能な限り脚注で指摘することにしたが、詳しくは、巻末の「改訂本文一覧」を参照されたい。
一　讃岐典侍日記の世界を的確に理解するため、本文を、便宜上、四四の章節に区分した。
一　本文には、濁点、句読点を付し、会話、引用、心中思惟などの各部分は、「　」、『　』で括り、更に、以下のような処置を施した。
1　仮名遣いは、歴史的仮名遣いによって統一した。

2　助動詞の「ん」、「らん」、「けん」などの表記については、「む」、「らむ」、「けむ」にそれぞれ改めた。

3　適宜、底本の仮名を漢字に、または、漢字を仮名に改め、当て字になっている本文箇所などは、通常の表記に改めた。

〔例〕

もすそ→裳裾　あざり→阿闍梨　御前→おまへ　百敷→ももしき　供従者→久住者

木丁→几帳

4　漢字には、必要に応じて、振り仮名を付し、送り仮名のないものには補った。

5　反復記号の「ゝ」、「〱」は、「々」に直したり、同一文字、同一語を繰り返す形態に改めたりした。

6　底本に施されている傍注は、すべて省略した。

一　現代語訳に当たっては、本文に忠実に対応するようにつとめ、語法上、現代語に適応しない本文箇所以外は、冗漫な言いまわしでもできるだけ言い替えを慎み、また、補足を必要とする場合には、括弧内に記した。なお、改めた場合には、紙幅の許す限り脚注に指示するようにした。

一　脚注は、紙幅の関係上、きわめて限定的な説明にとどめるほかはなかった。

一　巻末に、「改訂本文一覧」、「脚注語句索引」、「和歌各句索引」を付した。

一　本書の執筆に際して、先行研究の恩恵に浴した。ここに明記し、深謝申し上げる次第である。

上巻

一　五月の空も

一五月《さつき》の空も曇らはしく、二田子の裳裾《もすそ》も干しわぶらむもことわりと見え、さらぬだにものむつかしき頃しも、心長閑《のどか》なる里居に、常よりも昔、今のこと思ひ続けられてものあはれなれば、端を見出だしてみれば、雲のたたずまひ、空のけしき、思ひ知り顔に叢雲《むらくも》がちなるを見るにも、三「雲居の空」といひけむ人もことわりと見えて、かき眩《くら》さるる心地ぞする。四軒のあやめの雫も異ならず、山ほととぎすももろともに音《ね》をうち語らひて、はかなく明くる夏の夜な夜な過ぎもて、石《いそ》の上《かみ》ふりにし昔のことを思ひ出でられて、涙とどまらず。

思ひ出づれば、わが君に仕うまつること、春の花、秋の紅葉を見ても、月の曇らぬ空を眺め、雪の朝《あした》御供にさぶらひて、もろともに五八年《やとせ》の春秋仕うまつりしほど、常はめでたき御こと多く、六朝《あした》の御行ひ、夕《ゆふべ》の御笛の音忘れ難さに、「慰むや」と思ひ出づることども

一　ここから第一節の終わりまでは、上下巻生成後に冠せられた全体を統括する意味での序文。従って、この「五月」は、特定の年時における指示ではない。底本には「嘉承二」との傍注が施されているが、見誤ったもの。以下、五月雨の時節に沈思するという伝統的な表現の型にもとづく文章になっている。

二　型化した表現で、「五月雨になりにけらしなふみしだく田子の裳裾を干すほどもなし」(『能因法師集』)、また、作者藤原長子の父、顕綱にも「五月雨はなき名立つだにそぼちつる田子の濡衣けふや干すらむ」(『讃岐入道集』)といった歌が見える。これらのほか、先行日記、『蜻蛉日記』にも、「この頃、雲のたたずまひ、静心なく、ともすれば、田子の裳裾思ひやらるる」

一　五月の空も

五月《さつき》の空も（わたしの心と同じように）くもり模様で、農夫の着物の裾も干し侘びているだろうこともっともだと思われ、何でもなくてさえ鬱陶しいこの頃、心長閑《のどか》な里居に、常よりも昔や今のことがおのずと思い続けられてしみじみとした気持ちになるので、外を見出してみると、雲の様子や空の気配が（わたしの内情を）、思い知っているかのように叢雲《むらくも》がちなのを見るにつけても、（故人への募る思いのままに）「雲居の空」と詠んだとかいう人も道理と思われて、すっかり心のうちが暗くなるような気がする。軒のあやめの雫も（ひたすら流れ落ちるわたしの涙と）異なることなく、山ほととぎすも（わたしと）ともに声をあげて泣き、（そうしたままに）はかなく明ける夏の夜々は過ぎて行き、通りすぎた昔のことが思い出されて、涙がとめどもない。

思い出せば、わが君にお仕え申し上げること、春の花や秋の紅葉を見て、月の曇りなき空を眺め、雪の朝お供にはべり、ごいっしょに八年の年月お仕え申し上げたその間、平生は立派な御ことが多く、朝のご礼拝《らいはい》や夕方の御笛の音が忘れがたいのだが、「（胸奥に澱む悲しみの思いは）はれるか」と思い

（下、天禄三年五月条）の例が認められる。

三　和泉式部の「はかなくて煙となりし人により雲居の空のむつまじきかな」（『和泉式部集』に重出）による。なお、「空」の部分は、『和泉式部集』所収歌（二首とも）には「雲」とあるが、字形相似による転化本文と見てよい。

四　「軒のあやめの雫」と「山ほととぎす」の取り合わせも、「軒の雫も苦しきに、濡れ濡れ、夜深く出でたまひぬ。ほととぎすなどかならずうち鳴きけむかし」（『源氏物語』蛍巻）にも見出されるように型になっている。

五　この記述に従うなら、長子の出仕は康和二（一一〇〇）年になる。

六　「朝」と「夕」の語を組み合わせた対句表現になっている。

書き続くれば、筆の立ち処《ど》も見えず霧《き》りふたがりて、硯の水に涙落ち添ひて、[一]水茎《みづくき》の跡も流れ合ふ心地して、涙ぞいとどまさるやうに、「[二]書きなどせむに、紛れなどやすする」とて書きたることなれど、[三]姨《をば》捨山《すてやま》に慰めかねられて堪へ難くぞ。

二　六月二十日のことぞかし

[四]六月二十日のことぞかし。[五]内裏《うち》は、例さまにもおぼしめされざりし御けしき、ともすれば、うち臥しがちにて、「これを人は悩むとはいふ。など人々は目も見立てぬ」と仰せられて、[六]世を恨めしげにおぼしたりしものを。

「こと重らせさせたまはざりし折、御祈りをし、終《つひ》にありける御ことをも譲りまゐらせらるる」とわが[七]沙汰にも及ばぬことさへぞおぼゆる。

一　「水茎」も、五月雨の時節には定型的に組み入れられるものである。「五月雨のながむるほどの水茎に君がことのは見るぞうれしき」(『公任集』)などと詠じられる例のほかに、『源氏物語』(幻巻)にも「それとも見分かれぬまで降り落つる御涙の、水茎に流れ添ふ」といった表出例がある。後者の場合、当該日記の「涙」が「落ち添い」、「水茎の跡」と「流れ合ふ」とする展開内容と近似しているから、特に注意されよう。

二　書くことでおのれの悲しみは紛れるかと思い、この日記を書いたとおさえる視点になっているが、これは、日記生成後の、いわゆる書き継ぎ部分に置かれた、上巻読者の歌への返歌、「思ひやれ慰むやと書き置きしことのはさへぞ見れば悲しき」と同趣の内容。執

出すあれやこれやを書き続けてみると、(涙で)筆をおろす所も見えない状態に目の前がかすんでしまって、硯の水に涙が落ち添い、筆の跡も流れ去ってしまうような心地がして、涙はいっそう溢れるようで、「書きなどすれば、(この閉ざされた心は)紛れなどするだろうか」と思って書いた営みなのだが、姨捨山(の月を眺める時のよう)に慰めかねてどうにも堪えられないことだ。

二　六月二十日のことぞかし

六月二十日のことであった。帝《みかど》は、平生のようにもお思いでいらっしゃらなかったご様子で、ともすると、横になりがちで、「これを人は病《やまい》づくというのだな。なぜ人々は目もとどめないのか」と仰せられて、御身の上を恨めしげにお思いになっていらっしゃったのに(どうしてわたしたちはお気づき申し上げられなかったのだろう)。

「病気が重くおなりあそばされなかった折、お祈りをし、ついにはなされたご譲位のことをもお譲り申し上げられるのが(本来的だった)」と自分の処理にも及ばないことさえも(今となっては口惜しく)思われることだ。

筆し終えた書き手の心には、こうした悲嘆を超克できないとする思いが重く沈殿していたことを告げる。

三　『古今和歌集』(巻第十七、雑歌上、よみ人しらず)に入集の「わが心慰めかねつさらしなや姨捨山に照る月を見て」の歌を踏まえたもの。慰められず堪え難いとの詠嘆で終止。

四　嘉承二(一一〇七)年六月二十日。

五　堀河帝の発病という指示だが、『中右記』同日条に「此の夜半従り、主上頗る御風の気に御すなり」(原文は漢文)とあるので、史実と合致する。

六　病気になった自分の身の上を恨めしげに思っている帝の様子に気づけなかったという痛みへの視点。

七　発病の指示から、譲位を実現できなかった悔恨へと向かってしまっている。

三　かくて、七月六日より

かくて、一七月六日より御心地大事に重らせたまひぬれば、誰《たれ》も、月頃とても、例さまにおぼしめしたりつることは難《かた》きやうなりつれども、これがやうに、苦しげに見まゐらすることはなくて過ぐさせたまひつる、かくおはしませば、「いかならむずるにか」と胸つぶれて思ひ合ひたり。

その頃しも、二上臈《じやうらふ》たち、障《さは》りありてさぶらはれず。あるは子産み、あるは母の暇《いとま》、今一人はとうよりも籠もりゐて、この二、三年参られず。御乳母《めのと》たち、三藤三位《とうさんみ》、温《ぬる》み心地わづらひて参らず。四弁三位《べんのさんみ》は、五東宮の母もおはしまさで生《お》ひ立たせたまへば、心のままにさぶらはるべくもなきに合はせて、それも、この頃瘧《おこり》心地にわづらひて、ただ、六大弐三位《だいにのさんみ》、われ具して三人《みたり》ぞさぶらふ。されば、ただ賤《あや》しの人のわづらふだに人の暇いり、親しく扱ふ人多く欲しきに、これはまして欲し。

一　七月六日から、堀河帝は重くなったというものだが、前日には容体は悪化していたようだ。『中右記』に「亥時ばかり玉体頗る温気に御す」とある。発熱状態であることを示しているが、翌六日には重態化。『殿暦』六日条に「主上極めて重く御す、仍りて御前に候す、御樋殿に渡り給ふ程、道に於て不覚に御すなり」とあるように、便所に向かう途中気を失ったと伝える。『中右記』（同日条）では「入夜参内、……是頗る増さしめ御すなり、人々済々参入」と、病状の悪化により、人々の動きも慌ただしくなっている様子を指摘。

二　支障があって、今は伺候していない、この高位の女官たちについては不詳。

三　長子の姉、顕綱女の兼子。永承五（一〇五〇）年の出生。現在、五十八歳で

三　かくて　七月六日より

こうして、七月六日からご病気は深刻な状態に重くおなりあそばされたので、誰も、――（この）数ヶ月の間でも、平生のようにお思いあそばされたことはあまりなかったけれども、こういうふうに、苦しそうなご様子に拝見することはない状態でお過ごしあそばされていたのが、こう（重篤なご病状で）おいでになるから、「（このの ち）どうなってしまうのか」と（みな）胸のつぶれる心もちで案じ合っている。

その頃は（ちょうど）、上﨟たちは、支障があって伺候されていない。ある者は子を産み、ある者は母の服喪中、もう一人は前から（ずっと里に）籠もっていて、この二、三年参じられない。御乳母《めのと》たち、藤三位《とうさんみ》は、熱病に罹って参上しない。弁三位《べんのさんみ》は、東宮が母もおいでにならないでご成長あそばされたので、心のままに伺候することがおできになれない上に、彼女も、この頃瘧《おこり》を患っていて、ただ、大弐三位《だいにのさんみ》とわたしがいっしょで（合わせて）三人のみが伺候している。そういうわけで、ただひとえに身分の低い人が患う折でさえ人手が要り、親身に世話をする人が多く欲しいものだが、この場合にはまして（何人でも）欲しい。

ある。叔父藤原敦家と結婚し、敦兼などの子を儲けている。（父顕綱が讃岐守であったために、讃岐と呼称されたほか、夫敦家が、近江守、伊予守であったために、近江典侍、伊予三位とも呼ばれた。

四　藤原隆方女、光子。康平三（一〇六〇）年の生まれで、現在四十八歳。藤原公実室となり、多くの子女を儲けている。夫の公実が権中納言であった頃には、中納言典侍と呼ばれていたが、従三位に叙せられてから、父隆方が弁官であった縁で、弁三位に変わった。

五　堀河帝第一皇子、宗仁親王。母は藤原実季女の苡子である。康和五（一一〇三）年正月十六日に親王出産後、同月二十五日に死去。

六　藤原家房の女、家子のこと。この乳母は生没年不詳。同家範室となっている。

日の暮るるままに、堪へ難げにおぼしめしたれば、[一]院に「かく」と案内《あない》申さする。「おどろかせたまひて、『近くて御有様聞かむ』とて、にはかに[二]北の院に御幸ありて」と奏す。かく苦しうおぼしめしたれば、大殿油《おほとなぶら》、例よりも近くまゐらせなどするほどに[三]ただ消えに消え入らせたまひぬ。「あないみじ」と泣き合ひて、[四]内大臣《うちのおとど》、関白殿参りて、つとさぶらはせたまふ。大方ののしり合ひたり。[五]増誉《ぞうよ》僧正、[六]頼基《らいき》律師、[七]増賢《ぞうけん》律師など召しにやりつ。頼基律師すなはち参りて、経読み、仏《ほとけ》口説きまゐらせらるるほどに、暫しばかりありて、うち身じろぎせさせたまふに、今少しののしり合ひぬ。経読まるるを聞かせたまひて、「今は益《やく》あらじ。ただ駆り移せよ」と仰せられ出でたれば、もの[八]憑《つ》く者など召して、率《ゐ》て参り、移さるるおびたたしさは[九]推し量るべし。移りて、そのことといはで、[一〇]かはめきののしるさまいとおそろし。

少し御粥などまゐらすれば、召しなどすれば、嬉しさは何にかは似たる。「大臣《おとど》はあるか」と問はせたまへば、大殿入らせたまひて、

一　堀河帝の父である白河法皇のこと。後三条帝の第一皇子として、天喜元（一〇五三）年に生まれる。諱は貞仁。現在、五十五歳である。在所は大炊殿。

二　前斎院令子内親王（堀河帝の姉）の御所である。二条大路の北、堀川小路の東に一町を占めていた（『中右記』長治二年六月二十六日条など参照）。堀河院（二条大路の南、堀川小路の東に、南北二町）の北隣に位置している。

三　強意、限定の副詞「ただ」と累加の格助詞「に」を組み入れ、同一動詞を重ねる定型的な用法である。

四　「内大臣」は、源顕房の息男、雅実のことである。母は同隆俊女。現在、正二位、ほかに左大将、皇太子傅を兼ねている。四十九歳。「関白殿」は、藤原師通の息男の忠実である。母は同

日が暮れるままに、堪《こら》えにくそうにお思いあそばされている（ご様子）なので、白河院に「こう（いらっしゃいます）」と（ご重態のむねを）お知らせ申し上げさせる。「（院は）驚きあそばされて、『近い場所で（その）御有様を聞こう』ということで、急に北の院に御幸がありまして」と（立ち戻った使いの者が）奏上する。このように苦しくお思いになっておいでなので、大殿油《おおとなぶら》を、常日頃よりも（ご病床の）近くに差し上げなどするうちに（帝の御息は）ただもうひたすら消え入るように（弱く）なってしまわれた。「ああ大変だ」と（人々が）泣き合って（いるところに）、内大臣と関白殿が参じて、（お側近くに）じっとお控えになる。周囲は誰もが大声をあげている。増誉《ぞうよ》僧正、頼基《らいき》律師、増賢《ぞうけん》律師などを呼びにやった。（すると）頼基律師がただちに参上して、経を読み、仏に切々と訴え申し上げるうちに、暫く時の経過があって、（帝が）お身じろぎあそばされるので、（みな）いっそう大声をはりあげた。経を読まれるのをお聞きあそばされて、（帝は）「こうなった以上は効果はあるまい。ただ（わが身に取り憑いた物気《もののけ》を）かり移せ」と仰せ出されたので、物気が憑く者などを呼んで、（お側に）連れて参り、（物気が憑坐《よりまし》に）移されるものすごさは推し量って欲しい。（物気が）移っても、（憑依した）その理由もいわず、うるさく大声をあげる様子はほんとうに恐ろしい。

少しお粥などを差し上げると、お召し上がりなどするので、（その）嬉しさは何にもたとえようがない。（帝が）「大臣はいるか」とお尋ねあそばされ

俊家女、全子。現在、正二位、関白右大臣。三十歳。

五　藤原経輔の息男。母は家女房。康和四（一一〇二）年に僧正となり、長治二（一一〇五）年に大僧正に転任。現在、七十六歳。

六　源基平の息男で、現在、権律師。五十七歳。

七　三条院の子、敦賢親王（実際は、小一条院の子）の息男。現在、権律師で、三十八歳。

八　物気が憑く者、霊媒。憑坐《よりまし》、憑人《よりびと》なども。

九　読み手への呼びかけの体だが、いわゆる読者と見るのは早計といってよい。ここは一般読者というより、内なるそれへの眼差し。

一〇　物気は、霊媒に移されてから僧などによって調伏されるというのが道筋だが、ここは、移されたものの、調伏に及ばず、困却している状況がとらえられている。

さぶらふ由《よし》申したまへば、「御幸はなりぬるか」と問はせたまへば、「しか。なりさぶらひぬ」と申させたまへば、「[一]参りて申せ。『今は[二]何ごとも益《やく》さぶらはじ。[三]ただせさせたまふ、[四]尊勝にて、[五]九壇の護摩と懺法《せんぼふ》とさぶらふべきなり。またさぶらはむずらむことは、何ごとも今宵《こよひ》さぶらふべきぞ。明日《あす》あさてさぶらふべき心地しはべらず』」と仰せらるれば、「あまり護摩こそおびたたしくさぶらへ」と申したまへば、「こはいかにいふぞ。かばかりになりたることをば」と仰せらるれば、御直衣《なほし》の袖を顔に押し当てて立ちたまひぬ。

それを聞かむ御乳母《めのと》たちもいかばかりおぼえむ。大殿帰り参らせたまひて、「『されば。[六]去年《こぞ》、をととしの御ことにも、[七]さる沙汰はさぶらひしかど、[八]宮の御年の幼くおはしますによりて、今日《けふ》までさぶらふにこそ』となむはべる」と奏せらるるにぞ、「何ごとも、ただ、今宵《こよひ》定めさぶらふべきぞ」と仰せらるれば、「さは、この御ことにこそありけれ」と今ぞ心得《う》る。

誰《たれ》もいも寝ず目守《まも》りまゐらせたれば、御けしきいと苦しげにて、

一　堀河帝の、関白忠実への命令となる。「参りて」とは、白河院へ参じての意である。

二　すでにいかなる術もないという絶望的な感懐になっている。

三　底本などには、「立てさせ給ふ」とあるが、このままでは、下接の「尊勝」にも絡み、建立の意味になる。諸本によって訂正した。

四　底本以下数本には、「尊勝寺」とあるが、転化本文ととらえ、諸本により改めた。上から通すと、「わたしが建立した尊勝寺で」となり、不当であるため。帝の自称敬語、また、御願寺として建立されたのは五年前（康和四年）という事実に鑑みても従えない。ここは、尊勝法という、尊勝曼荼羅を本尊として行う修法のことと見るべきである。

五　九つの壇を設けて行う

るので、大殿が（几帳の内に）お入りになって、伺候している由を申し上げなさると、「（白河院の）御幸はあったか」とお尋ねあそばされるので、「はい。お出ましになりました」と申し上げなさったところ、「（院の御所に）参上して申し上げよ。『今はもう何ごとも効き目はございますまい。ただあそばされることは、尊勝法《そんしょうほう》によって、九壇《くだん》の護摩《ごま》と懺法《せんぼう》とをいたすべきです。いたそうと思うことは、何ごとも今宵にいたすべきです。明日あさってまで存《なが》えていられるような気がしません』（とお伝え申せ）」と仰せになられるので、（関白殿は）「あまりにも護摩は仰山に存じますが」と申し上げなさると、「これは何をいおうとしているのか。これほどまでになってしまっていることを（どう見ているのか）」と仰せになられるので、（関白殿は）御直衣の袖を顔に押し当ててお立ちになられた。

　それを聞いている御乳母《めのと》たちもどれほど（悲しみを）感じただろうか。関白殿が（院の御所から）帰参なされて、「（院のご返事には）『それでは（そうします）。去年やおととしのご病気の際にも、そうした対処は按じておりましたけれども、東宮のご年齢が幼くいらっしゃる（という理由）により、今日までそのままにしておりましたのです』とございます」と奏上されると、（帝は）「何ごとも、ただ、今宵定めておくべきです」と仰せになられるから、「それでは、この（ご譲位の）ことであったのだ」と今の今納得する。

　誰も一睡もせず見守り申し上げていると、ご様子は大変苦しそうで、御足

護摩。護摩とは梵語で、火を焚き、一切の悪事の根本を焼いて消滅させる意。

六　堀河帝の生涯は病気とともにあったといってよいほど。ここでは、長治二（一一〇五）年と嘉承元（一一〇六）年のことに言及。

七　譲位のことを念頭においた発言内容。『中右記』（七月六日条）の「蔵人弁為隆来たり、仰せて云ふ、軒廊御卜俄に行ふ可し、是叡慮思し食す所有り」との記載と符合。当日、軒廊《こんろうの》御卜《みうら》が行われ、譲位の吉凶が占われたが、神祇官は吉、陰陽寮は不吉とし、一定の結果が得られなかった。

八　東宮の宗仁親王は、康和五（一一〇三）年の誕生であるから、長治二年、嘉承元年の各年時では、それぞれ三、四歳。あまりに幼すぎるとして譲位は見送られていたことを示している。

御足うちかけて仰せらるるやう、「われればかりの人の今日明日《けふあす》死なむとするを、かく目も見立てぬやうあらむや。いかが見る」と問はせたまふ。聞く心地、ただむせかへりて、御応答《いらへ》もせられず。堪へ難《かた》げに目守《まも》りゐるけはひの著《しる》きにや、問ひ止《や》ませたまひて、大弐三位《だいにのさんみ》[一]長押のもとにさぶらひたまふを見つけおはして、「[二]おのれは由々《ゆゆ》しく弛《たゆ》みたるものかな。われは今日明日《けふあす》死なむずるは知らぬか」と仰せらるれば、「[三]いかで弛みさぶらはむずるぞ。弛みさぶらはねど、力の及びさぶらふことにさぶらはばこそ」と申さるれば、「何か、今弛みたるぞ。今こころみむ」と仰せられて、いみじう苦しげにおはしたりければ、かた時御傍《かたは》ら離れまゐらせず、ただ、われ、[四]乳母《めのと》などのやうに添ひ臥しまゐらせて泣く。

「あないみじ。かくてはかなくならせたまひなむ由々しさこそ。ありがたく仕うまつりよかりつる御心のめでたさ」など、思ひ続けられて、目も心に適《かな》ふものなりければ、つゆも寝られず目守りまゐらせて、ほどさへ堪へ難く暑き頃にて、[五]御障子《さうじ》と臥させたまへると

一　寝殿造りでは、部屋の仕切りとして、上部に設けられる上長押《かみなげし》と下部の下長押《しもなげし》があるが、この日記では後者のみが表出。病床の間は、堀河院の西対に定められた清涼殿の母屋内にあったもの。西対の全体は図のような結構になっているものと理解されるが（『讃岐典侍日記全評釈』の図示にもとづく）、

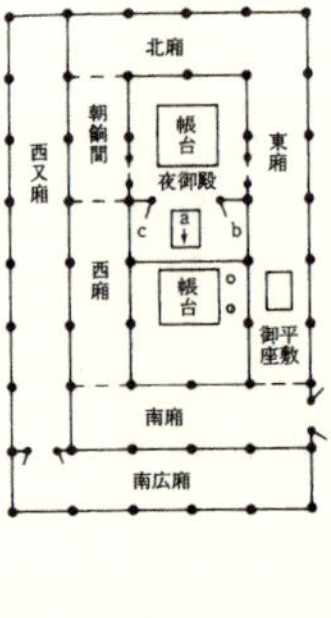

a＝帝の病床（南枕）
b＝長押の場
c＝障子の場

当面の大弐三位の位置、「長押のもと」は、母屋と東廂との境の、母屋から一段下がった廂側の際《きわ》の所。

二　大弐三位の姿を見やり

を（わたしの身体に）掛けて仰せになられるには、「（天皇という）わたしほどの人間が今日明日死のうとしているのに、このように日もとどめない法があるだろうか。どう見るのか」とお尋ねあそばす。（それを）聞く気持ちは、ただむせかえり、ご返事もできない。堪《こら》えがたげに見守っている様子がはっきり分かるのか、お尋ねになるのをお止めあそばされて、大弐三位《だいにのさんみ》が下長押のもとに控えていらっしゃるのを見つけられて、「おまえはばかに怠けているな。わたしが今日明日（にでも）死のうとしていることが分からないのか」と仰せになられるので、「どうして怠けておりましょうか。怠けてはおりませんけれども、（わたしの）力が及びますことでございましたら（それこそいかなることでも）」と申し上げなさると、「何だ、たった今怠けていたぞ。今試してみよう」と仰せになられて、ひどく苦しそうにおいでだったので、かた時もお側から離れ申し上げず、ただ、わたしは、乳母《めのと》などのように添い臥し申し上げて泣くほかはない。

「ああつらい。こうしてむなしくおなりあそばされてしまう（ことになれば、その）恐れ多さは（ことばにできない）。かたじけなくもお仕え申し上げやすかった御心のすばらしさ」などと、思い続けられて、目も心にぴったりと一致するものだから、瞬時も寝られず見守り申し上げて、――時節さえ絶えにくく暑い頃で、（わたしは）御障子《しょうじ》とお臥せあそばされている（ご病

ながら、病に疲弊する帝が、余りの苦しさに、駄々っ子のように当たり散らしているさまに焦点を合わせた部分であるが、こうした記述自体はきわめてリアル。

三　大弐三位の返答であるが、同一語が無造作に連ねられているから、文章的には稚拙というべきであろう。帝を前にした丁寧な対応ということで補助動詞としての「さぶらふ」が多用されているとはいえるにしても（ただし、文末の一例だけは動詞用法）、文章化のレヴェルでは整合される必要がある。

四　乳母のように添い臥して泣くというのだが、母性の眼差しとも思われる発露で、興味深い。

五　母屋の、西廂との境に設けられている。「われ」は、この「御障子」と病床に挟まれて臥している。

に詰められて、寄り添ひまゐらせて、寝入らせたまへる御顔を目守《まも》らへまゐらせて一泣くよりほかのことぞなき。「いとかう何しに馴れ仕うまつりけむ」と悔しくおぼゆ。参りし夜より今日《けふ》までのこと思ひ続くる心地、ただ、二推し量るべし。「こはいかにしつることぞ」と悲し。

おどろかせたまへる御まみなど、日頃の経《ふ》るままに弱げに見えさせたまふ。大殿籠《おほとのご》もりぬる御けしきなれど、「われは、目守りまゐらせて、三おどろかせたまふらむに、『みな寝入りて』とおぼしめさばものおそろしくぞおぼしめす。『ありつる同じさまにてありける』とも四御覧ぜられむ」と思ひて、見まゐらすれば、御目弱げにて、御覧じ合はせて、「いかにかくは寝ぬぞ」と仰せらるれば、「五御覧じ知るなめり」と思ふも堪へ難《がた》くあはれにて、「六三位の御もとより、『七前々《さきざき》の御心地の折も、御傍《かたは》らに常にさぶらふ人の見まゐらするがよきに、よく見まゐらせよ。折悪しき心地を病みて参らぬがわびしきなり』と申せど、え続けやらぬ。

一　泣くよりほかはないとして、おのれの無力感に行き着く。

二　ここでも、内なる読者に向かっての呼びかけが示されている。

三　帝が目を覚ました時に、誰もいないと思えば、恐ろしく感じるだろうからとの理由で、病床に近侍しているというのだが、これは、愛する者としての相手に対する慮りであって、いうなれば、愛執の眼差しである。

四　この「御覧ぜられむ」は、語法的には、動詞「御覧ず」に受身の助動詞「らる」に意志の助動詞「む」が付いた構造になっている。従って、意味上、「(わたしは、帝に)御覧になられたい」となるが、現代語用法に鑑み、訳文では余儀なく、「……ご覧いただこう」とした。

五　目を覚ました帝は、

床）との間に押し詰められて、寄り添い申し上げて、寝入っておいでになるお顔を（ただもう）見守り申し上げて泣くよりほかのことはない。「まったくこう何のために親しみお仕え申し上げたのだろう」と（わが身の無力さが）悔しく思われる。参上した夜から今日までのことを（むなしく）思い続ける気持ちを、ただもう、推し量って欲しい。

　お目覚めあそばされた御目もとなどは、日数の経つままに弱々しくお見えあそばす。おやすみになったご様子だけれども、「わたしは、見守り申し上げて、お目覚めあそばされた時に、『みな寝入って（しまっている）』とお思いになれば何か恐ろしくお思いになる（に違いない）。『先ほどと同じ様子であった』ともご覧いただこう」と思って、拝見申し上げると、御目は弱々しい感じで、（帝はわたしとその御目を）お合わせになって、「どうしてこんなふうに寝ないでいるのか」と仰せになられるので、「見知っていらっしゃるのだろう」と思うのも我慢できない感じで、「三位《さんみ》の御もとより、『前々《さきざき》のご病気の折も、お側にいつも控えている人が見守り申し上げるのが適切だったので、よくご看護申し上げなさい。折悪しき病気に罹って参上しかねるのがつらいことです』（とありました）」と申し上げるけれども、（最後まで）いい続けられない。

「われ」が寝ないでいることに気づいて話しかけ、そうした動きを「われ」は、分かっているのだろうと思う、という展開だが、これはあたかも二人だけの場での対峙であるかのような映像になっている。周囲に控える他者は捨象されてしまっているといってよかろう。

六　これは、姉の兼子、藤三位である。次に見える伝言にも「折悪しき心地を病みて」などのことばがあるが、第三節で、現在は熱病を患い里に退下している由の説明がなされていた。

七　帝に対する報告における、藤三位の発言の引用部分だが、「……わびしきなり」との終止を受けることばが加えられていないから、「とあった」といった意味合いのことばを補って読むほかはない。

「せめて苦しくおぼゆるに、かくしてこころみむ。やすまりやすると」と仰せられて、[一]枕上《まくらがみ》なる璽《しるし》の筥を御胸の上に置かせたまひたれば、「まことにいかに堪へさせたまふらむ」と見ゆるまで、[二]御胸の揺るぐさまぞ、殊のほかに見えさせたまふ。御息も絶え絶えなるさまにて聞こゆ。「顔も見苦しからむ」と思へど、「かくおどろかせたまへる折にだに、ものまゐらせこころみむ」とて、[三]顔に手をまぎらはしながら、御枕上に置きたる[四]御粥や[五]蒜《ひる》などを、「もしや」と含《くく》めまゐらすれば、少し召し、またおほとのごもりぬ。

四　明け方になりぬるに

明け方になりぬるに、鐘の音聞こゆ。[六]「明けなむとするにや」と思ふにいと嬉しく、やうやう鳥の声など聞こゆ。朝清めの音など聞くに、「明け果てぬ」と聞こゆれば、「よし、例の、人たちおどろき合はれなば、かはりて少し寝入らむ」と思ふに、御格子まゐり、

一　帝は南枕のかたちで病床に臥せっている。その枕もとに、「璽の筥」が置いてある。「璽」とは、神璽、つまり、八坂《やさか》（尺とも）瓊《にの》曲玉《まがたま》のこと（天叢雲剣《あまのむらくものつるぎ》、八咫鏡《やたのかがみ》と合わせ、三種の神器という）。通常は、清涼殿の夜御殿に置かれた御帳台内の、枕もとにある二階の上に天叢雲剣とともに置かれているが、今は、病床の枕もとに移されている。

二　襲って来る苦痛に抗し得ないままに、胸の上に置かれた神璽の筥が呼吸に合わせて揺らぐという様子が活写されているが、ここも、病床に近侍する、愛する者としての視座によって見据えられている。体験的事実に沿うものであろうが、記録類にはこうしたことがらは見出されない。

三　おのれの顔が露出することに気が配られているが、

「ひどく苦しく思われるので、こうして試してみよう。やすまるかもしれない」と仰せになられて、枕もとに置かれている神璽の筥を御胸の上にお置きあそばされると、「ほんとうにどうお堪えあそばされているのだろう」と見えるまで、御胸が揺れるさまは、殊の外にお見えあそばす。御息づかいも絶え絶えな様子に聞こえる。（わたしは）「顔も見苦しいだろう」と思うけれども、「こうせめてお目覚めあそばされている折にでも、ためしに食事を差し上げてみよう」ということで、顔に手をやり隠しながら、御枕もとに置いてあるお粥や蒜《ひる》などを、「もしかすると」と（お口に）含め申し上げたところ、ちょっと召され、またおやすみになられた。

四　明け方になりぬるに

明け方になった（頃）に、鐘の音が聞こえて来る。「（夜が）明けようとするのだろうか」と思うととても嬉しく、（時の経過につれて）だんだんと鳥の声などが聞こえてくる。朝の掃除の音などを聞いているうちに、「すっかり明け果てた」と（の声も）聞こえたので、「よし、いつものように、人たちがそれぞれ目を覚まされたなら、交替して少し寝よう」と思っていると、御格子《みこうし》を上げ、大殿油《おおとなぶら》を取り下げなどするので、「やすもう」と思って、

ここには、当時の女性の日常性が現れているととらえられよう。基本的に顔を人前には晒さないというのがあり方になっている。

四　粥には、現在の粥に相当する汁粥《しるがゆ》と、これとは別に、飯に当たる固粥《かたかゆ》がある。ここは、もちろん、汁粥。

五　「蒜」は、古くから、鱗茎や葉の部分が薬用、食用とされていた。『和名類聚抄』（那波道円本）には、大蒜《おおひる》、小蒜《こひる》、独子蒜《ひとつひる》、沢蒜《ねひる》、島蒜《あさつき》等の種類が挙げられ、大蒜に対して、「風を除く者なり」（原文は漢文）との注記が施されているので、ここはこの種類のものかとも。なお、『箋注和名類聚抄』には、大蒜への「今俗に仁无仁久《にんにく》と呼ぶ」（原文は漢文）との注記がある。

六　緊縛されていた夜の世界からの脱出感覚において、解放感が露呈している。

大殿油《おほとなぶら》まかでなどすれば、「やすまむ」と思ひて、単衣《ひとへ》を引き被《かづ》くを御覧じて、引き退けさせたまへば、「なほ、『な寝そ』と思はせたまふなめり」と思へば、起き上がりぬ。一大臣殿三位《おほいどののさんみ》、「昼は御前をばたばからむ。やすませたまへ」とあれば二下りぬ。三待ちつけて、「われも強くてこそ扱ひまゐらさせたまはめ」といふ。なかなか、かくいふからに堪へ難《がた》き心地ぞする。

日の経《ふ》るままに、いと弱げにのみならせたまへば、四「この度《たび》はさなめり」と見まゐらする悲しさ、ただ思ひやるべし。五「をととしの御心地のやうに扱ひ止《や》めまゐらせたらむ、何心地しなむ」とぞおぼゆる。また、人、「のぼらせたまへ」と呼びに来たれば参りぬ。「ものまゐらせこころみむ」とてなりけり。

大弐三位《だいにのさんみ》、六御うしろに抱《いだ》きまゐらせて、「ものまゐらせよ」とあれば、七小さき御盤にただつゆばかり、起き上がらせたまへるを見まゐらすれば、今日《けふ》などは、「いみじう苦しげによにならせたまひたる」と見ゆ。八殿のうしろの方より参らせたまひけるも、九例のやうに

一　藤原師仲女、師子のこと。内大臣源雅実に嫁し、息男に、第六節に登場する顕通などがいる。乳母の一人であるが、第三節の記述ではなぜか触れられていなかった。夫雅実の内大臣という官職の縁で「大臣殿」と呼称されるが、別に、「紀伊前司師仲」(『中右記』寛治二年十一月十三日条)とあるように、父師仲が紀伊守であったために、「紀伊三位」とも呼ばれた。

二　退下したのは、長子に与えられている局《つぼね》であるが、それが堀河院のどこにあったものか分からない。同じ宮仕え日記でも、『紫式部日記』などと違って、記述にはこの種の事実は取り上げられることがない。

三　これは、自分の局に控えている侍女である。

四　今回の病気は、回復しないだろうという諦念になっ

単衣《ひとえ》を引き被《かぶ》るのを（帝が）ご覧になられて、お引き退けあそばされるから、「やはり、『寝てはいけない』とお思いあそばされるのだろう」と思うので、起き上がった。大臣殿三位《おおいどののさんみ》が、「昼間は帝の（ことを何とか）取り計らいましょう。おやすみになって下さい」というので退下した。

（わたしの局《つぼね》では、侍女が）待ち受けて、「ご自分が強くいてこそお世話申し上げられることになりましょう」という。却って、こういうがために堪《た》えがたい気持ちがする。

　日が経つにつれて、（帝は）ひどく弱々しくおなりあそばすばかりなので、「この度《たび》はご最期なのだろう」と拝見申し上げる悲しさは、ただもう思いやって欲しい。「おととしのご病気のようにご看護によって（その進行を）おとどめ申し上げ得たとしたら、いかなる気持ちがするだろう」と思われることだ。

　また、使いが、「ご参上下さい」と呼びに来たから参じた「お食事をためしに差し上げてみよう」ということであった。

大弐三位《だいにのさんみ》が、（帝の背後で）お抱き申し上げて、「お食事を差し上げなさい」というので、――小さい御盤にほんのちょっとばかり――起き上がりあそばされるのを見申し上げると、今日などは、「実に苦しそうにほんとうにおなりあそばされた」と見える。関白殿が後方から参じられたのも、――普段の

ているが、もとより、日記の執筆は死の事実が機縁であるから、その意味では、書く時点での整合と見なしてもよかろう。

五　第三節で付言していた、一昨年、長治二（一一〇五）年時の病気を引き合いに出し、治癒を念じる書き方になっている。

六　使いが来たので、局から病床の間に戻った「われ」が先ず見出したのは、大弐三位のありようだった。帝の食事のために、彼女は背後の位置で抱きかかえている格好になっている。

七　挿入句である。帝の食事内容への注記の意味での所為として介在している。

八　関白忠実は、病床の後方から、西廂との境の障子を開けて参入したもの。

九　挿入句。ひそかに入って来る事実から、普段通りならすぐ分かるのにとした。

などして参らせたまふこそ著《しる》けれ、この頃は誰《たれ》も折悪しければ、うちしめりならひておはしませば、いかでかは著からむ。

「大臣来《おとどく》」といみじう苦しげにおぼしめしながら、[一]告げさせたまふ御心のありがたさは、いかでか思ひ知られざらむ。かく、苦しげなる御心地に、弛《たゆ》まず告げさせたまふ御心のあはれに思ひ知られて、涙浮くをあやしげに御覧じて、[二]はかばかしくも召さで臥させたまひぬれば、また添ひ臥しまゐらせぬ。

五　かくおはしませば

[三]かくおはしませば、殿も夜昼弛まず参らせたまへば、いとどはれにはしたなき心地すれば、三位殿も、「折にこそ従へ。かばかりになりにたることに、なんでふもの憚りはする」とあれば、「いかがはせむ」とて過ぐす。

[四]大殿近く参らせたまへば、[五]御膝高くなして、陰に隠させたまへば、

一　関白忠実の病床の間への参上を、帝が「われ」に教えるという気づかいを見せたことに感動し、おのずと涙が浮くといった記述展開であるが、ここでも二人の場に向き合っているかのような世界をつくり上げていることに注意しておきたい。状況とすれば、帝は大弐三位に背後から抱かれ、「われ」が粥の椀を取り食べさせているところに忠実が参入したという場面であるのだから。周囲のあれこれは、こうして排除されてしまっている。

二　帝は、結局、さほど食さずに横になったというのだが、大弐三位をはじめとする諸人の絡みは、ここでもすべて押しのけられ、帝に対峙しているかのような流れのままに添い臥す行為が、当然のように措定される次第である。

ようになどして参上なさるのならそれと気づくのだが――この頃は誰も折が悪いので、ずっと静まっておいでなさるから、どうしてはっきり分かるだろう。

「大臣《おとど》が来る」と大層苦しげにお思いあそばされながら、お告げ下さる御心のありがたさは、どうして思い知られずにいられようか。こう、苦しそうなご気分なのに、弛まずお告げ下さる御心がしみじみと思い知られて、涙が浮かぶのを不審そうにご覧になられて、はかばかしくもお召し上がりにならずお臥せあそばされたので、（わたしは）また添い臥し申し上げた。

五　かくおはしませば

（帝は）このように（重篤なご病状で）いらっしゃるので、関白殿も夜昼気を緩めることなく参じなさるから、一層面はゆくきまりが悪い気持ちがするけれども、三位殿《さんみどの》も、「折に従うことです。これほどになってしまっているご病状だというのに、どうして気遣いするのです」というので、「どうしたものか（致し方あるまい）」と思って過ごす。

関白殿が（ご病床）近くに参じなさったところ、（帝は）御膝を高くして、

三　この記述部分は、前節の末尾に示された、病床に近侍する場面に関白忠実が参入する事実と帝の気づかいという展開から連鎖的に引き据えられたものである。従って、日頃のありようとして総括的に提示したものということになる。

四　この部分からの記述は、細叙というべき内容になり、現実の時間に即した営みになる。

五　忠実の参上を知った帝が、自分の膝を高くしてその影に「われ」を隠した所作を引き出したもの。この「われ」を慮った帝の行為は、固執すべき重要な記憶であった。のちにも、下巻に二度手繰られるが、当該例のように、見られる側（自己）からの指示になっているのが、第三一節に、逆に、見る側（忠実）からのものは第二一節に表出。

われも単衣《ひとへ》を引き被《かづ》きて、臥して聞けば、「[一]御占《うら》には、とぞ申したる。かくぞ申したる。御祈りはそれそれなむ始まりぬる。また、[二]十九日より、よき日なれば、[三]御仏《みほとけ》、御修法《みすほふ》延べさせたまふ」と申させたまへば、「それまでの御命やはあらむずる」と仰せらる。悲しさ、せきかねておぼゆ。

　大殿立たせたまひぬれば、引き被きたる単衣引き退けて、うちあふぎまゐらせなどするほどに、[四]宮の御方より、宣旨、仰せ書きにて、「三位などのさぶらはるる折こそこまかに御有様も聞きまゐらすれ、大方《おほかた》の御返りのみ聞くなむおぼつかなき。[五]昔の御ゆかりにはそこをなむ同じう身におぼしめす。今の有様こまかに申させたまへ」とあり。「誰《た》が文《ふみ》ぞ」と問はせたまへば、「あの御方より」と申せば、「昼つ方上らせたまへ」と仰せ言《ごと》あれば、さ書きて、参らせたまへば、昼つ方になるほどに、道具など取り退けて、「みな人々うちやすめ」とて下りぬ。されど、「もし召すこともや」と思へば御障子《さうじ》のもとにさぶらふ。いかなることどもをか申させたまふらむ、いか

一　先ず、譲位の卜占結果と祈祷の開始という事実の報告に関してだが、前者は十日に再度行われた。『中右記』（七月十日条）によれば、卜占の終了後、神祇官、陰陽寮を退出させたのが子の刻のほどとあるから、今は、時間的には十一日朝になっている。後者については、『殿暦』（同日条）に「種々の御祈り始めらる」とあり、十日に開始されていたと知られ、時間的に齟齬はない。

二　「十九日より」とありながら、「よき日なれば……」と続けられてしまうから、接合していない。「十九日より」から、唐突に、日が良いので某日に以下の事実が延期されたといった記述に飛んでしまったもの。

三　「御仏」の箇所は、舌足らずで明確を得ないが、仏像の供養のことだろう。これと「御修法」が十九日

（その）陰に（わたしを）お隠しあそばされるので、わたしも単衣《ひとえ》を引き被《かぶ》って、横になったまま聞いていると、「御占いでは、ああ申しました。こう申しました。ご祈祷はそれぞれが始まりました。また、十九日より、――よい日ですから、（院は）御仏《みほとけ》（供養）と御修法《みすほう》をご延期あそばされます」と申し上げなさると、「それまでの（わたしの）御命はあるだろうか」と仰せになられる。（このおことばを耳にしての）悲しさが、塞きかねて思われる。

関白殿がお立ちなされたから、（わたしは）引き被っている単衣を引き退けて、（ご尊顔）をお仰ぎ申し上げなどしているうちに、宮の御方より、宣旨が、仰せ書き（のかたち）で、「三位《さんみ》などが伺候されている折にはこまかに御有様もお聞き申し上げていましたが、（退下なさっているこの頃は）通りいっぺんのご返事を聞くだけというのはもどかしい限りです。昔からのご縁で（中宮様は）あなたを（三位殿と）同じようにお思いになっていらっしゃいます。今の有様をこまかに申し上げて下さい」とあった。（帝が）「誰の手紙なのか」とお尋ねあそばされるので、「あの御方から（です）」と申し上げると、「昼頃にご参上下さるように」と仰せごとがあったので、そう書いて（差し上げ）、（中宮が）参上なされたから、昼頃になる時点に、道具（の類い）を取り退けて、「人々はみなやすめ」ということで（ご病床の間から）退下した。だけれども、（わたしは）「もしかすると召すこともあるのではないか」と思うので御障子《しょうじ》のもとに控えている。（中宮は）どのようなことなどを申し上げなされているのだろうか、（といっても、わたしにはそれが）

から延期されたことに関しては、不詳。ただ、『中右記』（七月十四日条）に「民部卿仗座に参り、千僧の御読経の日時僧名を定め申さる」と見え、「来る十九日」との注記があるが、この読経のことと関係があるのか。

四　中宮篤子内親王。後三条院の第四女で、誕生は、康平三（一〇六〇）年。母は権大納言藤原能信猶子、権中納言同公成女の茂子。堀河帝の伯母にあたる。現在、四十八歳。

五　昔からの縁と理解される。長子の祖母、加賀守藤原順時女（弁乳母）が、中宮篤子の義母、陽明門院の乳母として仕えてのち、一族の、皇室との関係は濃くなり、特に姉の兼子は中宮立后《りっこう》の儀に際し、髪上げに奉仕したから、篤子は、彼女には親しみの情をもっていたものと思われる。

でかは知らむ。暫しばかりありて、御扇うち鳴らして召す。[一]「それ取りて」と仰せらるべきことありければ、召して、「なほ障子《さうじ》立ててよ」と仰せらる。「よくぞ下りでさぶらひける」と思ふ。「なほ、仰せらることあり」と見えたり。立ち退く。御障子立てて、「御扇鳴らさせたまへ」と[二]申させたまひければ、御障子開くこと無期《むご》になりぬ。

夕つ方、帰らせたまひぬれば、誰《たれ》も誰も参り合ひぬ。御けしき、うちつけにや、変はりてぞ見えさせたまふ。「今日《けふ》しも、少し夜の明けたる心地しておぼゆれ」と仰せらるる聞く心地の嬉しさ、何にかは似たる。

六　おまへに金椀に

[三]おまへに[四]金椀《かなまり》に氷《ひ》の多らかに入りたるを御覧じて、「あれ見れば、心地のさはやかにおぼゆる。氷の大きならむ[五]提子《ひさげ》に入れて、人ども集めて食はせてみむ」と仰せらるれば、女房たちみな立ち退きぬ。

一　帝の、「われ」へのことば。彼女は、ほかの女房たちが退下したあとも、帝の召しがあるのではないかと、西廂と病床の間の境にある障子のもと（廂側）に控えていたのだが、予想どおり、物を取れという命があったわけだ。障子を閉めて置くようにとの声を聞きながら、おのれの配慮に満足するといった展開になっている。これも、愛する者としてのありようという位置づけになる。

二　「申させたまひければ」と、最高敬体表現で待遇されている以上、ここの主語は、中宮以外にはないが、展開上、不自然だといわなければならない。障子を閉めて、西廂側で控え、「御扇鳴らさせたまへ」と帝に声をかけるのだから、ありようとすれば、「われ」の動きであるのが穏当であるは

どうして分かろう。暫くして、（帝が）扇を鳴らして（わたしを）お呼びになる。「それを取って」と仰せになられるべきことがあったので、呼んで、「まだ障子《しょうじ》を閉めておくように」と仰せになられる。「よくも退下せずに伺候していたことだ」と思う。「まだ、仰せになられることがある」と見えた。（わたしはその場から）立ち退く。御障子を閉めて（様子を気にしていると）、（中宮が）「御扇をお鳴らし下さい」と申し上げなされたところ、御障子が開くことは久しくなかった。

夕方、（中宮が）お帰りになられたから、誰も誰もみな参上した。（帝の）ご様子は、唐突に拝見したためか、（以前とは）変わってお見えあそばす。「今日は、ちょっと夜が明けた気持ちがするように感じられる」と仰せになられるのを聞く心もちの嬉しさは、何にもたとえようがない。

六　おまへに金椀に

（帝は）おまえの金椀《かなまり》に氷がたくさん入っているのをご覧になられて、「あれを見ると、気分がさわやかに感じられる。氷の大きいのを提子《ひさげ》に入れて、人々を集めて食わせてみよう」と仰せになられるので、女房たちはみな（そ

ず。当該本文のまま、辻褄を合わせるのなら、中宮は帝の側近くで声をかけたのであり、それを、障子の外の場に控えている「われ」が聞いていた、と整えられることになるのだが。

三　「おまへ」は帝の指示ではなく、その前の位置をいうもの。「……に……に」と格助詞を重ねる構造であり、帝の前という指示からさらに局限し、「金椀」の位置に絞り込むかたちである。

四　金属製の椀のこと。『枕草子』にも「きよしと見ゆるもの。土器《かはらけ》、あたらしき金椀」など、数例見出されるところである。

五　つるが付いた鉄瓶のような器であって、用途は銚子と同様。錫や白銅などによってつくる。なお、「ひさげ」の称は、「ひきさぐ」の音便形、「ひっさぐ」から転じたものである。

大殿ばかりぞさぶらはせたまふ。

大弐三位《だいにのさんみ》、大臣殿三位殿《おほいどののさんみどの》具して[一]夜御殿《よるのおとど》に入りて、[二]戸口に御几帳《きちゃう》立てて、綻《ほころ》びより見れば、大殿[三]長押のもとにさぶらはせたまひて、[四]御簾《みす》際《ぎは》のもとに、長々と、[五]左衛門督《さゑもんのかみ》、[六]源中納言《げんちうなごん》、大臣殿《おほいどの》の[七]権中納言《ごんちうなごん》、[八]宰相中将《さいしゃうのちうじゃう》、[九]左大弁《さだいべん》など召し入れて、大臣殿氷取りて、おのおのに給《た》ぶ。「われも、『せむ』とおぼしたる、『もてはやさむ』となめり」と見えて、ひとつ取りたまひぬ。[一〇]御几帳の内《うち》なる人、「かやうにて、ひととせのやうに止ませたまへかし。いかばかり嬉しからむ」と思ふ。

暮れ果てぬれば、人々大殿油《おほとなぶら》などまゐらするほどに、いみじう苦しげにおぼしめされたれば、殿たちいそぎ参らせたまうて、増誉《ぞうよ》僧正など召し騒ぐ。参りたまへれば、御几帳《きちゃう》立てて、われらはすべり退きて聞けば、加持まゐりたまふ。経読みなどする故《け》にや、しづまらせたまひて、大殿籠《おほとのご》もらせたまふけしきなり。

[一一]かくいふは、十五日のことぞおぼゆる。

一　帝の寝所のことである。堀河院では清涼殿は西対に定められていたが、「夜御殿」は、母屋北第一、二間、東西二間のスペースであって（二一頁脚注一の図参照）、周囲は塗籠《ぬりごめ》、南端に戸口が設けられている。この空間に、「われ」、大弐三位、大臣殿三位の三人が入っているというもの。

二　この「戸口」が、夜御殿の南端に設けられたもの。三人は、ここに几帳を置いて、帷の裂け目から北隣の病床の間に視線を投じているというのである。

三　関白忠実は、病床の間の、東廂との境の下長押の位置に控えるという指示。

四　ここの「御簾」は、病床の間と東廂との境に垂れるものをいう。「もと」とは、東廂北第四間の西際を指す。当所に諸人が横列で並ぶ。

五　源顕房の三男の雅俊で、

の場所）から退いた。関白殿だけが伺候していらっしゃる。

（わたしは）大弐三位《だいにのさんみ》と大臣殿三位《おほいどののさんみ》と連れだって夜御殿《よるのおとど》に入って、戸口に御几帳《みきちょう》を立てて、（帷《かたびら》の）ほころびから（ご病床の間の方を）見ると、関白殿が下長押のもとに控えてお出でになって、（東廂と母屋との境の）御簾《みす》際のもとに、長々と、左衛門督《さえもんのかみ》、源中納言《げんちゅうなごん》、大臣殿《おおいどの》の権中納言《ごんちゅうなごん》、宰相中将《さいしょうのちゅうじょう》、左大弁《さだいべん》などを召し入れて、大臣殿が氷を取って、それぞれにお与えになる。「ご自分も、『（帝が）やろう』とお思いになられたのを、『引き立たせよう』と（お考えになった上でのこと）であるようだ」と見えて、ひとかけらお取りになった。御几帳の内側にいるわたしたちは、「このような感じで、先年のようにご治癒あそばされるように。（そうであれば）どんなに嬉しいだろう」と思う。

（日が）すっかり暮れ果ててしまったから、人々が大殿油《おおとなぶら》などを差し上げる頃合いに、（帝が）ひどく苦しそうにお思いあそばされたようなので、関白殿たちが急いで参じられて、増誉《ぞうよ》僧正などを大あわてで召す。（僧正が）参上なさったから、御几帳を（ご病床近くに）立てて、わたしたちはそっと退出して聞いていると、加持をして差し上げておいでである。経を読みなどするゆえであろうか、（帝は）お静まりになって、おやすみあそばすご様子である。

こういうのは、十五日のことと思われる。


帝の叔父にあたる。母は美濃守藤原良任女。現在、正二位、権中納言にして、左衛門督、春宮大夫を兼ねている。四十四歳。

六　源顕房の息男、国信。雅俊の同母弟。現在、正二位、権中納言。三十九歳。

七　内大臣源雅実の息男の顕通。母は例の大臣殿三位（師子）。現在、従二位、権中納言で、皇后宮権大夫を兼ねている。

八　源顕房の息男、顕雅であろう。母は信濃守藤原伊綱女。現在、従三位、参議で右中将、播磨権守を兼帯。

九　源経成の息男、重資。母は春宮亮藤原泰通女。正四位上、参議で左大弁、勘解由長官、近江権守を兼ねる。六十三歳である。

一〇　「われ」、大弐三位、大臣殿三位の三人を指す。

一一　注記的な指示。この日記は時間性が稀薄である。

七　かやうにて今宵も明けぬれど

一かやうにて今宵《こよひ》も明けぬれど、なほ弱げに見えさせたまふ。

二今日《けふ》も暮れぬ。

十七日の暁に、大弐三位《だいにのさんみ》、「あからさまにまかでて、この胸の堪へ難《がた》くおぼゆれば、湯少しこころみて立ち帰り参らむ」とて、三出でたまひぬ。

暮るるとひとしく参りたまひて、うち見まゐらせて、「四あないみじ。昼見まゐらせざりつるほどに腫れさせたまひにけり」などいひ合はせらるるを聞かせたまうて、「何言《ごと》いふぞ」と仰せらるれば、「昼のほどに腫れさせおはしましにけることを申しさぶらふなり」と申さるれば、「今は、五耳もはかばかしく聞こえず」と仰せられて、いとど弱げに見えさせたまふ。

暫しばかりありて、「この度《たび》は『さるべき度』とおぼゆるぞ」と

一　総括したようないい方になっている。帝の病状に変化はなく、弱そうな状況の持続として括るもの。

二　簡略な括りであって、今日十六日も帝の病状は昨夜と同様だという「われ」の了解が示されるにとどまっている。病床に伺候する主体は、連続相として時間が経過しているという感覚に包まれていることをうかがわせる。実際、目立った病変はなかった事実は、『中右記』（七月十六日条）に「午時ばかりに参内し、今朝の御在様を相尋ぬるの処、指したる増減御さず、只同様てへり」といった記載によっても察知されよう。

三　十七日の夜明け前に、大弐三位が胸の苦しみのため、突然、退下した事実を取り上げている。これには、のちに病床の間に帰参して帝を見た彼女の衝撃という

七　かやうにて今宵も明けぬれど

このような有様で今宵も明けたけれども、（帝は）やはり弱々しくお見えあそばす。

（こうして）今日も暮れた。

十七日の暁に、大弐三位《だいにのさんみ》が、「ほんのちょっと退出して、この胸（の苦しみ）が我慢しにくく思われますので、ためしに薬湯を少し飲んですぐさま参上しましょう」といって、（病床の間から）出られた。

日が暮れるのといっしょの頃に参じられて、（帝のご様子を）見申し上げて、「まあ驚いた。昼間拝見していなかった間におむくみあそばされてしまった」などと（周りのわたしたちと）はなし合われているのをお聞きあそばされて、「何をしゃべっているのか」と仰せになられるので、「昼間のうちにおむくみあそばされてしまったことを申しているのです」と申し上げると、「今はもう、耳もちゃんと聞こえない」と仰せになられて、いっそう弱々しくお見えあそばす。

暫くして、（帝は）「今度は『最期の時』と思われることだ」と仰せになら

展開上の意図があるようにも思われる。

四　これが、病床の間に帰参した大弐三位の驚嘆のことばである。退下している間に、浮腫が生じていたとするもの。以下、この発言を耳にした帝との応答へと向かうことになる。「われ」の視点ではなく、こうした他者の視界における事実の指示という企図が講じられていると見てもよかろう。この帝の病変そのものは事実であった模様。『中右記』（七月十七日条）には、「御風」は悪化した上に、「昨日従り御身所々頗るはれと《テカ》御すと云々」（七月十八日条）とあるとおり、浮腫も生じていた由が記されている。

五　帝の耳の機能が失われてしまっていることを告げている。諸記録には見えない変化の指示として、興味深いものがある。

仰せらるれば、つつましけれど、「などさはおぼしめすぞ」と申せば、「[一]僧正のさしも頭《かしら》より黒煙を立てて祈れど、『その験《しるし》』とおぼえで、心地のやすまず、まさる心地のすれば」と仰せらるるを聞くは、何にかは似たる。

八　明けぬれば

[二]明けぬれば、[三]大臣殿《おほいどの》参りたまひて、院の御使ひにて、ことどもありげなるけしきなれば、心なき心地しぬべければ寝たり。何言《ごと》にかこまやかに申させたまふ。「[四]御位《くらゐ》譲りのことにや」とぞ心得らるる。申し果てて、臥したる所にさし寄りて、「御傍《かたは》らに参らせたまへ」といひかけて立ちたまひぬ。

きのふより、[五]山の久住者《くぢうさ》ども召したれば、十二人の久住者参りて加持まゐり、ののしるさまいとおびたたし。せめておぼしめしたる方のなきにや、大臣殿を召し、「[六]院に申せ。『[七]ひととせの心地にも、

一　増誉僧正が一心不乱に祈念する有様をとらえたもので、不動尊の火炎に包まれた形像が基底にあるものと思われる。第一三節にも「僧正、声も惜しまず、頭《かしら》よりまことに黒煙立つばかり目も見開けず念じ入りて」と、同趣のおさえが見える。おそらく、こういった比喩表現は人口に膾炙していたようで、例えば、『源氏物語』（若菜下巻）にも「『……今暫しのどめたまへ。不動尊の御本《もと》の誓ひあり。その日数をだにかけとどめよ』と、頭《かしら》よりまこと黒煙立てて、いみじき心をおこして加持したてまつる」とあり、傍線部分などの近似など、語りの固定化をうかがわせる。

二　十八日になっているが、いわゆる日付の枠組による時間提示ではない。「きのふ」というような、私的時間性における時間の縁取り

れるので、（わたしは）遠慮されるものの、「どうしてそのようにお思いになられるのですか」と申し上げたところ、「僧正があれほどに頭より黒煙を立てて祈るけれども、『その効験（があった）』と思われず、気分がやすまらず、（むしろ、苦痛が）まさる気持ちがするので」と仰せになられるのを聞く（悲しさ）は、何にもたとえられない。

八　明けぬれば

（夜が）明けたから、内大臣殿が参上なさって、院のお使いとして、（重要な）事などがありそうな様子なので、（この場所にいるのは）無神経な感じがするはずだから、（お側から離れたところで）横になった。何のはなしか詳細に申し上げなさる。「ご譲位のことなのか」と判断される。（内大臣殿は）申し上げ終えて、（わたしが）臥している所に近寄って、「（帝の）お側に参上して下さい」としゃべりかけてお立ちになった。

きのうより、延暦寺の久住者たちを呼んでいるので、十二人の久住者が参上して、加持をして差し上げ、大声をあげるさまは実にはげしい。（帝には）何としても（と）お思いあそばされている術がすでにないのか、内大臣殿を召し、「院に申し上げてくれ。『先年の病気の時にも、そのようにも（してみ

が、この日記の特徴。

三　内大臣源雅実が、白河院の使いとして参上したことを示している。

四　白河院の命《めい》のポイントが譲位であることを語っている。ただ、諸記録にはこの点に言及しているものはない。十八日は、帝の死の前日だが、十七日あたりから重篤な病状に変化している。

五　比叡山で修行を積んだ僧のこと。「十二」の箇所、諸本に異同はないが、『殿暦』（七月同日条）には「廿」と見える。日記の方の単純ミスと考えるべきか。

六　堀河帝の内大臣雅実への命令。白河院に申し伝えよという内容になっている。

七　これによれば、かつての病気の折にも考慮されていたという経緯があるわけであった。

さもと仰せられし[一]行尊《ぎやうそん》召して給《た》べ』と」。
申させたまへれば、やがてすなはち参りたれば、御枕上《まくらがみ》近く召して祈らさせたまふ。三井寺《みゐでら》の人々は[二]千手経をたもちたれば、それをぞいと尊く読まるる。

[三]御悩消除して、寿命長からむ。

とゆるるかに誦《ず》せらるる聞くぞ頼もしき心地する。

かやうに、いみじき人たちあまたさぶらひて、「われも劣らじ」と祈りまゐらせらるる故《け》にや御物気《もののけ》あらはれて、[四]隆《りゆう》僧正、[五]頼豪《らいがう》など名告《なの》りののしる人あらはれさせたまうて、[六]「ひととせの行幸の後、『また見まゐらせばや』とゆかしく思ひまゐらするに、その徳なければおどろかしまゐらするぞ」といふを聞かせたまひて、「いかにも、この二、三年、例さまにおぼゆることのあらばこそ、行幸もあらめ、近きほどだになし。この心地止《や》みたらばこそは、年の内にもあらめ」と仰せらるるほどより、苦しげにならせたまひにたり。

一 「行尊」は、源基平の息男、小一条院の孫。母は藤原良親女で、天喜三（一〇五五）年の生まれ。僧正から大僧正に転任したのが、天治二（一一二五）年、七十一歳の折であった。現在は、法眼にして五十四歳。

二 正式には「千手千眼観世音菩薩広大円満無礙大悲心陀羅尼経」という。千手千眼観世音菩薩の功徳を説く経典である。

三 「千手経」の偈の部分に「悪龍疫鬼毒気を行《はな》ち、熱病侵陵し命終はらむとするに、心を至し大悲呪を称誦すれば、疫病消除して、寿命長からむ」（『大正新脩大蔵経』所収によるが、訓読は引用者）とあるものだが、「疫病」の箇所が「御悩」となっている。改変か。

四 藤原隆家の息男の隆命僧正のことと見られる。異伝もあるが、寛仁三（一〇

よう）と仰せになられた行尊《ぎょうそん》を召して下さい』と（申し上げるように）」（とご指示あそばされる）。

（内大臣殿がこの由を院に）申し上げなされたから、（行尊は）時を経ずにすぐに参上したので、御枕もとの近くに召して祈祷をさせなさる。三井寺《みいでら》の人たちは千手経を尊信しているから、それをほんとうにありがたく読まれることだ。

御悩消除して、寿命長からむ。

とゆるやかに読誦《どくじゅ》されるのを聞くのは頼もしい感じがする。

このようにすばらしい人たちが大勢伺候して、「われ劣らじ」と祈祷をして差し上げなさるゆえであろうか御物気《もののけ》が現れて、（つまり）隆僧正《りゅうそうじょう》や頼豪《らいごう》などと名告り大声をあげる人が現れなさって、「先年の行幸の後《のち》、『また拝見したい』と懐かしく思い申し上げておりますのに、その恩恵がないのでお気づかせ申し上げるのです」というのをお聞きあそばされて、「まさに、この二、三年――平生のように自覚されることがあったならば、行幸も実現しようが、――近いところでさえ不可能なのだ。この病気が治癒したら、年内にも叶うだろう」と仰せになられる頃から、苦しそうにおなりあそばされてしまった。

一九）年の生まれで、長治元（一一〇四）年九月十五日に八十六歳で死去したものとおぼしい（『中右記』同日条）。園城寺長吏在任中の康和二（一一〇〇）年に同寺の大衆によって房舎が焼かれた。この類の事実が怨霊譚の生成に関与したか。

五 藤原有家の息男。長保四（一〇〇二）年の生まれ。応徳元（一〇八四）年に八十三歳で死去した。白河院の勅命により、皇子敦文親王を誕生させた勧賞に、園城寺戒壇を造るむねを願ったものの、延暦寺衆徒の堅執を理由に院は応じなかったため、同親王を取り殺し、死後に鼠となり、延暦寺の経典を噛み破ったと伝える。

六 先年、堀河帝が園城寺に行幸してのちということばだが、史実の上ではその事実はない。憑坐の事実誤認であるのか。不審である。

九　例の御方より

[一]例の御方より、人遣はしたり。「『[二]さる心などなき人』と聞けど、せめて思ひやる方のなければいふなり。こなたへただ今上り参りなむや。[三]道などぞ塞《ふた》がりて、かたはらいたくおぼしめせ」と仰せられたれば、いかでかは「参らじ」と申さむ、「承りぬ」と申したれば、「さらば、今のほどに」と仰せられたれば参りぬ。

離れぬ人なれば、宣旨をぞ会はせさせたまひて、御心地の有様問はせたまふ。[四]見まゐらするままに申さむも、「おびたたしく申し散らしけり」など洩れ聞こえて、「悪しきこともや」などおぼゆれば、さもえ申さず。また、わざと召して問はせたまふに申さざらむも悪しかりぬべければ、「ただ、上りて見まゐらせたまへ。さは、いみじう苦しげに見えさせたまふ」と申せば、「さは、もしや通りよからむ隙《ひま》に」と申して、疾《と》く帰しつかはしつ。

一　中宮篤子の御方である。

二　「さる心」の内実については、従来、解釈上の定見を得ていないのだが、結果的には、「われ」が帝の看病に伺候している今、他者、よそ事に気を配る心の余裕ととらえるのが正当。中宮自身は、第五節に見えた「昔の御ゆかりにはそこをなむ同じう身におぼしめす」という宣旨が、中宮の「われ」に対する親近感を示す内容であったことも一つの証左になるだろう。中宮は、ここでも相応の気づかいをみせているわけであった。

三　これは道路を指すのではない。中宮御所から病床の間までの通路の意である。ただ、日記には例によって具体的な説明はいっさい記されていないから、御所が堀河院のどこにあったもので、そこからいかなる順路

九　例の御方より

例の（中宮の）御方より、（わたしのもとに）人を遣わした。「『（今は）心の余裕などもない』と聞いていますけれども、何としても推察する術がないのでいうのです。こちらへ今すぐ来て下さいませんか。通路などが塞がり、面倒にお感じになるでしょうが」と仰せになられたので、――どうして「参上しない」と申し上げられようか――「承知いたしました」と申し上げると、「それでは今のうちに」と仰せになられたから（中宮御所に）参上した。

常に近くお仕えしている人なので、宣旨をお会わせになられて、（帝の）ご病気の有様をお尋ねあそばされる。拝見しているままに申し上げるのも、「ひどく饒舌にしゃべり散らし申し上げた」などと洩れひろがり、「悪しきことも（生じはしまいか）」などと思われるから、そう（ありのままに）も申し上げない。といって、わざわざ呼んでお尋ねになられるのに（何も）申し上げないのも悪い気がするので、「じかに、参上して見申し上げて下さい。それはもう、実に苦しそうにお見えあそばされます」と申し上げると、（宣旨が中宮に）「それでは、もし通りやすい時にでも」と申し上げたので、（すぐに中宮はわたしを）帰すようになさった。

によって病床の間に参上したのか等々、皆目分からない。そこで、外部資料によって推考しなければならないわけだが、『中右記』、『為房卿記』の寛治五（一〇九一）年十月二十五日条の中宮入内記事などによると、堀河院の東対代廊のほか、ここと寝殿とを結ぶ二棟渡殿であった事実が明らかになる次第。従って、順路とすると、この二棟渡殿から寝殿北孫廂を通り、西北渡を経て、西対の清涼殿に至るという道筋であった。（詳細は拙著『讃岐典侍日記全評釈』参照）。

四　宮仕え女房として、どこまで立ち入るべきであるか、種々気を配るといった、その意味での自己制御がうかがわれる。そういったあり方については、日頃、しかるべき筋からの指導があったのであろう。

参りて見れば、殿や大臣殿《おほいどの》など、「院より、『戒《かい》受けさせさせたまふべきなり』と奏せさせたまうけり」とて、一賢暹法印《けんせんほふいん》召すべき沙汰せられ、二その御まうけどもせらるるほどなりけり。

かやうののちならば、夜も明けぬべければ、「宮の御方より召しつれば参りたりつれば、かうかうこそ仰せられつれ」と申す。「道の所狭《せば》きぞ」と弱げに仰せらるる、苦しげにおぼしめしたり。

殿にも、「上りて見せまゐらせばや」と申させたまひければ、三「今のほど、宮上らせまゐらせむ。もの騒がしからぬ前《さき》に」と思ふに、上らせたまひぬれば、「御傍《かたは》らに人のなきが悪しきぞ」と沙汰せられて、その由《よし》を申されけるなめり。帰り参らせたまひて、「ただ典侍《すけ》ばかりはさぶらへ」と四仰せらるる。

さて、三位殿おはして、五殿たちみな障子《さうじ》の外《と》に出でさせたまひぬ、長押の際《きは》に四尺の御几帳《きちやう》立てられたり。

御枕上《まくらがみ》に大殿油《おほとなぶら》近くまゐらせて、あかあかとありけるに添ひ臥しまゐらせたり。はしたなき心地すれど、え退かず。「宮上らせた

一 「賢暹法印」の「賢暹」の本文箇所、諸本には「せんせい」とあるが（ただし、一本に「せんさい」）、『中右記』（七月十八日条）に、「夜半ばかり法印賢暹を召し、菩薩大戒を受けしめ御す」とあるので、「賢暹」であったと知られる。本文上は、「けんせん」の「け」が「け(遣)」から「せ(世)」に、また「ん」は、「ん(无)」から「ひ(非)」に、さらに「ひ(比)」から「い(以)」にそれぞれ字形相似によって転化したものと推定される。「賢暹」は、下総権守源信頼の息男。長元元（一〇二八）年に生まれ、天永三（一一一二）年に八十四歳で死去。長治二（一一〇五）年三月に法印に叙せられ、同年六月には堀河帝の護持僧となっている。七十九歳。

二 「われ」が、病床の間に帰参したのが受戒の準備中

(病床の場に)参上して見てみると、関白殿や内大臣殿が、「院より、『戒をお受けあそばされるべきである』とご奏上あそばされたことだ」といって、賢暹法印《けんせんほういん》を召すべき命《めい》を下されて、その準備などをなさっているところであった。

このような(ことの)あとでは、夜も明けてしまうはずだから、(帝に)「中宮の御方より召しがありましたので参じましたところ、こうこうと仰せになられました」と申し上げる。「通路が窮屈だな」と弱々しそうに仰せになられる、(そのお姿は)苦しそうにお思いになっていらっしゃる(ようである)。

関白殿におかれても、(帝に)「参上おさせ申してお見せ申し上げたいものです」と申し上げなされるので、(わたしも)「今のうちに、中宮を参上させ申し上げよう。騒がしくならない前に」と思っていると、(中宮が)参上あそばされたので、(関白殿は)「(帝の)お側に誰も控えていないのは不都合だ」と按じられて、その由を(中宮)に申し上げられたようである。(関白殿は中宮のもとから)帰参なされて、「ただ典侍《すけ》だけが伺候しなさい」と仰せになられる。

そうして、三位殿《さんみどの》がいらっしゃって、——(その時)関白殿たちはみな障子《しょうじ》の外にお出になられた——下長押の際に四尺の御几帳《みきちょう》を立てられた。(帝の)御枕もとに大殿油《おおとなぶら》を近くともして差し上げて、あかあかと照らしているところに(わたしは)添い臥し申し上げた。不体裁な気持ちがするけれども、退けない。(帝に)「中宮が参上あそばされました」とお知らせ申し上げると、「どちら、どこ」などと仰せになられるのは、「全然御耳もお働き

であったとする。次に書かれる中宮の参上は、『中右記』(七月十八日条)に「亥時ばかり中宮昇らしめ給ひ、則ち還御す」とあるように、亥時(正刻は午後十時)のほどだから、彼女の帰参はそれ以前ということになる。ただし、『殿暦』(同日条)には「亥時ばかり主上戒を請け給ふ」というように、この時刻に戒を受けた由が記されているので、結果的には定かではない。

三 関白忠実は、参上して、別室で待機していた中宮のもとへ出向き、病床に誰も伺候していないのは不都合のむねを進言したのである。

四 主語は、忠実。別室の中宮のもとから、病床の間に帰参したのである。

五 挿入句。三位(大臣殿三位か大弐三位)の参上の際に、忠実たちは障子の外に出たとする注記。

まひたる」と案内《あない》申せば、「いづら、いづく」など仰せらるるは、「むげに御耳も利《き》かせたまはぬにや」と思ふに、心憂くおぼゆ。「[一]その御几帳《きちゃう》のもとに」と申せば、「いづら」と[二]御几帳の端《つま》を引き上げさせたまへば、「ここに」と申させたまふ。

「『ものなど申させたまはむ』とぞおぼしめすらむ」と思へば、[三]御後《あと》の方にすべり下りぬ。ちがひて[四]長押の上に宮上らせたまひ、暫しばかり何言《ごと》にか申させたまふ。

殿の御声にて、「久しうこそなりぬれ。御粥などはやまゐらせむや」と仰せらるるに、宮聞かせたまひて、「今は、さは帰りなむ。あすの夜も」と仰せられて帰らせたまひぬ。

一〇　例の、御傍らに参りて

例の、御傍《かたは》らに参りて、[五]氷《ひ》などまゐらす。殿たち参らせたまうて、「今は、法印《ほふいん》召し入れよ」とて、[六]二間《ふたま》なる[七]磬《けい》などまゐらせて、戒の

一　これは、三位が置いた四尺の几帳を指している。位置的には、病床の間の、東廂との境、下長押の際《きわ》であった。

二　帝が几帳の帷を引き上げた行為をとらえたものだが、対象は、従前の三位が置いた四尺の几帳ではないから、混同してはならない。第六節に「増誉僧正など召し騒ぐ。参りたまへれば、御几帳立てて」とあったとおり、増誉僧正などの参上に際して、帝の病床の側近くに几帳を立てたのであった。これは、身元に置くための三尺のもの。第一〇節のほか、第一二節にも介在している。ここでは、南枕で臥している帝が右手で帷を引き上げたということになる。

三　「われ」は、中宮の参上に伴い、添い臥ししている病床から身を起こして場

あそばされないのか」と思うと、心つらく感じられる。「その（下長押の際の）御几帳のもとに（お出でになられます）」と申し上げたところ、「どちら」と（お側の）御几帳の（帷《かたびら》の）端を引き上げあそばされると、（中宮は）「ここに」と申し上げあそばす。

「（中宮は）『何かおはなし申し上げあそばされよう』とお思いでいらっしゃるのだろう」と思うので、（わたしは、病床の）後ろの方にそっと下がった。入れ違いに下長押の上に中宮がお上がりあそばされ、暫くの間何のおはなしか申し上げあそばす。

（やがて）関白殿のお声で、「長くなってしまった。お粥《かゆ》などをはやく差し上げなくては」と仰せになられると、中宮はお聞きあそばされて、「もう、それでは帰りましょう。明日の夜も（参りますから）」と仰せになられてお帰りあそばされた。

一〇　例の、御傍らに参りて

いつもどおり、（帝の）お側に参じて、氷などを差し上げる。関白殿たちが参上なされて、「ただちに、法印を呼び入れよ」といって、二間《ふたま》にある磬《けい》

を離れ、その後方に移動したというのである。位置的には西側の、西廂との境に設けられた障子のもとあたりであろう。

四　別室から中宮は、病床の間に参上したのだが、暫く、東廂の母屋との際《きわ》、四尺の几帳の前の位置に控えていたのだが、病床の間である母屋の下長押のもとに一段上がったことになる。

五　受戒の前に氷を供したことに対する言及は日記だけなので、注意しておきたい。

六　夜居僧等が伺候する部屋だが、堀河院ではどこに定められていたか不詳。この日記では、こうした空間的事実に立入ることがない。視点の欠落といってもよい。

七　打楽器の一種。平仮名の「へ」のかたちに玉や石などで造り、台に吊す。

沙汰せさせたまふ。一法印《ほふいん》参らせたまひぬれば、御几帳ばかり隔てて、「御直衣《なほし》取りて参れ」と仰せらるれば、取りて参りたり。二御手水《てうづ》まゐらすべけれど、三起き上がらせたまふべきやうなければ、紙を濡らして、御手など拭《のご》はせまゐらせなどするほどぞ悲しき。

四御冠《かうぶり》など持ちて参りたれば、するかせぬかのほどに押し入れて、御直衣《なほし》引きかけてまゐらせたる、御紐、五「差さむ」とおぼしめしたるなめり、「差さむ」とせさせたまへど、御手も腫れにたれば、え差させたまはぬ見る心地ぞ目も眩《く》れて、はかばかしう見えぬ。

鐘打ち鳴らして、事のおもむき申し明きらめたまふ。

六十戒《じっかい》を前世《さきのよ》に受けさせたまひて、破らせたまはざりければこそ、この世にて七十善《じふぜん》の位長く保ち、仏法をあがめ、一切衆生《しゅじゃう》をあはれみさせたまふ心、いまだ昔より今に至るまでかばかりの帝王おはしまさず。いとど今宵《こよひ》の御戒の験《しるし》に、すみやかに御悩《ごなう》消除消散して、百年の御命長く保たしめたまへ。

と申さるる聞くぞ、「ただ今止《や》ませたまひぬる」と聞こえてめでたき。

一　「法印」の参上で、戒の開始へと展開してゆく。かの僧の召しは、前引の『中右記』の記事では夜半であったが、時間的にはもうひとつはっきりしない。

二　「御手水」は、受戒を前にして、帝の手を浄めるためのものだが、その役に就いているのは「われ」ということになる。事実に即した記述であるにしても、この場面では、彼女以外の人物は遠景に退かされたかのような展開になっている。

三　帝の衰弱ははなはだしく、起き上がることもできないとした上で、「われ」がその手を拭うという所作の提示に向かったもので、彼女は悲しみの思いに包まれているというのである。ここでも、愛する者としての視点が投じられたかたちで臨まれているといってよい。

などを（お近くに）差し上げて、戒の準備をなされる。法印が参上なされたので、御几帳だけを隔てとして、（関白殿が）「（帝の）御直衣《のうし》を取ってまいれ」と仰せになられるから、（わたしは）取ってまいった。御手水《ちょうず》をおつかわせ申し上げなければならないはずだけれども、（帝は）起き上がりあそばすこともご無理なようなので、紙を濡らして、御手などをお拭わせ申し上げるなどすることは何とも悲しい。

御冠などを持って参じたところ、（帝は）かぶったかどうか分からないいくらいに押し入れて、御直衣を引きかけて差し上げてある、その御紐を――（玉を輪に）「差し入れよう」とお思いあそばされたのだろう――差し入れようとなされるけれども、御手もむくんでしまっているから、差し入れあそばすことができない（ご様子）を見る気持ちは（涙のために）目もくらんで、ちゃんとは見えない。

（法印が）鐘を打ち鳴らして、受戒の趣《おもむき》を申し上げて明白にされる。

十戒を前世にお受けあそばされて、お破りにならなかったゆえに、この世において十善の位を長く保ち、仏法をあがめ、一切の衆生をあわれみあそばされる心は（すぐれ）、まだ昔より今に至るまでこれほどの帝王はいらっしゃらない。ますます今宵の御受戒の効験として、すみやかに御悩消除消散して、百年の御命を長く保たせて下さい。

と申し上げられるのを聞くのは、「ただ今（ご病気が）治癒あそばされる」と聞こえて頼もしい。

四　帝は、受戒に際して冠を着けるといった場面に入っているが、この点については、『殿暦』（七月十九日条）に「寅時ばかり主上御冠を着けしめ給ひ、法華経を読ましめ給ふ」と見える。ただ、これは受戒後の、十九日寅刻（正刻は午前四時）の時点における帝の読経の事実を伝えるもの。

五　『差さむ』と……なめり」までは挿入句となっている。帝は紐を差し入れようとしているのだろうとの注記である。

六　十善戒である。不殺生、不偸盗、不邪淫、不邪見、不妄語、不両舌、不悪口、不綺語、不瞋恚《しんい》をいう。身《しん》、口《く》、意《い》の三業に生じる十悪を犯さないための戒。

七　天子の位のこと。前世で十戒を守ることで、その果報により帝王として現世に生まれるとする。

さて、御戒《かい》受けさせまゐらすれば、「いとよく保つ。よく保つ」と仰せらるる。殿たち、「『一保つ』と仰せらるるや」と申させたまへば、うなづかせたまふ。

二一　受けさせまゐらせ果てて

受けさせまゐらせ果てて、二法印《ほふいん》出でさせたまへば、三故右大臣殿《みぎのおほいどの》の子に定四海阿闍梨《ぢゃうかいあざり》といふ人の、もとよりさぶらはるる御枕上《まくらがみ》に近く召し寄せ、仰せらるるやう、「経誦《ず》して聞かせよ。五定海が声聞かむも、今宵《こよひ》ばかりこそ聞かめ」と仰せられて、いみじう苦しげにおぼしめされたれど、御涙も出でず。それを聞かむ心地、誰《たれ》かはなのめなる心地せむ、誰も堪へ難《がた》き心地ぞする。

阿闍梨ややも応答《いら》へなし。「経の声も聞こえぬは、あれもためらはるるなめり」と聞こゆ。暫しばかりありて、少し出だされたるを聞けば、六方便品《はうべんぼん》の比丘偈《びくげ》にかかるほどの長行《ぢゃうがう》をぞ読まるる。つくづ

一　上接の部分にあった、十戒を守るという帝の、戒師への返答を、関白忠実たちは確認するいい方になっている。例えば、『円頓菩薩戒儀』（原文は漢文）に「此の殺生戒、能く持つや否や（受者能く持つと答ふ—原文は割注）」とあるとおり、戒師は各戒ごとに守るかどうかを聞き、受者は守ると返答するのが作法なのだが、彼等は、もう一度確かめたのである。

二　帝の受戒ののち、戒師の賢暹法印は退出したのだが、時間的には明確を得ない。

三　すでにこの源顕房については、子息の雅実などの項で言及しているが、長暦元（一〇三七）年の生まれで、嘉保元（一〇九四）年に五十八歳で死去。権大納言などを経て永保三（一〇八三）年に右大臣に任じら

それから、御戒を受けさせ申し上げると、（帝は）「ほんとうによく保つ。よく保つ」と仰せになられる。関白殿たちは、「『保つ』と仰せになられるのですか」と申し上げなさると、お肯《うなず》きあそばされる。

一一　受けさせまゐらせ果てて

（御戒を）受けさせ申し上げ終えて、法印が（病床の間から）お出になられたので、（帝は）故右大臣殿《みぎのおおいどの》の子で定海阿闍梨《じょうかいあざり》という人で、前からお仕えしていられる（その方を）御枕もと近くに召し寄せ、仰せになられるには、「経を読誦《どくじゅ》して聞かせよ。定海の声をきくのも、――今宵だけ聞くことになるだろう」と仰せになられて、大層苦しそうにお思いになられているのだけれども、御涙も出ない。それを聞く気持ちは、――誰が尋常な心もちがするだろう――誰も我慢しがたい気持ちがするに相違ない。

阿闍梨は暫し応答できない。「読経の声も聞こえないのは、あの方も（心の高まりを）抑えていられるのだろう」と知られる。暫くして、少し（声を）出されたのを聞くと、（法華経）方便品《ほうべんぽん》の比丘偈《びくげ》にさしかかるあたりの長行《じょうごう》を読んでいられる。（帝は）じっとお聞きあそばされて、

れた。

四　承保二（一〇七五）年の生まれで、久安五（一一四九）年に七十五歳で死去。保延四（一一三八）年僧正から大僧正に転じている。現在は、三十三歳となるが、ただ、当所での介在はこの僧ではなく、三歳年長の兄の賢覚ではなかったと推断される。受戒後、読経のことがあったが（『殿暦』十九日条の記事でも確認）、同書後文には、その後も病床に伺候していたのは、大僧正増誉と賢覚とする注記があるからだ。「われ」の見誤りだろう。

五　「定海が声聞かむも」を受けることばがなく、宙に浮いてしまっている。「定海が声を」といったかたちで起こされなければ通らない。

六　『妙法蓮華経』方便品第二、終末部の偈のこと。

くと聞かせたまうて、
一衆中之《しゅぢうし》糟糠《さうかう》仏《ぶつ》威徳《ゐとく》故去《ここ》
といふ所より御声うちつけさせたまひて、二つゆばかりがほど滞《とどこほ》る所なく、優々《いういう》と読ませたまふ御声、三尊き阿闍梨の御声押し消《け》たれて聞こゆ。阿闍梨も、とりわきてそこをしも読み聞かせまゐらせらる、四「明け暮れ、一、二の巻を浮《う》かめさせたまふ」と聞きおきたまへることとなればなめり。

一二　かかるほどに

かかるほどに、三位のもとより、むげに重くおはします由《よし》聞きて、女房おこせて、こまかのこと聞くなりけり、「忌ませたまふとも、参りて、局《つぼね》ながらも聞きまゐらせむ」とぞ。五「苦しがらせたまふ。上らせたまへ」といへば、やがて具して参りぬ。

見れば、大弐三位《だいにのさんみ》、後ろの方抱《いだ》きまゐらせて、大臣殿三位《おほいどののさんみ》、あり

一　比丘偈の第十一、十二句中の語句。衆中の糟糠（酒糟と米糠、つまらぬ者の喩え）が、仏の威徳ゆえにその場から去ったとの意。

二　帝は上記の偈の部分から僧に唱和した。いささかも滞るところなく、その声はのびやかだと抑えるのだが、「われ」の賛美の視点による整えといってよい。

三　解釈上、従来、当該箇所には不当な対応も見られるので、注意。たとえば、「御声尊き」として終止させてしまったり、あるいは、他本の「御声尊さ」によって、これに「御声の」というように、「の」を恣意的に付加させてしまったりなど、到底首肯できない解がなされていた。これらは、根本的に、「尊き」とあるから帝の声以外にないという思い込みのなせるわざであることに気づいておきたい。

衆中《しゅじゅう》之《し》糟糠《そうこう》仏威《ぶつち》徳《とく》故《こ》去《こ》

という所から御声をお添えあそばされて、ちょっとばかりの滞留箇所もなく、のびやかにお読みあそばされる御声は、ありがたい阿闍梨の御声がおし消されて聞こえる（ほどである）。阿闍梨も、特別にそこを読み聞かせ申し上げるのは、（帝が）「明けても暮れても、（法華経の）一、二巻をご暗誦あそばされている」と聞き置かれていらっしゃったことのためであろう。

一二　かかるほどに

こうしているうちに、藤三位《とうさんみ》のもとより、（帝が）ひどく重くおいでになる由を聞いて、女房をよこして、――詳しいことを聞くのだった――「（病人であるわたしなどの参内を）お忌みあそばされるとしても、参上して、局《つぼね》で控えたままでも（結構なので、ご病状を）お聞き申し上げたい」と（願いの筋が示された）。（やがて、病床の間から使いが来て）「（帝が）お苦しがりあそばされています。（急いで）ご参上下さい」というので、すぐさま（使いと）いっしょに参上した。

（ご病床の様子を）見ると、大弐三位《だいにのさんみ》が、（帝の）後ろの方をお抱き申し上

実は、読経の声を「尊し」とするのは定型で、ありがたい意。次節に「例の定海阿闍梨、……いと尊く読みたまふ」とあるし、他作品にも「この尼君の子なる大徳、声尊くて経うち読みたる」（『源氏物語』夕顔巻）など、徴証となる例は多い。

四　この部分に関しては、『中右記』（七月十八日条）の「主上法華経方便品の奥の偈を念誦し御す、真なる御声頗る以て高し」との箇所の割注部分に「年来の間法花経を暗誦せむと欲するの御志深し、仍りて第一二巻已に誦み付けしめ給ふなり」と記され、符合する。

五　諸本、「にてしからせたま(給)ふ」だが、転化本文。「にて」は、「苦」の草体から「に(ニ)」と「て(天)」の両字に誤認されたと推定される。病床の間からの使いのことばである。

つるままに添ひ臥しまゐらせられたり。

一御後《あと》の方についゐたれば、大弐三位《だいにのさんみ》、「苦しうせさせたまへば申しつるぞ。その足とらへまゐらせたまへ」とあれば、とらへまゐらせゐたり。少しのどまらせたまひぬる御けしきなり。御汗拭《のご》ひなどせさせたまふ。

大臣殿三位《おほいどののさんみ》、「かくしづまらせたまへるほどにせまほしきことのあり。して参らむ」とて、「参らせたまへ」とあれば、二添ひ臥しまゐらせぬ。

暫しばかりありて、例の、三定海阿闍梨《ぢゃうかいあざり》、四御几帳《きちゃう》の側《そば》に召し入れて、五「観音品《くわんのんぼん》読みて聞かせよ」と仰せらるれば、いと尊く読みたまふ。いかにおぼしめすにか、六「偈《げ》を読め」と仰せらるる、「おぼしめすやうあるなめり」と心得難《がた》し。

大臣殿三位帰り参られたれど、御足うちかけて、御手を首にうちかけさせたまへば、えはたらかねば、三位殿、われゐたるやうに御後《あと》の方にさぶらはる。

例の、七氷《ひ》などまゐらせ、「御汗など拭《のご》へ」と仰せらるれば、御枕上《まくらがみ》

一　「われ」の位置は病床の後方、帝の足もとである。使いが病床の間から来たから、「われ」は退下していた局《つぼね》から帰参してみると、大弐三位が帝の背後から抱き、大臣殿三位は添い臥していたために、このように彼女は足もとに控えたことになる。

二　大臣殿三位は、用事のため退出したので、「われ」が彼女の替わりに添い臥しするのである。

三　すでに指摘したように、これは、「われ」が兄の賢覚阿闍梨をこう誤認したのではないかと思われるから、注意が必要である。

四　病床の帝の東の位置に置かれた三尺の几帳（前出）の側に召し入れたのであって、その内側ではないので、見誤ってはならない。なお、この記述に従うと、阿闍梨はいったん退下していたこ

げて、大臣殿三位《おおいどののさんみ》は、さきほどのまま添い臥し申し上げていらっしゃる。（わたしは）御足もとについていると、大弐三位《だいにのさんみ》が、「（帝が）お苦しくあそばされているので申し上げたのです。その足をお押さえ申し上げて下さい」というので、お押さえ申し上げていた。少し落ち着きあそばされたご様子である。（帝は）御汗を拭いなどおさせになる。

大臣殿三位《おおいどののさんみ》が、「こうお静まりあそばされているうちに（わたしには）やっておきたいことがあります。やり終えて（から）参じましょう」といって、（わたしに）「（ここに）参って下さい」というので、（替わって）添い臥し申し上げた。

暫しほど経て、例のとおり、定海阿闍梨《じょうかいあざり》を、御几帳《みきちょう》の側に召し入れて、（帝が）「観音品《かんのんぼん》を読んで聞かせよ」と仰せになられると、実にありがたくお読みなさる。（帝は）どうお思いあそばされるのか、「偈《げ》を読め」と仰せになられるのは、「（何か）お思いあそばされる理由があるのだろう」と（思われるが）推察しがたい。

大臣殿三位が帰参されたけれども、（帝は、わたしの身体に）御足をうちかけて、御手を首にうちかけあそばされているから、身動きできないので、三位殿は、わたしが（先ほど）いたようにお足もとの方に伺候される。

いつものように、（帝に）氷などを差し上げ（ていると）、「御汗などを拭

とになるが、不審である。前引、『殿暦』（七月十九日条）に見えたとおり、寅刻以後、増誉僧正と当の賢覚阿闍梨はずっと帝の側近くに伺候していたからである。このあたりにも誤認があるのか。

五　『妙法蓮華経』観世音菩薩普門品第二十五のことで、これは略称。観音の教化や救済を説く。

六　観世音菩薩普門品第二十五の末尾にある。重篤な病状にあって、もはや観音の力にすがるしかないという展開になっている。例示的には、「衆生困厄を被り、無量苦身に逼るに、観音の妙智力、能く世間苦を救ふ」（訓読は引用者）などのことばが帝の脳裏に去来していたと見られる。

七　この場面で「氷」を供することも、諸記録には指摘されていない。

なる一陸奥国紙《みちのくにがみ》して御鬢《びん》のわたりなど拭《のご》ひまゐらするほどに、「いみじく苦しくこそなるなれ。二われは死なむずるなりけり」と仰せられて、

　三南無阿弥陀仏《なむあみだぶつ》、南無阿弥陀仏

と仰せらるるを聞くに、四ただにおはします折に、かやうのことは、局々《つぼねつぼね》の下人《しもびと》まで忌々《いまいま》しきことにこそいふを、御口よりさはさはと仰せられ出だすを聞くは、「夢かな」とまであさましければ、涙も塞《せ》きあへず。

　殿、御顔にあてて、「仏《ほとけ》を念ぜさせたまへ。『書かせたまふ』と聞きまゐらせし御筆《ふで》の五大般若《だいはんにゃ》はいづこにかおはしますぞ。それをよく念じまゐらさせたまへ」と申したまへば、「二間《ふたま》にこそあらめ」と仰せらるれば、殿聞きて、取りて参らせたまふ。「これにや」など見せまゐらせたまへば、「これなり」と仰せらるる。

「なほ苦しうこそなりまさるなれ」とて、ただ咳《せ》き上げに咳き上げさせたまふ御けしきにて、

　ただ今、死なむずるなりけり。六大神宮《だいじんぐう》助けさせたまへ。南無平等《なむびゃうどう》

一　檀《まゆみ》の木の皮で造った紙であって、檀紙のことである。もともと陸奥国に産したからこの称がある。歌や手紙を書くことなどに用いられ、鼻紙にも。

二　死を意識した帝のことばになっているが、「われ」による整え。『殿暦』（七月十九日条）によれば、卯刻（正刻は午前六時）のほどには、「実に術無く御す、極めて重く御すなり」という絶望的な状況に陥っていた模様で、ただちに忠実は御修法の僧や御読経の僧の参入を命じている。おそらく、日記のこの場面は、時間的にはその頃にはなっていた。

三　梵語を音訳したものだが、これを六字の名号という。「南無」は帰依の意で、（自分は）阿弥陀仏に帰依するという意味。

四　上接部分を受け、念仏に対する帝の健康時におけ

え」と仰せになられるから、御枕もとにある陸奥国紙《みちのくにがみ》でもって御鬢のあたりなどをお拭い申し上げているうちに、「とても苦しくなった。わたしは死のうとしているのだな」と仰せになられて、

　南無阿弥陀仏《なむあみだぶつ》、南無阿弥陀仏

と仰せになられるのを聞くと、ご健康でいらっしゃる折には、このようなことは、おのおのの局《つぼね》の従者まで不吉なことといっているのに、（こうも）お口から明瞭にいい出しなさるのを聞くのは、「夢かな」とまで（感じられるなど）思いのほかだったので、涙も抑えようがない。

　関白殿は、（ご自分の顔を帝の）お顔に当てて、「仏《ほとけ》を御念じあそばされますように。『お書きあそばされている』とお聞き申し上げていた御直筆の大般若（経）はどこにおありでしょうか。それをよく御念じ申し上げあそばされませ」と申し上げなされると、「二間《ふたま》にあるだろう」と仰せになられるので、関白殿は（それを）聞いて、取って参られる。「これでしょうか」などとお見せ申し上げたところ、「これだ」と仰せになられる。

（帝は）「さっきより増して苦しくなってきたな」といわれて、ひたすらお咳き上げあそばされるご様子で、

　今すぐ、死のうとしていることだ。大神宮《だいじんぐう》お助け下さい。南無平等大会《なむびょうどうだいえ》講《こう》　明法華《みょうほうげ》。

る常日頃のあり方が示される筋合いにおいて、下に繋がる構文であるべきだが、「局々の下人まで……いふを」とあるとおり、従者たちのことに逸脱してしまっている。本筋にもどるのは、「御口より」の部分から。

五　「大般若」は、正式には「大般若波羅蜜多経」という。玄奘《げんじょう》の漢訳、六〇〇巻。「般若」は智慧の意である。帝が日頃、この経を筆写していたことは、「今日二間に於て、釈迦像、御筆の大般若経第一帙を供養し奉らる」（『中右記』長治元年七月十九日条）など、記録類にも見える。

六　「大神宮」自体は、伊勢の皇大神宮(内宮)と豊受《とようけ》大神宮（外宮）の総称だが、ここは、天照大神を祀る前者。もとより、正しくは祭神の天照大神でなければならない。皇室の祖霊神。

[一]大会《だいゑ》講明《かうみゃう》法華《ほふげ》。

など、まことに尊き言《こと》ども仰せられつつ、「苦しう堪へ難くおぼゆる。[二]抱《いだ》き起こせ」と仰せらるれば、起き上がりて抱き起こしまゐらするに、[三]日頃は、かやうに起こしまゐらするに、いと所狭《せ》く、抱きにくくおぼえさせたまへるなりけり、いとやすらかに起こされさせたまひぬ。

大弐三位《だいにのさんみ》、御後ろにゐたまひたり。御背中を寄せかけまゐらせて、[四]御手をとらへまゐらせなどする、御腕《かひな》[五]冷ややかに探られさせたまふ。「かばかり暑き頃、かく探られさせたまふは」と、あやし、あさまし、たとへむ方なし。

一三　僧正召し

[六]僧正召し、十二人の久住者《くぢうさ》召し寄せて、大方《おほかた》ものも聞こえずなりにたり。

一　「大会」の「会」は、もともとは「慧」であって、大いなる智慧、また、「講明」は、意義を明白に説くこと。したがって、「南無……法華」全体は、平等心と大智慧により、明確に説いた妙法蓮華経に帰依するといった意。

二　余りの苦痛に帝は、思わず抱き起こすようにとの言を発するが、日記では、これが最後のことば。

三　挿入句である。健康であった日頃の場合、帝を抱き起こすのは大変だったという注記になっている。なお、語法的には、「抱きにくくおぼえさせたまへるなりけり」の「おぼえ」の「え」が受身をあらわすので、「帝はわたしに抱きにくく思われあそばされた」となる。現代語訳では、現代語用法に照らし、「われ」を主語とした謙譲体の構文に組み替えて通しておいた。

などと、まことにありがたいことばを仰せになりながら、「苦しく堪えにくく感じられる。抱き起こせ」と仰せになられるので、（わたしは）起き上がってお抱き起こし申し上げるのだが、――日頃は、このようにお起こし申し上げる時はほんとうに難儀で、抱きにくくお感じ申し上げたものだ――何とも容易く起こされあそばされた。

大弐三位《だいにのさんみ》は、（帝の）背後に座っていらっしゃる。（その三位に）お背中を寄せかけ申し上げて、（わたしは帝の左側で）お手をおとり申し上げるなどすると、御腕が冷たく探られあそばされる。「これほどに暑い時節に、こう探られあそばされるとは」と、――不可解だ、意外だ――何にもたとえることができない。

一三　僧正召し

僧正を召し、十二人の久住者を召し寄せて（祈祷させるが、その声で）、まったく何も聞こえなくなってしまった。

四　帝の手を握るという動きになっているが、日記では、生前の身体に触れる最後の機会。なお、死後にも手を取る場面がある（第一四節）。

五　すでにして、帝の体温は低下しはじめていることを告げているが、暑さのなか、冷たくなっているといった体感は、「あやし、あさまし」との挿入句に表出する驚嘆へと導かれる展開になっている。

六　増誉僧正、比叡山の久住者などを召し寄せ、病床の間は騒然とした状況に。『中右記』（七月十九日条）の「御悩危急の間、公卿多く以て参集せり、諸僧同音にて加持し奉る、是御邪気の疑ひ有るに依りてなり」を参照のこと。諸人の参集や諸僧の加持などのほか、物気発現をも予想することへの記述など、興味深い。

大臣殿三位《おほいどののさんみ》、御口に手を濡らして塗りなどしまゐらせたまふ。[一]念仏いみじく申させたまふさまこそことのほかなれ。ともすれば、「大神宮、助けさせたまへ」と[二]申させたまへど、その験《しるし》なく、[三]むげに御目など変はりゆく。

僧正、とみに参らせたまはず、やや久しくありて参らせたまへれば、[四]日頃隔つれど、何のもののおぼえむにか、「ものの恥づかし」ともおぼえむ、ただひとつにまとはれて、僧正、三位殿二人、おまへ、わが身、[五]五人の人々ひとつにまとはれ合ひたり。

僧正、声を惜しまず、[六]頭《かしら》よりまことに黒煙立つばかり目も見開けず念じ入りて、仏《ほとけ》を恨み、口説き申さるるさまいと頼もし。

例ならぬ折は、あやしの僧だにも、もの祈るは頼もしくこそなる心地すれ、かばかりの人の、一心に心に入れて、「年頃仏《ぼとけ》につかうまつりて六十余年になりぬるに、[七]まだ、されども仏法尽きず、すみやかにこの御目治させたまへ」と、人などをいふやうに、「遅し、遅し」とあれど、何の験《しるし》もなくて、御口のかぎりなむ念仏申させた

一　これは、前節の「ただにおはします折に、かやうのことは、……あさましければ」とのくだり（ただし、この部分には構文上の不備があることについては指摘したとおりである）と通う。「われ」にすれば、相当の驚きだったことを語る。

二　「申させたまへど」の本文箇所は、底本には「……給ふも」とあるが、ここは、下接部分が「その験なく」という打ち消しの語であるから、より適切な本文形態という観点から、他本によって「たまへど」と、逆接形の本文に改めた。

三　帝の最期へと、「われ」の視線は注がれているが、愛執の眼差しにおける凝視。

四　「日頃隔つれど、……ともおぼえむ」の部分は、挿入句である。増誉僧正の参上を指示するに当たって、これまで、病床は几帳によ

大臣殿三位《おおいどののさんみ》が、（帝の）お口に手を濡らして塗りなどして差し上げる。（帝が）念仏を一途にお唱え申し上げあそばされるさまは思いがけないことである。ともすると、「大神宮、お助け下さい」と申し上げあそばされるけれども、その効験はなく、ただただ御目などが変わってゆく。

僧正は、すぐにも参上なさらず、やや時が移ってから参上なされたので、日頃（病床との間は御几帳《みきちょう》で）隔てていたけれども、――（今は）何の思いによっても、「恥ずかしい」とも意識されない――ただもうひとつに絡み合って（かたまり）、――（すなわち）僧正、三位《さんみ》殿二人、帝、わたしと、五人の人々がひとつに絡まり合っていた。

僧正が、声を惜しまず、頭よりまことに黒煙が立つほどに目も見開かずに念じ入って、仏《ほとけ》を恨み、口説き申し上げるさまは実に頼もしい。

病気の折は、信用できない僧でさえ、祈祷する場合には頼もしく感じる気がするものだけれども、これほどの人が、一心に心に念じて、「年来仏にお仕え申し上げて六十余年になりましたが、――まだ、いくら何でも仏法は尽きておりません――すみやかに帝の御目をお治し下さいますように」と、人などに向かっていうように、「遅い、遅い」といわれるけれども、いかなる効験もなくて、お口の限り念仏をお唱え申し上げあそばされていたのも、

り隔てられていたために直視されることはなかったが、この状況では恥ずかしいとも感じないとする注記。

五　増誉僧正、大臣殿三位、大弐三位、帝、それに「われ」を加えた五人が一つの塊《かたまり》になっているというのだが、この五人以外の他者は排除されたかたちでの整えになっている。

六　僧正の一心不乱な祈念のさまについての比喩による指示。これと同型の表現が第七節の結尾に存在していることは指摘した。

七　挿入句。まだ仏法は尽きていないとする注記。「されども」の「さ」は、末法に入っていることを示す。日本の場合、永承七（一〇五二）年に末法に入ったとされる。周知のように、『扶桑略記』（同年正月二十六日条）に「今年始めて末法に入る」（原文は漢文）とある。

まへるも、はたらかせたまはずならせたまひぬ。

一殿御覧じ知りて、「今は、さは院に案内《あない》申さむ」と申させたまへば、二民部卿こなたに召して、殿御簾《みす》押し上げ、もの忍びやかに、いかに仰せらるるにか、仰せらるれば、立たれぬ。

大臣殿《おほいどの》、寄りて「今は何の甲斐なし」とて、三御枕直して抱《いだ》き臥させまゐらせつ。殿たち、みな立たせたまひぬ。

僧正、なほ、御傍《かたは》らに添ひゐたまひて、何のことにか忍びやかに四つぶつぶと申し聞かせたまふ。

かかるほどに、五日はなばなと射し出でたり。日の闌くるままに御色の日頃よりも白く腫れさせたまへる御顔の、清らかにて、御鬢《びん》のあたりなど御梳櫛《けづりぐし》したらむやうに見えて、ただ、大殿籠《おほとのご》もりたるやうに、違《たが》ふことなし。

一四　僧正

一　関白忠実が、帝の死を知ったとする記述展開。『殿暦』（七月十九日条）には「辰時ばかり御念仏并びに御経宝号を実に能く々唱へ給ひ崩じ給ふ、(此の間余御前に候せり—原文は割注)」とあるように、死亡時刻は辰刻(正刻は午前八時)である。

二　関白忠実は、ただちに白河院に帝の死を報告すべく民部卿（源俊明）を呼び指示したといった動きになっているが、実際は、「午時ばかりに及ぶとも院に申さず、是《これ》御歎きの極まり無きに依るなり、午の了《を》るばかり内府并びに民部卿余に相示して云ふ、今に於ては院に申す可してへり、仍りて此の由を申さしむ」とあるように、院への報告は、悲嘆を慮り、午後十二時半頃になっていたし、それも内大臣（源雅実）と民部卿の進言によってのことであっ

おはたらきあそばされなくなってしまわれた。

　関白殿は（ご最期と）察知なされて、「今はもう、それでは院にお知らせ申し上げよう」と（お亡骸を見つめながら）申し上げなされると、民部卿《みんぶきょう》をこちらに召して、関白殿は（東廂との境の）御簾《みす》を押し上げ、ひそやかに、何と仰せになれるのか、仰せになられると、（民部卿は）立たれた。

　内大臣殿が、（お亡骸の近くに）寄って、「今となっては何の甲斐もありません」といって、（帝の）御枕を（北に）置き直して抱いてお臥させ申し上げた。関白殿たちは、みな（この病床のもとから）お立ちなさった。

　僧正は、まだ、（お亡骸の）お側に寄り添ってお座りになったまま、何言《なにごと》であるかひそやかにぶつぶつと申し聞かせなさる。

　こうしている間に、陽光がはなばなと射し出した。日が高くなってゆくにつれお色の日頃よりも白くおむくみあそばされている御顔が、清らかで、御鬢のあたりなどは櫛でお梳かしなさったように見えて、ただもう、おやすみになっておいでなさるようで、（ご生前のご様子とまったく）相違することがない。

一四　僧正

た。事実との径庭に注意。

三　枕を北の位置に直し、いわゆる頭北面西右脇臥の、釈迦涅槃の折のかたちに定めた。

四　増誉僧正が帝の遺骸のもとで小声で引導を渡すという指示。ただし、『殿暦』（十九日条）では、院への報告前の巳刻（正刻は午前十時）、また、『中右記』（同日条）では、未一点（午後一時）で、時間的には齟齬がある。いずれにしても日記の記述順序と合致しない。

五　朝日が射し出したとの指示。ただ、前引『殿暦』（十九日条）によれば、帝の死は辰刻だから、このあたり、「われ」の意図的な変改であるか。下文の、遺骸の顔を「清らか」とするおさえに照らしても、夜明けの陽光に包まれるという美的な浄化と見なし得るだろう。

僧正、「今は」と見果てたてまつりて、やをら立ちて、御[一]傍《かたは》らの御障子《さうじ》を忍びやかに引き開けて出でたまふに、大弐三位《だいにのさんみ》、「あな悲しや。いかにしなし出でさせたまひぬるぞ。助けさせたまへ」と声[二]も惜しまず泣きたまふを聞きて、さながら泣き響《とよ》み合ひたり。

[三]左衛門督《さゑもんのかみ》、[四]源中納言《げんちうなごん》、[五]大臣殿《おほいどの》の権中納言《ごんちうなごん》、[六]中将《ちうじやう》、[七]御乳母子《めのとご》の君たち、[八]十余人、女房のさぶらふかぎり、声をととのへて、せめておぼゆるままに御障子を地震《なゐ》などのやうにかはかはと引き鳴らして、泣き合ひたるおびたたしさ、もの怖ぢせむ人は聞くべくもなし。

「今一度《ひとたび》見まゐらせむ」とて親しき上達部《かんだちめ》、殿上人《てんじやうびと》、われもわれもと参れど、疎《うと》きは呼びも入れず。

大弐三位、大殿籠《おほとのご》もりたるやうなる人を、「わが君や、いかにして方々をば捨てておはしましぬるぞ。生まれさせたまひしよりかた時離れまゐらせず、[九]あやしの衣《きぬ》の中より生《お》ほしまゐらせて、いづれの行幸にも離れず、後《しり》に立ち、前《さき》に立ち、病《やまひ》の心ならぬ里居《さとゐ》十日ばかりするにも、恋しくゆかしく思ひまゐらせつるに、かた時見まゐら

一　五五頁脚注四で指摘したとおり、増誉僧正の退下は、白河院への報告以前であった。時間の上では記録類に齟齬があるにしても、順序自体には違いがない。直後の記述から、病床の間が愁嘆場と化した状況が対象化されることからいえば、僧正の退下を機に緊迫感が切れるといった企てであったかとも思われる。

二　大弐三位が、増誉僧正の退下を目にして、感情を乱して泣き騒ぐことから、これが伝染したかのように、病床の間に参集している諸人も泣き叫ぶ有様へと展開。

三　源顕房三男、雅俊(前出)。以下、各人の記載順序は第六節とほぼ同様である。

四　同じく源顕房の息男、国信、雅俊の同母弟(前出)。

五　内大臣源雅実の息男、顕通(前出)。

六　源顕房の息男、顕雅で

僧正は、「もうこれまで」とお見届け申し上げて、そっと（お亡骸のもとから）立って、お側の御障子《しょうじ》をひそやかに引き開けてお出になられると、大弐三位《だいにのさんみ》が、「ああ悲しいことよ。どのようにし終えて退出なさってしまうのですか。（帝のお命を）お助け下さい」と声も惜しまずお泣きなさるのを聞いて、（周りは）残らず泣き騒ぎ合った。

左衛門督《さえもんのかみ》、源中納言《げんちゅうなごん》、大臣殿《おおいどの》の権中納言《ごんちゅうなごん》、中将《ちゅうじょう》、御乳母《おんめのと》の子たち（など計）、十余人、（それに）女房の伺候している者すべてが、声を合わせて、さし迫った感じのままに御障子を地震などのようにがたがたと引き鳴らして、泣き合っているものすごさは、もの怖じする人は聞いていられるわけがない。

「今一度（帝のお姿を）拝見しよう」ということで親しく近侍した上達部《かんだちめ》や殿上人《てんじょうびと》が、われもわれもと参上するけれども、疎遠な人は呼び入れない。

大弐三位が、おやすみになっておいでのような人を、「わが君、どうして（大勢の）方々をお見捨てになってしまわれたのです。お生まれあそばされた時より片時もお離れ申し上げず、衾《ふすま》の中からお育て申し上げて、いずれの行幸にも離れず（お仕え申し上げ）、後《あと》に立ち、前《さき》に立ち、病気のための不本意な里居《さとい》を十日ほどする折にも、恋しく（すぐに）お目にかかりたくお思

あろう（前出）。

七　乳母の子どもたちのことをいう。堀河帝の四人の乳母のうち、まず弁三位（光子）には、六人の子どもがいるが、ここでは通季、能季の二人が該当するだろう。大臣殿三位（師子）には、顕通がいるが、この人物は、上に「大臣殿の権中納言」として記されているから、この範疇には入らない。大弐三位（家子）には、基隆、家保、宗隆の三人、姉の藤三位（兼子）には、敦兼（前出）がいる。もとより、これらは確認される範囲内のみの数にとどまる。

八　左衛門守から中将までの四人に、乳母のこどもの数を加算した合計である。

九　襁褓《むつき》のことをいうのだろうか。ただ、帝が身に着ける物に対して「あやし」は不当である。「綾平絹の衣」からの転か。

せで、いかでかさぶらはむ。ただ具しておはしましね。今一度《ひとたび》おどろかせたまひて、見えさせたまへ。あな悲しや。恋しさをいかにしてかさぶらはむ。ただ、召してぞ」と、御手とらへて、一をめき叫びたまふ聞くぞ堪へ難《がた》き。この声を聞きて、そこらののしりつる久住者《くぢうさ》どもひしと止《や》みぬ。

二 山の座主《ざす》、今ぞ参りて、僧正の出でたまひぬる障子《さうじ》引き開けたまへば、三位、「山の座主をも今は何にせむずるぞ」といひ続けて泣きたまふ。

三 御障子《さうじ》より投げ入れらるるものを、「何ぞ」と見れば、わが局《つぼね》に置きたる二藍《ふたあゐ》の唐衣《からぎぬ》被《かづ》きたるもの投げ入れて、人のゐるを見れば、藤三位殿《とうさんみどの》の「かく」と聞きて参りたまへるなりけり。

「あな心憂や。例さまに目見開けさせたまひつらむを今一度《ひとたび》見まゐらせずなりぬる、心憂きを、何のもの忌みをして呼びたまはざりつるぞ。年頃の御病《やまひ》をだに、はづるることなく扱ひまゐらせて、限りの度《たび》しも、かく心地を病みてける身の宿世《すくせ》の心憂きこと」といひ

一 わめいて声をあげることをいう。大弐三位は、錯乱状態といってもよく、遺骸に向かって、その手を掴みながら、常軌を逸したかたちで喋り、わめいているというのである。注意しておいてよいのは、このように、「われ」は、周囲の状況を観察しているかのように見ていることである。周囲の狂乱のさまとは違う次元に身を置いている。

二 比叡山延暦寺の上首、藤原師実の息男、仁源のことである。第四十代の座主であった。母については、源則成女（『尊卑分脈』）、あるいは、則成の弟の定成女（『天台座主記』）とされるなど定見を得ない。天仁二（一一〇九）年に五十二歳で死去しているから、康平元（一〇五八）年の生まれとなる。『僧綱補任』、『天台座主記』などによれ

い申し上げたものなのに、(今後は)片時も拝見申し上げずに、どうして身をおけましょう。ただもう(わたしを)連れていらっしゃって下さい。今一度目をお覚ましあそばされて、(お姿を)お見せ下さい。ああ悲しいことよ。恋しさをどのように堪《こら》えて生き存《なが》らえていけばよいのでしょうか。ただただ、(わたしを)召して(お連れ下さいますように)」と、(帝の)御手をとらえて、わめき叫びなさるのを聞くのは我慢しがたい。この(三位の)声を聞いて、大勢大声を上げていた久住者たちはぴたりとなりをひそめた。

延暦寺の座主が、ちょうどこの時に参上して、僧正が退出なされた障子を引き開けなさると、大弐三位が、「山の座主をもって今となって何に対処しようというのです」といい続けてお泣きなさる。

御障子(のもと)より投げ入れられるものを「何か」と見ると、——わたしの局《つぼね》に置いてある二藍《ふたあい》の唐衣《からぎぬ》を被《かぶ》ったものを投げ入れて、人のじっと座っているのを見ると、藤三位殿《とうさんみどの》が「崩御あそばされた」と聞いて参上なさったのであった。

「ああつらいことよ。平生(のご様子)のようにお目を見開きあそばされていたお姿を今一度拝見できなくなってしまったのは、つらいことだが、何のもの忌みをしてお呼び下さらなかったのですか。数年来のご病気をさえ、いつもお側に控えてご看病申し上げていたのに、最期の折に限って、このように病を得てしまったわが身の運命が情けないことよ」といい続けてお泣きなさる。

ば、永保元(一〇八一)年に法印に叙せられ、長治二(一一〇五)年閏二月には天台座主に任ぜられ、同年五月に僧正に。現在五十歳である。なお、『殿暦』、『中右記』の七月十九日条にはこの仁源の参上に関しては指摘がない。

三 藤三位参入の記述だが、構文上、穏やかではない。「御障子より……見れば」を受ける語句がないので注意したい。不備というべきか、この起筆部分を忘れてしまったかのように、次に、「わが局に置きたる……投げ入れて、人のゐるを見れば」と転換されてしまっている。前者では、「投げ入れらるるものを」と、受身形であったが、後者では、「投げ入れて」と変換されてしまっている。従って、このかたちでは、「人のゐる」には繋がらない。

続けて泣きたまふ。

われは、[一]御汗を拭《のご》ひまゐらせつる陸奥国紙《みちのくにかみ》を顔に押し当ててぞ添ひゐられたる。『あの人たちの思ひまゐらせらるらむにも劣らず思ひまゐらす』と年頃は思ひつれど、[二]なほ劣りけるにや。あれらのやうに声たてられぬは」とぞ思ひ知らるる。

「大臣殿《おほいどの》参らせたまひて、うち見まゐらせて、いかにおぼし解くにか、持ちたまへる扇の骨をたたみながらはらはらとうち擦《す》りて、泣きて出でたまひぬ」と思ふほどに、[三]『今は御格子《かうし》まゐれ』とありけるにや」と見えて、すなはち、親しき殿上人《てんじゃうびと》なめり、[四]源中納言《げんちうなごん》の四位少将顕国《しゐのせうしゃうあきくに》、[五]右大臣殿《みぎのおほいどの》の加賀介家定《かがのすけいへさだ》、あかあかと日射し入りて明かきに、はらはらと下ろして去《い》ぬ。

「あなあさまし。こはいかにしつるよ」と、え避《さ》らぬ心にまかせぬ日の暮るるだに、「大殿油《おほとなぶら》を疾《と》くさし出でよかし」と、まだ下ろさぬ前《さき》に心もとなくおぼえしものを、「はなばなと射し出でたる日に下ろし籠《こ》めて、わざと暗《くら》うなすよ」とおぼゆるに、ものぞおぼえぬ。

一　「われ」は、周囲の狂騒の状況から無縁なまま、ひとり帝の汗を拭った陸奥国紙を顔に押し当てて、遺骸に寄り添っているという。彼女は気づいてはいないが、こうした記述展開にあって、心奥の深みで一体感に陶酔している。

二　帝への思いはほかの誰よりも濃密だと自認していたけれども、人々のように声をあげて泣くこともないこういったさまは、劣っているためかといった劣等意識ともいうべき感懐が表出しているが、極度の悲嘆に襲われているために沈静化した状態で冷静な視線を投じている自己にも気づいていない。

三　御格子は、廂と簀子敷きとの間に設置されているが、「まゐる」の語は、その上げ、下ろしの両方にいう。ここは、後者の意味だ

わたしは、（帝の）御汗をお拭い申し上げた陸奥国紙《みちのくにがみ》を額《ひたい》に押し当ててずっと（お側に寄り）添っているだけだ。『あの人たちが（帝を）お思い申し上げているのにも劣らずお思い申し上げている』と長年思っていたけれども、やはり劣っていたのだろうか。あの人たちのように声を立てられないというのは」と思い知られることである。

「内大臣殿が参上なされて、（お亡骸の方を）ちょっと見申し上げて、どのようにお考えになるのか、持っていらっしゃる扇の骨をたたみながらさっさっと擦《こす》って、泣いて退出なされた」と思っている時に、「『もう御格子《みこうし》を下ろすように』と（指示が）あったのだろうか」と思えて、ただちに、――（帝と）親密な殿上人《てんじょうびと》なのだろう――源中納言《げんちゅうなごん》の四位少将《しいのしょうしょう》顕国《あきくに》、右大臣殿《みぎのおおいどの》の加賀《かがの》介家定《すけいえさだ》が、あかあかと日が射し込んで明るいのに、ばたばたと下ろして出て行った。

「ああ驚いたこと。これはどうしてしまったことなのか」と、避けられぬ意志にまかせられない日が暮れる時でさえ、「大殿油《おおとなぶら》をはやく出しなさい」と、まだ（御格子を）下ろさない前からせいた気持ちでいたものなのに、「はなばなと射し込んでいる日のもとで押し込めるように下ろして、わざわざ暗くしてしまうことよ」と思われるにつけ、あれこれ考えられない。

が、これは、死去後の一定の対処のうちにある行為である。『吉事次第』に「次御屏風、御几帳ヲ立廻ラス、……次火ヲウチテトモス、コノ火ヲバトモシツル後、御ソサ《所作》マデキヤサヌナリ」と見えるように、さらに、遺骸の周囲には屏風、几帳を立てめぐらし、火を点すというのが例である。

四 中納言源国信（前出）の息男、顕国。母は、高階泰仲女。帝の従弟に当たる。保安二（一一二一）年に三十九歳で死去しているから、永保三（一〇八三）年の出生。現在、従四位上、左少将で、十二月には皇后宮権亮を兼帯。二十五歳。

五 故右大臣源顕房（前出）の息男、家定（のちに信雅と改名）である。母は藤原良任女（異伝もある）。帝の叔父に当たる。現在、加賀介にして、二十九歳。

藤三位《とうさんみ》、「あないみじ。かくはいかに下ろしつるぞや。『甲斐なき御顔ながらも、明かくて目守《まも》りまゐらせてあらむ』とこそ思ひつれ」と声も惜しまず泣きたまふ。

一 大臣殿《おほいどの》、また参りて、「御衣《おほむぞ》、今は脱ぎかへさせまゐらせて、御畳今は薄くなさむ」とえもいひやりたまはずのたまうて、御単衣《ひとへ》取り寄せたまうて、引き被《かづ》けまゐらせなどせられぬ。

二 「長押の下《しも》にまかり出でさせたまひぬ」と見まゐらするままに、大臣殿三位《おほいどののさんみ》、三 まろび下りて、やがてそこに、端様《はしさま》にて息も絶えたるさまして、臥したまひたる、四 大臣殿見たまひて、子の中納言《ちうなごん》召して、「あれ、率《ゐ》て退《の》けよ」とあれば、その方の女房、中納言としていと頼もしく、めでたげにてかき抱《いだ》きて去《い》ぬ。

さるほどに、大弐三位《だいにのさんみ》も、御子五 播磨守《はりまのかみ》、六 出雲守《いづものかみ》などいふ人々、かきすくひて率て去ぬ。

藤三位殿《とうさんみどの》は、例ならぬ弱げに見えつる人の、投げ入れられつるより、疾《と》くて、七 声絶《こわだ》えもせずいひ続けて泣きたまふさま、「ことわり」

一 退下していた内大臣(源雅実)が再度、病床の間に参上したのは、これも、死後の所定の、衣服と畳に関する作法を執行するためであった。これらに関しては『吉事略儀』、前引『吉事次第』などに詳しい。

二 これは、内大臣が病床の間から東廂の下長押の下に退いたことを示す。他本には「まかり出で」の箇所が「さなりは」とあるが、意味上、不当であるから、底本系本文からの転化本文。

三 大臣殿三位が、病床の間から、東廂に転がり下り、「端様」に臥している。

四 内大臣は、大臣殿三位の様子を見て、息男の中納言(顕通)に連れ去るよう指示した。三位は端にいる。

五 藤原家範の息男、基隆である。上文「御乳母子の君達」の箇所で付言。長承二(一一三二)年に五十八

藤三位《とうさんみ》は、「ああつらい。このように何で下ろしてしまったのですか。『(拝見したとしても、もう) 甲斐のないお顔であるけれども、明るいところで見守り申し上げていよう』と思っていたのに」と声も惜しまずお泣きなさる。

内大臣殿が、また参上して、「(帝の) お召し物を、今はお着せ替え申し上げて、御畳をもう薄くしよう」と (涙によって) すべては言い続けられない有様でおっしゃって、御単衣《ひとえ》をお取り寄せなさって、(お亡骸に) 引き被《かぶ》せ申し上げなどされた。

「(内大臣殿が) 下長押の下に退去された」と拝見している間に、大臣殿《おおいどの》の三位《さんみ》が、(東廂に) 転がり下りて、そのままそこで、端の方で息も絶えたさまをして、お臥せになっていらっしゃるのを、内大臣殿がご覧になられて、息男の中納言を召して、「あれを、連れて退出させよ」といわれるから、その局《つぼね》の女房が、中納言といっしょに大変頼もしく、力強い感じで抱きかかえて退去した。

そうしているうちに、大弐三位《だいにのさんみ》も、御子の播磨守《はりまのかみ》や出雲守《いずものかみ》などという人が舁《か》き掬うように連れて行った。

藤三位殿は、病気中の弱々しそうに見えた人で、(御障子《しょうじ》のもとから当所に) 投げ入れられてより、早口で、声の途切れもなくいい続けてお泣きなさるさまは、「もっともだ」と見えるけれども、「度を越してしまわれたのでは

歳で死去しているので、承保二(一〇七五)年の出生。現在、播磨守で三十三歳。

六　基隆の弟、家保。大弐三位は家保を産み、乳母となったと考えられるから、承暦三(一〇七九)年の生まれか。現在、出雲守で、二十九歳かと思われる。

七　底本には「こゑたにもせす」とあり、諸本にも乱れがあって、意がとおらない。「こわ」が「声」と漢字表記されてから「こゑ」の形態が生じ、一方、「こわ」の「わ」が、仮名遣いの混同により、「は(八)」と書写された段階で、ここから字形相似によって、「い(以)」の形に。さらに、「こゑ」の「ゑ」が上と同様に、仮名遣いの混同により「え」に転じたものが、字形相似によって「え(江)」から「に(仁)」のかたちで転化したものと推定される。

と見ゆれど、「[一]過ぎゐられぬるにや」と見ゆれば、子の加賀守《かがのかみ》を見おこせて、「[二]それ抱《いだ》き退《の》けたてまつらせたまへ」と、いと弱げに見えさせたまふさまをば、「[三]もののおぼえはべらぬぞ。助けさせたまへ」とあれば、「[四]いふ甲斐なし。下《しも》に下りさせたまへ」と引き退くれど、「何言《ごと》のたまふぞ。うるはしくておはしましつる御顔を、今一度《ひとたび》見せさせたまはずなりぬるが恨めしさはいふ方なし」とあぢきなく、人の罪のやうに泣きたまふもことわりにぞ聞こゆる。

[五]御腕《かひな》を探れば、いまだ冷えながら、例の人のやうにたをやかに探らるれば、「もしや」とこころみがてら、「暫しも、さらば違《たが》へまゐらせて、もののたまへかし」と思へば、いたくもすすめで、もろともに御腕をとらへてゐたれば、いつのほどに変はるにか、ただ[六]竦《すく》みに竦み果てさせたまひぬ。

「今は甲斐なし」と思ひて、「[七]いざさせたまへ。さぶらはせたまふとも今は甲斐なし。『一言《ひとこと》もこそもしや』と思ひつるほどこそありつれ」と引き退くれど、大方《おほかた》取り付きまゐらせて、「いかでか、

一　諸本には「すきいられぬるにや」とあるが、「い」の本文箇所は、仮名遣いの混同によって、「ゐ」から転化したものと考えられる。従って、本文的には、「すき」は「過ぎ」で、度を越した状態をあらわし、これに存続の補助動詞の「ゐる」と尊敬の「らる」がそれぞれ付いた構造ととらえられる。

二　この発言は、東廂、下長押下の位置にいる内大臣のものである。基点は、病床の間にいる、藤三位の子、加賀守（敦兼）であるから注意したい。内大臣は彼を見てよこしたことを示している。単に「見て」と解してしまっては誤り。

三　理性を失ってしまっている母、藤三位の様子を見ながら、加賀守は側近くの位置にいる「われ」に助力を頼んだという記述内容である。

ないか」と見えるから、(内大臣殿が下長押の下から)息男の加賀守を見てよこして、「それを抱いて退出させ申し上げなさい」と(命じられたが)、とても弱々しくお見えなさるさまを(目にして、加賀守はすぐ近くに控えているわたしに)「(母は)理性を失った状態でございます。お助け下さい」というので、(わたしは)「いいかけても甲斐はありません。局にお下り下さい」と(お亡骸から)引き退けるけれども、(三位殿は)「何言《なにごと》をおっしゃるのです。端正でいらっしゃった御顔を、今一度お見せあそばされなくなってしまった恨めしさはいいようもありません」と不快そうに、あたかもわたしの罪のようにお泣きなさるのももっともだと理解される。

(帝の)御腕を探ると、まだ冷たいけれども、生きている人のように柔軟に探られるので、「もしや(蘇生あそばされたか)」と試みながら、「暫くの間でも、そうであるならお違《たが》え申し上げて、――(どうか)何かおっしゃって下さいますように」と思うので、(三位《さんみ》に退下を)それほど勧めないで、いっしょに御腕をとらえていると、いつの間に変わるのか、ただひたすらご硬直あそばされてしまった。

「今となっては甲斐がない」と思って「さあご退下下さい。お側に侍っていらっしゃってももう甲斐はありません。『ひとことでももしかすると』と思っていたこともあったのですが」と引き退けるのだけれども、すっかり(お亡骸に)お取りつき申し上げて、「どうして、帝お一人をお置き申し上げて行けましょうか」とおっしゃる。

四　これは、加賀守のことばを受けた「われ」のことば。遺骸に喋り続けている藤三位に、甲斐がない、退下するようにと諭すのである。

五　ここで「われ」は、帝の腕に触るが、身体は冷えてしまっているものの、生きているようで、その柔軟性は失われていないとする感覚。生前の体感の記憶と重なっていると見てよい。

六　強意の副詞「ただ」と累加の格助詞「に」を組み合わせ、同じ動詞を重ね、ひたすら縮む有様を示している。これは第三節にも見えた用法である。この場面では遺骸の硬直化が進んでいる事実が表現されている。

七　これは、「われ」の、藤三位への諭しのことばであるが、従前の場面でのそれと同様であることに注意したい。

一所《ひとところ》置きまゐらせては行かむずるぞ」とのたまふ。

一加賀守《かがのかみ》の、さばかりあるは抱《いだ》き退くべき心地もせねば、加賀守に、「われはえ抱きたまふまじくは、局《つぼね》の人を呼びたまへ」といへば、さばかりの、ものもおぼえずげなる人の、とりあへず、「いかでわが君のおはします所に二下衆《げす》をば寄せむ」とて、いみじう泣かる。参りさまに抱かれたりつれば、「せめてもののおぼえでか」とぞおぼゆる。

されば、わが方の女房ども呼びて、三非道《ひだう》に、引き乗するやうに人の背中に負《おほ》せてやりつ。

御乳母《めのと》たち立たれぬれば、四因幡内侍《いなばのないし》とて、明け暮れあまたの内侍の中にとりわき仕うまつりつきたりし人と二人、御傍《かたは》らに無期《むご》に近くさぶらふ。「あはれ多くさぶらひつれど、五契り深くも仕うまつり果てさせたまへる」などいひ続けて、いみじう泣かるるさまぞ、いともよほさるる心地して堪へ難《がた》き。

局《つぼね》より、急ぎたるけしきにて、「きとおはしませ。三位殿絶え入らせたまひぬ」といひて、引き離《さ》けて率《ゐ》て去《い》ぬ。

一　「加賀守の、……心地もせねば」の本文箇所は、加賀守が主語、「心地もせねば」が述語となる構文だが、下接部分は、「加賀守に『われは……呼びたまへ』といへば」とあるように、再び加賀守を介入させているばかりか、構造的には、「われ」が主語（無表記）、「いへば」がその述語となる記述に転換されてしまっているから、繋がりの上で、屈折しているために、論理的に整合性に乏しい。

二　召使いや身分的に賤しい者に用いられる。「上衆《じゃうず》」の対義語である。ここは、藤三位が自分の従者についていっているもの。

三　無理矢理に、の意味。この漢語は、語義的には、人道、道理から外れていることについていうものである。特殊なことばではなく、他作品にも見出される。

加賀守《かがのかみ》が、あれほどの（三位の）状態では抱いて退くことができる（という）気持ちもしないので、（わたしが）加賀守に、「ご自分でお抱きになることが無理なら、局《つぼね》の人をお呼び下さい」というと、あれほどの、理性的に対応できなそうな人が、出し抜けに、「どうしてわが君がいらっしゃる所に下衆《げす》を近寄らせましょう」といって、ひどく泣かれる。参上する折に抱かれていたのだから、「（こうしたありようは）はなはだしくも理性的に対し得ないゆえなのか」と思われることだ。

そんなわけで、わたしの所の女房たちを呼んで、無理やりに、引き乗せるようにして人の背中に負わせてやった。

御乳母《めのと》たちが退下されたので、因幡内侍《いなばのないし》といって、明け暮れ大勢の内侍（が伺候する）中で殊に（親《ちか》しく）お仕え申し上げて来た人と（わたしの）二人が、（お亡骸の）お側にずっと近侍する。「ああ数多《あまた》伺候していましたけれども、（あなたの場合は）契り深くも最期（の瞬間）までお仕え申し上げましたことです」などといい続けて、ひどく泣かれるさまは、いっそう（涙が）催される感じがして我慢できそうにない。

（わたしの）局《つぼね》より（人が来て）、急いだ様子で、「ただちにいらっしゃって下さい。三位殿が気絶なさってしまいました」といって、（わたしをお亡骸から）引き離して連れて行った。

四 藤原惟子。藤原惟経女であることは、『中右記』承徳二（一〇九八）年十月二十九日条の「掌侍（藤原惟子、故惟経之女なり―原文は割注）」といった記事によって知られる。生没年は未詳。『本朝世紀』寛治元（一〇八七）年十二月八日条によると、この日、従五位下に叙せられた。現在、掌侍であり、堀河帝の死後、中宮の命で堀河院にとどまったことは、『中右記』（九月八日条）の「女房六七人中宮の仰せに依り留まりて伺候す（因幡掌侍等多年候するの輩なり―原文は割注）」との記載で確かめられる。

五 堀河帝との縁が深いなどの賞賛のことばを吐かせている。「われ」の意図的な配置といってよく、こうした他者の言を援用したかたちでの自己顕示の所為を見落としてはいけない。

まことに、亡き人のやうにて大方《おほかた》息もせず。暮れかかるほどに集まりて、一かき乗せて率《ゐ》て去ぬ。

二おまへの方、かいすみて、いつの間に変はるにか、日頃、おびたたしくものも聞こえずののしりつるけしきども、しめじめと、「『火をうち消《け》ちたる』とはこれをいふべきにや」とおぼえて、音もせず。大弐三位《だいにのさんみ》の局、三壁を一重《ひとへ》隔てたる、泣くけはひどもして、昼の声どものやうに泣き合ひたる中に、三位の御声にて、「あはれ、かやうに日の暮るるに、『御格子《かうし》疾《と》くまゐれかし』と心もとなくおぼえしに、いふべきこともなくしなしまゐらせつるは、いかにしつることぞや。これ、助けよや。ただ、おはしますらむ所へわれを召せや。をひ、をひ」と口説き立てて泣かるる音す。聞くぞいとど堪へ難き。

一五　昼御座の方に

四昼御座《ひのおまし》の方に、こほこほともの取り放す音して、人々の声あまたす

一　藤三位の里は、『中右記』（嘉承二年九月十七日条）の「亥時に及び、新宰相俊忠の二条室町の宅焼亡せり、先帝御乳母伊予三位同宿せらるるの宅なり」との記載によれば、二条室町の、娘婿藤原俊忠（俊成の父）宅であったか。

二　視点は、病床の間の現況に変換されている。危篤状態になってからの諸人の祈祷の声や、先ほどまでの狂乱といった状況から一変して、静寂に包まれているありようを取り上げているのだが、「われ」は、局の空間において、取り残されているかのような孤愁に沈んだ状態で、無音の病床の間にとらわれている。

三　壁を隔てた隣室から、大弐三位と従者たちの泣き合う様子が伝わって来るという記述だが、空間的には、いっさい不明だといわなけ

まことに、死人のようでまったく息もしない。（日が）暮れかかる頃に集まって、（車に）かき乗せて連れて行った。

（帝の）お亡骸の（ある病床の）方は、静まって、いつの間に変わるのか、日頃、ひどくものも聞こえないくらい大声をはりあげ（祈祷）していた様子なんかが、しんみりと（して）、『火を消した』とはこれを(指して)いってよいのだろう」と思われて、――（実際、この空間には）物音もしない。大弐三位《だいにのさんみ》の局は、壁を一重《ひとえ》隔てている（のだが、そこでは、人々の）泣く気配などがして、昼間の声などのように泣き合っている中で、三位の（お声で）「ああ、このように日が暮れる時間には、『御格子《みこうし》をはやく下ろすように』と気がせいたものなのに、（今はもう）（そう命じることも）なくし申し上げてしまったのは、どうしてしまったことなのか。これこれ、助けよ。ただ、（帝が）いらっしゃる所へわたしを召して下さい。おい、おい」と口説き泣かれる声がする。（それを）聞くのはますます堪《こら》えにくいことだ。

一五　昼御座の方に

昼御座《ひのおまし》の方で、めりめりと（何かを）取り外す音がして、人々の声が数多

ればならない。堀河院では女房たちの局がどこに設けられていたのか、日記では何らの説明もなされていない。紫式部の場合、藤原道長の土御門邸では、寝殿と東対を結ぶ渡殿の東端の間があてがわれていたから、そういった渡殿のような空間であったものか。ただ、結構の上では、壁で仕切られているといった条件に鑑みれば、異なってもいるようである。なお、清涼殿に比較的近かったことは、次節の記述で明らかだが。

四　すでに指摘しているように、清涼殿は、堀河院の場合、西対に定められていた。昼御座の帳台は、母屋北第四間に置かれ、その前方、東廂北第五間に平敷の御座が設けられていたが（一一頁脚注一参照のこと）、その空間から物を取り外す音が聞こえて来るとする。

なり。「何ごとにか」と聞くほどに、おまへより、同じ局にわが一方様《かたざま》にてさぶらひつる人うち来て、いみじうものもいはず泣く。

見るに、いとど、「そのこと」と聞かぬに泣き臥さるる心地ぞする。暫しためらひていふやう、「あな心憂や。ただ今、『二神璽《しんじ》、宝剣の渡らせたまふ』とてののしりさぶらふぞ。昼御座《ひのおまし》の御物具《もののぐ》の辺《わた》り、三御帳《みちゃう》の日記《にき》、四御鏡など取り出でさぶらふ。御帳毀《こぼ》つ音なりけり」といふに、悲しさぞ堪へ難《がた》き。

昼より、五美濃内侍《みののないし》をやがて殿の、佩刀《はかし》につけさせたまひつれば、つきまゐらせて、六おはしつるやうなど語る。

われは、七朝餉御座《あさがれひのおまし》のことは知らざりつれば、八この人の語るを聞きて、何にかはせむ。

一　「方」と「様」が合わさったことばだが、語義の上では、ある場所を拠点とする仲間や同僚の意である。ここは、内侍司の同僚（それも下位の）と見てよい。
二　「神璽」（八坂瓊曲玉）、「宝剣」（天叢雲剣）が渡るとは、新帝践祚のため、東宮宗仁親王の御所である大炊殿に移ること。『殿暦』（七月十九日条）に「時漸く戌時剋の程、余内府を相具ひて夜大殿に向かふ、余は戸の外に立ち、内府を以て神璽、宝釼等を取らしむ、……今は御釼等を東宮に渡す可し」とあるから、戌刻（正刻は午後八時）のほどに忠実は内大臣に夜御殿内から取り出させ、やがて移御に及んだことになる。
三　「御帳」は昼御座の帳台のこと。「日記」の部分、底本には「ひき」とあるが、「ひ」は、「に(仁)」から

くしているようだ。「何ごとなのか」と聞いているうちに、帝の（お亡骸がある）部屋の方より、同じ局《つぼね》でわたしの同僚として仕えていた人が来て、大層ものもいわずに泣く。

（その様子を）見ると、一段と、「そのこと」と（理由を）聞いていないのに（わけもなく）泣き臥してしまいそうな心もちがする。

暫く心を落ち着かせてからいうには、「ああつらいことよ。ただ今、『神璽と宝剣がお渡りあそばされる』といって騒いでいるのです。昼御座のお道具の辺りで、御帳台《みちょうだい》（の内）の日記や御鏡などを取り出しております。（あれは）御帳台を毀《こわ》す音なのですよ」というのだが、悲しさは我慢できそうにない。

昼より、美濃内侍《みののないし》をずっと続けて関白殿が、佩刀《はかし》（のお護り役）にお付けなされていたので、（内侍は）おつき申し上げて、（践祚の儀から戻った今、新帝が）お出ましになっていらっしゃった様子などを語る。

わたしは、（儀式中の）朝餉御座《あさがれいのおまし》のことは知らなかったから、この人が語るのを聞いたところで、何にもならない。

「ひ（比）」に、字形相似によって転化したものと推定される。これは、歴代の帝の御記目録や醍醐、村上両帝の日記などを指すものと考えられる。

四　帳台の後方、その左右の柱に懸けてある鏡をいう。

五　美濃内侍（前出）。関白忠実は、昼から彼女を佩刀、つまり宝剣の護り役としたとあるから、内侍は夜御殿内に伺候していた。

六　践祚の儀での新帝の様子をいう。このあたり、記述は不完全で、内侍はそのまま璽剣の移御にも奉仕したことの指示もない。

七　践祚の儀に属す事実で、朝餉御膳《あさがれいのおもの》を供すること。

八　践祚の儀から戻った内侍からの報告をいうが、末尾の、放擲したような「われ」の口吻に注意したい。もはや新帝へと移り、おのれとは無関係とする反応。

下巻

一六　かくいふほどに

[一]かくいふほどに、十月になりぬ。「[二]弁三位殿《べんのさんみどの》より御文《ふみ》」といへば、取り入れて見れば、「年頃、宮仕へせさせたまふさま、御心のありがたさなどよく聞きおかせたまひたりしかばにや、院よりこそ、『この内裏《うち》にさやうなる人の大切《たいせち》なり。登時《とうじ》参るべき』由《よし》、仰せ言《ごと》あれば、さる心地せさせたまへ」とある、見るにぞあさましく、「僻目《ひがめ》か」と思ふまであきれられける。

おはしましし折より、かくは聞こえしかど、いかにも御応答《いらへ》へのなかりしにぞ、「[三]さらでも」とおぼしめすにや、それを「いつしか」といひ顔に参らむことあさましき。

[四]周防内侍《すはうのないし》、[五]後冷泉院におくれまゐらせて、[六]後三条院より、[七]七月七日参るべき由仰せられたりけるに、

　[八]天の川同じ流れと聞きながら渡らむことはなほぞ悲しき

一　従前の事実を受けているかのような起筆のさまだが、文脈上、不当。当年には閏十月があるが、前の十月と見られる。
二　藤原隆方女で、同公実室の光子（前出）。堀河帝の乳母の一人で、宗仁親王の世話役としても奉仕。
三　挿入句である。生前、鳥羽帝への出仕を堀河帝は望んでいなかったのではないかという注記。この思いは根源的に「われ」を規制、色濃く心奥に刻まれていた。
四　平棟仲女。母は源正職女。生没年未詳。後冷泉、後三条、白河、堀河、鳥羽の各帝に仕えた。歌人として知られ、勅撰和歌集に三十五首の歌が入集。
五　後朱雀帝第一皇子として、万寿二（一〇二五）年に誕生。母は贈正二位皇太后藤原嬉子内親王。諱は親仁。寛徳二（一〇四五）年

一六　かくいふほどに

こういっているうちに、十月になった。「弁三位殿《べんのさんみどの》よりお手紙」というので、取り入れて見ると、「数年来、（あなたが）宮仕えなさっているさまやお心のかたじけなさなどをよくお聞き置きあそばされていたからでしょうか、白河院より、『この（鳥羽帝の）御所にそのような人が必要である。早急に参上するように』（との）由、（こうした）仰せ言《ごと》がありましたから、そのお気持ちにおなり下さい」とある、（文面を）見るとびっくりする以外になく、「見誤りであるか」と思うまで呆然としたことであった。

（堀河帝が）ご在世の折より、このように伝え聞いていたけれども、（帝からは）どのようにもご返答がなかったのに、――「（新帝には）参仕しなくとも（よい）」とお考えになっておいでだったのではないか――それを「いつになったら」と（待ち望んでいたかのように）参上することは嘆かわしいというほかはない。

周防内侍《すおうのないし》が、後冷泉院《ごれいぜいいん》に先立たれ申し上げて、後三条院《ごさんじょういん》より、七月七日に参上するように（との）由を仰せられた折に、

天の川……新帝は後冷泉院と同じ血筋とは聞いていますけれども、このまま（その後冷泉院に）出仕することはやはり悲しいことです。

に即位し、在位二十三年で治暦四（一〇六八）年に譲位し、同年四月に四十四歳で死去。

六　後朱雀帝の第二皇子として、長元七（一〇三四）年に誕生。母は太皇太后禎子内親王。諱は尊仁。治暦四（一〇六八）年即位し、在位四年で延久四（一〇七二）年に譲位。同五（一〇七三）年に四十歳で死去した。

七　治暦四（一〇六八）年七月七日、後三条帝への出仕の命を受けたが、服喪中。

八　七月七日を受け、「天の川」とした。「同じ流れ」とは、後三条帝が後冷泉帝とともに後朱雀帝皇子であることによる。「渡らむこと」は出仕の意。「天の川」、「流れ」、「渡る」が縁語。当該歌は『周防内侍集』に収められ、『後拾遺和歌集』（第十五、雑一）に入集。

と詠《よ》みけむこそ、「げに」とおぼゆれ。

一故院の御形見には、ゆかしく思ひまゐらすれど、さし出でむことなほあるべきことならず。そのかみ立ち出でしだにはればれしさは思ひ扱ひしかど、「二親たち、三位殿《さんみどの》などして責められむことを」となむ思ひて、いふべきことならざりしかば、三心の内《うち》ばかりにこそ、「四海人《あま》の刈る藻《も》」に思ひ乱れしかど、げにこれも、「わが心にはまかせず」ともいひつべきことなれど、また、『五世を思ひ捨てつ』と聞かせたまはば、さまで大切《たいせち》にもおぼしめさじ」と思ひ乱れて、今少し、月頃よりもものの思ひ添ひぬる心地して、「いかなるついでを取り出でむ。さすがに、われと削《そ》ぎ捨てむも、六昔物語にもかやうにしたる人をば、人も、『疎《うと》ましの心や』などこそいふめれ。わが心にも、『げに』とおぼゆることなれば、さすがに、まめやかにも思ひ立たず。かやうにて心づから弱りゆけかし。さらば、ことつけても」と思ひ続けられて日頃経《ふ》るに、「七御乳母《めのと》たち、まだ六位にて、五位にならぬかぎりはものまゐらせぬことなり。この二十三、六日、八日ぞよき日。疾《とく》く、

一　鳥羽帝のことである。
二　親たちや姉の藤三位などがせきたてるように出仕を勧めたということ。「……して」の本文箇所は、サ変動詞「す」の連用形に接続助詞「て」が付いたものであり、行為者の人数や内訳を示すことに用いる。
三　「心の内ばかりこそ……いひつべきことなれど」の部分を、後人の加筆とする見地が示されたことがあったが、根拠もなく、不当。
四　「いく世しもあらじわが身をなぞもかく海人の刈る藻に思ひ乱るる」（『古今和歌集』巻第十八、雑歌下、よみ人知らず）第四句による。ここは、「思ひ乱る」を引き出す序詞として用いたもの。こうした用法は他作品でも普通に見出される。
五　世を捨てて、出家の身になれば、白河院もそうは大切には思うまいとの意の

と詠んだとかいうのは、「もっともだ」と思われる。

故院の御形見としては、（鳥羽帝に）お会いしたくお思い申し上げるけれども、（でも）出仕することはやはりあるべきことではない。その昔初めて出仕した時でさえ（その）晴れやかさには戸惑ったものだけれども、「親たちや藤三位殿《とうさんみどの》などでせきたてられることだから」と思って、いうべきことではなかったので、心の内《うち》だけで、「海人《あま》の刈《か》る藻《も》」のように思い乱れたものだが、ほんとうに今回のことも、「わが意のままにはならない」ともいってしまってよいことだけれども、また（一方で）、「『世を思い捨てた』とお聞きあそばされたなら、それほどまで大切にもお思いになられまい」と思い乱れて、もう少し、数ヶ月来よりももの思いが加わった気持ちがして、「（尼になるのに）どのような機会を探し出そうか。そうはいうもののしかし、みずから削ぎ捨てるのも、昔物語にもこのようにした人を、人も『嫌な心よ』などといっているようだ。自分の心でも、『まことに』と思われることだから、でもやはり、真剣な気持ちでは考えを起こせない。このような有様でおのが心によって弱ってゆけばよい。そうなったら、（そのことを）口実にしても（出家が可能になるだろう）」と思い続けて何日が経つうちに、「御乳母《めのと》たちは、（みな）まだ六位であって、五位にならない限りは（帝に）お食事を差し上げられないきまりです。この二十三、六日、八日がよい日です。はやく、はやく」と書かれた手紙が何度も来るのだけれども、決断すべき気持ちもし

ことばだが、その命《めい》を断わる術を模索しているもの。

六　みずから削ぎ捨てることを「疎ましの心や」と非難した「昔物語」が何であるのか、明白ではない。

七　ここの手紙が誰のものか指示がないが、前例と同じく弁三位であろう。「御乳母たち、……ものまゐらせぬことなり」との部分は、事実と相違した提示。鳥羽帝の乳母は、藤原光子（弁三位）、同悦子（弁典侍）、同実子（大納言典侍）、同公子、同惋子の五人だが、『中右記』（嘉承二〈一一〇七〉年十月二六日条）所載の「勅旨」によれば、当日典侍に任じられた悦子、実子のうち、前者はすでに五位であった。出仕を促す手紙の主の虚偽というより、外的な要請に従わざるを得なかった出仕とする「われ」の仕込みと見るべきか。

疾く」とある文《ふみ》たびたび見ゆれど、思ひ立つべき心地もせず。

過ぎにし年月だに、一わたくしのもの思ひの後《のち》は、人などに立ちまじるべき有様にもなく、見苦しく痩せ衰へにしかば、「いかにせまし」とのみ思ひ扱はれしかど、二御心のなつかしさに、人たちなどの御心も、三位のさてものしたまへば、「その御心に違《たが》はじ」とかや、はかなきことにつけても用意せられてのみ過ぎしに、「今更に立ち出でて、見し世のやうにあらむことも難《かた》し。三君はいはけなくおはします。『さて慣らひにしものぞ』とおぼしめすこともあらじ。さらむままには昔のみ恋しくて、うち見む人はよしとやはあらむ」など思ひ続くるに、袖の隙《ひま》なく濡るれば、

四乾く間もなき墨染めの袂かなあはれ昔の形見と思ふに

一七　かやうにてのみ明け暮るるに

かやうにてのみ明け暮るるに、「かく里に心のどかなること難し。

一「わたくしのもの思ひ」とあるが、どのような事実によるもであったのか、「われ」は提示することがない。なお、かつて、長子は、藤原保実と結婚したことがあり、実信なる息男を儲けたのち、当の保実が死去したことを挙げ、これが苦悩の因由になったといった臆断が示された。『尊卑分脈』には、実信について、「母讃岐守顕綱女」とあることに着目し、この「顕綱女」を長子とする見方であるが、首肯されない。例えば、帝への愛執としての視座は、長子が未婚女性であることを如実に語る根本的な証左になるに違いない。

二「御心のなつかしさに」とは、堀河帝の慕わしさにわが心を委ねたありし日のありようをいったものだが、以下の記述には受ける語句が存在しない。ここから、

ない。

過ぎ去った年月でさえ、私的なもの思いの後《あと》は、人などに立ち交じる有様にもなく、見苦しく痩せ衰えてしまったから、「どのようにしたらよかろう」とひたすら思い悩んだけれども、（帝の）御心の慕わしさに（甘えて伺候し）、――（同僚の）人たちなどの御心に対しても、藤三位《とうさんみ》があのように（前からずっと）参仕しておいでなので、「その御心に背くまい」というように、些細なことにつけてもおのずと注意されるかたちで時間は過ぎたが、「今となって出仕しても、かつて仕えた時のように過ごすことは困難である。新帝は幼くいらっしゃる。（従って）『そういった状態で習慣化していたものだ』とお思いになられることもあるまい。そうしたままでは昔ばかりが恋しくて、（そんなわたしを）見る人はよいとはいうわけがない」などと思い続けていると、袖が（涙のために）隙間《すきま》なく濡れるので、

乾く間も……（止めどなく落ち続ける涙によって）乾く暇《いとま》もない墨染めの袂であることだ。ああ（堀河帝をお偲び申し上げる大切な）形見と思っているのに。

一七　かやうにてのみ明け暮るるに

ただただこのような状態のままで明け暮れるのだが、（思えば、堀河帝の

唐突に、「人たちなどの御心も、……過ぎしに」といった、同僚女房の心に背くまいとする顧慮へと、記述が変換されてしまうのであった。これまでもうかがわれた展開上の屈折である。

三　鳥羽帝は、母藤原苡子の死去に触れた折に言及しているとおり（七頁脚注**五**参照）、康和五（一一〇三）年正月十六日の生まれであるから、現在、五歳。

四　「墨染めの袂」とは、喪服の袖を指す。涙で「乾く間」もないというのだが、その涙は身に着けている喪服を堀河帝の「形見」と思うにつけ溢れ出るのではないから注意。一首の筋合いは、再出仕をめぐる懊悩ゆえの涙が喪服の袖を濡らしてしまう、帝を偲ぶ「形見」だと思っているのに、といったもの。「思ふに」の「に」は逆接の接続助詞である。

五、六日になれば、内侍のもとより、『人なし。参れ』といふ文《ふみ》の来し」など思ひ続けられて過ぐすほどに、「[一]御即位」など世にののしり合ひたり。

「『[二]大納言乳母《だいなごんのめのと》、[三]帳褰《とばりあ》げしたまふべし』とて、[四]安芸前司《あきのぜんじ》の、『三位殿《さんみどの》こそ、[五]故院の御時、帳褰げはせさせたまひければ、その例をまねばむ』など尋ねらるる」と聞くほどに、「[六]大納言、日頃例ならで、にはかに重りて亡《う》せたまひて」と聞こゆ。「いと心細き世かな」と思ひかこちぬ。

夕暮れに、三位殿のもとより帳褰げすべき由《よし》あれば、いとあさましくて、日頃は聞き過ぐしてのみ過ぎつるを、「『参らじと思ふなめり』と心得させたまうて、おし当てさせたまふなめり」と思ふにすべき方なし。

頼みたるままに[七]例の人呼びて、「かうかうなむ院より仰せられたるを、いかがはせむずる」といへば、「いかがせさせたまはむ。世の中わづらはしくさぶらふめり。ただ、疾《と》くおぼしめし立つべきなめり。『参らじ』とさぶらはば、わがためにこそ由なきこと出でまうで来《こ》め。

一　鳥羽帝の即位は、嘉承二（一一〇七）年十二月一日であるが（第一九節参照）、世間で取り沙汰されているとする。『殿暦』（閏十月九日条）に「今日高陽院に於て御即位并びに立后の事を定む」とあるように、この日、即位と令子内親王の立后のことが定められていた。

二　藤原公実の女、実子のこと。母は弁三位（前出）である。藤原経忠室。「大納言乳母」との呼称は父公実の官職による。実子が鳥羽帝の乳母になったのは、長治元（一一〇四）年正月十三日（『為房卿記』同日条）であり、典侍に任ぜられた嘉承二年十月二十六日（前引「勅旨」）に従五位下に叙せられた（『中右記』同日条）。

三　即位の儀において、高御座《たかみくら》の帳を上げることをいう（第一九節参照）。

四　実子の夫藤原経忠。師

ご在世時には）「こうして里にのんびりと過ごしていることは難しかった。五、六日経つと、内侍のもとより、『人手が足りない。参るように』という手紙が来たものだ」などと思い続けられて過ごしているうちに、「御即位」などと世間では大騒ぎし合ってる。

『大納言乳母《だいなごんのめのと》が、（即位の儀で）帳褰《とばりあ》げをなさるようである』ということで、（夫の）安芸前司《あきのぜんじ》が、『藤三位殿《とうさんみどの》が、故院の御時に、帳褰げをなさっていらっしゃったので、その例に倣《なら》おう』などと尋ねられている」と聞いているうちに、「大納言が、数日来体調を崩していたが、急に重くなってお亡くなりなさって」と耳に入った。「何とも不安きわまりない世の中であること」と嘆かわしい気持ちになった。

夕暮れに、三位殿のもとより帳褰げを務めるべき由が伝えられたので、大変驚嘆して、日頃は聞き過ごすことばかりで日が過ぎたから、「（白河院は）『（わたしが）参じまいと思っているようである』とご推察あそばされて、あてがったものだろう」と思うが（結局のところ）仕方がない。

頼みとしているままにいつもの人を呼んで、「こうこう白河院から仰せを受けたのですが、どうすればよいでしょうか」というと、「どのようになさったものでしょう。世の中はわずらわしくございますようです。ただ、ただちにお思い立たれるようにすべきでしょう。『参上しない』としましたら、

信の息男で、母は法橋増秀（「増守」とも）。承保二（一〇七五）年に生まれ、保延四（一一三八）年に六十四歳で死去。現在、従二位、三十三歳。

五　藤三位が応徳三（一〇八六）年十二月十九日の堀河帝即位の儀で褰帳に奉仕したこと。

六　公実が病死したことを告げるが、『中右記』（十一月十四日条）によれば、数年来病んでいた。死去が十一月十四日であったことに注意。本節は「十一月にもなりぬ」と括られている。余儀ない出仕とするため、あたかも十月中の事実であるかのように組み込んでいると見られる。

七　夫とする見方もあるが、不当。「呼びて」以下の待遇の仕方がそぐわない。ここは乳母のような立場の、年長の人物である。

わが君、『さるべき』とおぼしめさせたまふべきに」など沙汰し合ひたるほどに、一内蔵頭《くらのかう》の殿より人参らせたり。

「院宣にて、二摂政殿の承りにてさぶらふ、『堀河院の三御素服《そふく》たまはりたらば、疾く脱ぐべきなり』と宣旨下りぬ。疾く脱がせたまへ」といひにおこせたり。

かばかりのことだに心にまかせず、四道理《だうり》に脱ぐべき折も待たず、脱ぎてむこと心憂きに、「五芹《せり》摘みし」といひけむ古言《ふるごと》を、身に思ひよそへらるる。

かく沙汰するを聞きて、六せうとなる人、「あはれ、男の身にてかくいはれまゐらせばや。七うらやましくも八おぼえさせたまふかな。女の御身にてさらでもありなむ。故院の御時に、年頃の人たち、御乳母子《めのとこ》たちなどのたまはり合はれし素服を、何ばかりの年頃さぶらはせたまはざりしかど、たまはらせたまふ。今の御時に、また、なほ大切《たいせち》に要《い》るべき人にて、月も待たず、『脱げ』と宣旨下るもあやし」などいひ続くるを聞くほどに、あぢきなく恥づかし。

一　藤原隆方の息男、為房である。母は平行親女。永久三（一一一五）年に六十七歳で死去しているから、永承四（一〇四九）年の生まれ。現在、正四位上、蔵人頭にして、内蔵頭を兼ねている。五十九歳。

二　「さぶらふ」まで挿入句である。摂政忠実の承りとする注記になっている。

三　喪服をいう。『中右記』（七月二十四日条）に「典侍二人（讃岐、伯耆—原文は割注）」とあるように、「讃岐」との指示が見られる。

四　喪服を脱ぐ期を待たないで、の意である。『令義解』（喪葬令第二十六）に見えるように、「君（天子）」の場合、一年がその服喪の期間となるので、七月の一周忌後に脱ぐのが道理。

五　「芹摘みし昔の人もわがごとや心にものは叶はざりけむ」との古歌をいう。

ご自分のために具合の悪いことが出て来るでしょう。あなた、（ここは）『そうなるはずの運命なのだ』とお思いになるべきで」などと相談し合っているところに、内蔵頭《くらのかみ》の邸より使いをよこした。

「院宣《いんぜん》によって、――摂政殿の承りでございます――『堀河院の御素服《そふく》を頂戴しているなら、すぐに脱ぐべきである』と命《めい》が下りました。はやくお脱ぎ下さい」といいによこした。

これくらいのことでさえ（自分の）心どおりにならず、（除服《じょぶく》の）筋道に従って脱ぐべき折も待たず、脱いでしまうことがつらいので、「芹《せり》摘みし」と詠んだとかいう古歌を、おのずとわが身になぞらえ思い起こしてしまう。

こう話しているのを聞いて、兄なる人が、「ああ、男の身でもってこう仰せを蒙りたいものです。うらやましいほどに思われることです。女の御身でそう（信頼され）なくてもよいでしょう。故院の御時に、長年（近侍した）人たちや御乳母子《めのとご》たちなどがそろって頂戴なされた素服《そふく》を、（あなたは）何ほどの年数も伺候されていなかったけれど、頂きなさった。今の（鳥羽帝の）御時に、また、やはり大切《たいせつ》で必要な人として、（除服の）月も待たず、『（素服を）脱げ』と宣旨が下るのも不可解です」などといい続けるのを聞いているうちに、不愉快で恥ずかしい（気持ちになる）。

芹を摘むことについては、二通りの伝承がある。一つは思いが叶わないこと（『俊頼髄脳』、『綺語抄』、『奥義抄』など）、もう一つは自分の誠意が認められないこと（『和歌童蒙抄』、『袖中抄』など）という内容になる。ここは前者の意である。

六　顕綱には、家通、有佐、道経、宗綱の息男がいるので（『尊卑分脈』）、特定しがたいが、ここは道経であったか。後年、長子が精神に異常を来した折に、院がこの人物に彼女の参内を停止させていることも（『長秋記』元永二〈一一一九〉年八月二十三日条）、証左となろう。

七　「いはれ」の「れ」は受身。語法的には「いわれ申し上げたい」の意。

八　「おぼえ」の「え」が受身の意をもつ。ここも語法的には「（あなたは）わたしに思われなさる」の意。

一花山院の折に二惟成弁《これしげのべん》を、三入道殿、一条院に渡りて、「もとのごとく四六座《ろくざ》にて使はむ」と仰せられけるをだに、わが君に仕うまつりしことの、それにつけても思ひ出でられぬべければ、官《つかさ》、位《ぐらゐ》を捨てて法師になりけむ。

「わが身の、何の思ひ出にて、いにしへの恥づかしさに思ひ懲りず、さし出づべき。あまたの女房の中になどわれしも、前世《さきのよ》の契りも心憂けくはあるまじき目を見るべからむ」と思ふに、二代までかれど、「五さるべきにこそは」と思ひなして、六流れの水を掬《むす》び、さやかになり、「親しく慣れ仕うまつる主《しう》とならせたまへば、おぼろけならぬ契りにこそ」と思ひ慰むれど、「七藻《も》に棲む虫のわれから」とのみ、世にありてかかる目も見ること悲しけれど、さてあるべきことならねば、いそぎ立ちぬ。

下《しも》の人などは、年頃ももしきの中に遊び慣らひたる心地に、つくづくと思ひ絶えたりつる里居《さとゐ》は、口惜しう思ひけるに、かかること出で来たるを嬉しう思ひたるけしきにて、心地よげに思ひけるを見

一　冷泉帝第一皇子として安和元（九六八）年に生まれ、寛弘五（一〇〇八）年に四十一歳で死去した。母は太政大臣藤原伊尹女の贈皇太后同懐子。諱は師貞。永観二（九八四）年に即位したが、寛和二（九八六）年に出家。「折」とはこのことである。藤原兼家の陰謀によるとも伝えられる。

二　藤原雅材の息男。母は同中正女。永祚元（九八九）年に四十七歳で死去しているから、天慶六（九四三）年の生まれとなる。花山帝の出家を知り、中納言藤原義懐とともに出家。この時、権左中弁、左衛門権佐、五位蔵人（三事兼帯）。

三　藤原師輔の息男、兼家のこと。母は同経邦女。延長七（九二九）年に生まれ、永祚二（九九〇）年に所職を辞して出家したのち、六十二歳で死去。寛和二（九

花山院の（ご出家の）折に惟成弁《これしげのべん》について、入道殿が、一条院に渡って、「もとのように六座として使おう」と仰せになられたのさえ、（惟成は）花山院にお仕え申し上げていたことが、出仕につけて思い出されてしまうはずなので、官《つかさ》や位《くらい》を捨てて法師になってしまったのだと伝える。

「わが身が、何の思い出によって、昔日の恥ずかしさに思い懲りずに、出しゃばるというのか。たくさんの女房の中でどうしてわたしだけが、二代にまでこうもあってはならない目を見るというのか」と思うのだが、前世の宿縁もつらいけれども、「そうあるべき因縁なのだ」と思い定めて、流れの水を掬い（身を浄め）、さわやかになり、「（新帝が）親しく常々お仕え申し上げる主君とおなりあそばされたので、並々ならぬ因縁だったのだ」と（心の内《うち》を）思い慰めるのだけれども、「藻に棲む虫のわれから」（とも詠まれるとおり、すべてわたしのせいだ）とばかり、――世に存《なが》えてこういった（つらい）目を見ることは悲しいけれども、そのような（ぐずぐずした）状態で（いつまでも）いるわけにはいかないので、（出仕の）準備を始めた。

下仕えの人などは、長年宮中に慣れ過ごしていた気持ちで、思い沈み（はなやかな日常を）あきらめていた里居は、残念に思っていたので、このようなことが持ち上がったのを嬉しく思っている様子で、気分よく思っているのを見るのは、（無神経で）思いやりもなく、恨めしい（と感じているうち）

八六）年に摂政となり、従一位に昇叙、永祚元年には太政大臣に任ぜられていた。

四　弁官のこと。左右に分かれ、それぞれ、大弁、中弁、少弁があったので、この称がある。

五　再出仕をめぐり、「われ」は、堀河帝の呪縛からの脱却のために、懊悩のさまを組み込んで来たが、ここで、そうした因縁だったのだと脱却することになる。

六　禊ぎのこと。身の浄化を図る。これをとおして、「われ」の心は新たな現実への転出を許容する。

七　「海人《あま》の刈る藻に棲む虫のわれからと音《ね》をこそ泣かめ世をばうらみじ」（『古今和歌集』巻第十五、恋歌五、藤原直子）の歌による。虫の「割殻」と「我から」が懸詞。おのれの出仕という現実は、自身によって生じたとする。

るは、[一]つれなく、うらめしきに、十一月にもなりぬ。

一八　十九日に

[二]十九日に、例の、「参らむ」と思ふに、[三]雪夜より高く積もりて、こちたく降る。

いそがしさ、今いくほどもなく残り少なくなりにたれば、[四]大方《おほかた》の人も夜を昼になして、ものも聞こえぬまでいそぐめれど、われは、この月ならむからに「いそがし」とて参らざらむが口惜しきに、[五]出で立つをひとり承け引く人なし。

[六]「さばかりいそがしくし散らさせたまうてよかし。今日《けふ》参らせたまひたらむに、院も[七]大臣殿《おほいどの》も、よに『いみじ』ともあらじ。[八]参らせたまはずとも悪しきこともあらじ。かばかり雪は道も見えず降るめり。わが御身こそ車の内《うち》なれば、さてもおはしまさめ、御供の人はいかでか堪へむずるぞ」など、わび合ひて留めつれど、「『人たちに

一　下仕えの女房たちの嬉しそうな様子を見て、配慮もなく恨めしいと思っているうちに十一月になったという、主情的な括りに注意したい。なお、公実の死を十月中に組み入れるなど、再出仕を他発的で余儀ないこととする記述も含まれていた。

二　嘉承二（一一〇七）年十一月十九日は、堀河帝の命日に当たる。検討の結果、八月から毎月、この日に、堀河院で月忌の例講が行われることになった。『殿暦』八月十九日条には、「今夜月忌を行はるるに何事有るか、縦《たとい》先例無しと雖も其の憚る事有る可からざるか」という忠実の判断が見えるところ。

三　昨夜から降雪とするが、『中右記』（十一月十九日条）に「天陰り、雪下《ふ》る、寒風剱の如し、晩頭堀川《ママ》院に参

に、十一月にもなった。

一八　十九日に

十九日に、いつものように、「(堀河院での例講に) 参じよう」と思うのだが、雪が前夜より高く積もって、(今も) はなはだしく降っている。(出仕を前にしての) 忙《せわ》しさは (半端ではなく、即位の儀まで) もうそれほどもなく残り少なくなってしまったから、ほとんどの家人も夜を昼に継いで、話も聞こえないほどに準備に追われているようだけれど、わたしは、この月を迎えるだけなのに「忙しい」といって参上しないのが残念なのだが、(わたしが) 出かけるのを (だれ) ひとり承知する人はいない。

「そのように勝手にせわしくしていらっしゃってかまいません。今日参上なさっても、院も内大臣殿も、決して『殊勝だ』ともお考えにならないでしょう。ご参上なされなくても悪いこともありますまい。これほどに雪は道も見えないくらい降っているようです。ご自分は車の中ですから、それでも (普通に) おいでになられるでしょうが、お供の人はどうして堪えられるでしょうか」などと、(従者たちは) すっかり困ってしまってとどめたけれども、

る、是月忌に依りてなり」とあるとおり、符合。

四　十二月一日の即位式に奉仕するために準備に追われるせわしさをいう。十一月十四日の大納言公実の死にともなって舞い込んできたはなしであるから、もっともといえる。

五　多忙さを理由に例講を欠席するわけにいかないといった意志を、家人は誰も承知しないとする。

六　そんなふうに勝手にしていて結構、といった意の突き放したような口吻になっている。

七　このままでは内大臣源雅実 (前出) のことだが、ただ、この場合、摂政忠実であるべきだろう。いささか不審。

八　家人が「われ」をいさめることば。出席しなくても悪いことはなかろうとする。

よしと思はれむ』とて参ることならばこそあらめ、[一]この月ならむからに『いそがし』とて欠くべきことかは。いさましく嬉しきいそぎにてあらむだにそれに障《さは》るべきことかは。われを少しも『あはれ』と思はむ人は、今日《けふ》ぞ参らせよ」といふままにけしきも変はるが著《しる》きにや、いはれぬる人ども、「さばかりおぼしめし立たむこと[二]妨げまゐらすべきことならず」。

[三]車寄せに供の人呼ばせなどするほどに、「例始まるほど」と思ふほど、[四]やうやう日たくるに、「参らで止《や》みなむずるなめり」と思ふ、口惜しく、わりなき。

「人ども来ぬれば、疾《と》く、疾く」といへば、嬉しくて乗りぬ。

道のほど、まことに堪へ難《かた》げに雪降る。車の内《うち》に降り入りて、雑色《ざふしき》、牛飼《か》ひ、みな頭《かしら》白くなりにたり。[五]牛の背中も白き牛になりにたり。二条の大路《おほぢ》には、大宮の道もなきまで降る。

参りたれば、人々、「あないみじ。例よりも日たけつれば、『今日はえ参らせたまはぬなめり』、『ことわりぞかし』、『いそがしくおは

一 今月だからといって忙しさを理由にして例講に欠席すべきではないといった意のことだが、上文の「この月ならむからに……口惜しきに」の部分とほぼ同様のいい方になっている。

二 「……妨げまゐらすべきことならず」を受けることばがない。述語省略体であって、この日記には散見する。「返答した」、「態度を変えた」というよう語句で補うとよい。こういた家人の変化は、上に「……けしきも変はるが著きにや」とあるから、例講に参上させるようにと言い続けているうちに、その異常さがあらわになったためである。感情をコントロールできない状態になってしまっていたことを告げている。このようなあり方は、彼女の後年の、狂気の発現をも連想させるもの。

「（わたしは）『人たちに感心だと褒められよう』として参ることならば（思い）とどまりましょうが、今月だからといって『忙しい』ということで欠席すべきではありません。気のりする嬉しい準備であってさえそれによってさしつかえてよいわけがありません。わたしをちょっとでも『いたわしい』と思う人は、今日参上させて欲しい」というにつれて（わたしの）顔つきも変わるのがはっきり分かるためか、いわれた人たちは、「それほどにお思い立ちなさっていることは妨げ申し上げるわけにいきません」（と態度を変える）。

車寄せ（の所）に供の人を呼ばせなどするうちに、「例講が始まる刻限だ」と思っているうちに、だんだんと時が経ってゆくにつけ、「参上できずに終わってしまうだろう」と思うのが、口惜しく、つらい。

「（供の）人が来ましたので、急いで、急いで」というので、嬉しくなって（車に）乗った。

道中、ほんとうに堪《た》えにくい感じに雪が降る。車の中に降り込んで、雑色《ぞうしき》や牛飼いは、みな頭が白くなってしまっている。牛の背中も白い牛になってしまっている。

二条大路には、大宮への道もないほどに降る。

（堀河院に）参上したところ、人々が、「まああありがたいことです。いつもよりも時が経ってしまったので、『今日はご参上にならないようです』、『もっともなことです』、『忙しくおいでになるのでしょう』とみなで申しておりま

三 底本には「車寄せよ」とある。このままだと命令のことばになるので、下に「とて」などの語が必要。他本に従う。ここは格助詞「に」から字形相似によって、「に（爾）」→「よ（与）」のかたちで転化したものと見るべきであろう。「車寄せ」は名詞で、妻戸前にも受けられた車の乗り降りの場所。

四 これまで「日闌くる」とし、時間経過を焦燥感の強調のため、降雪であるのに、敢えて日が高くなっていくと表現したものととらえていたが、『類聚名義抄』などでは、暮れるといった字義をもつ「旰」が「ヒタク」と訓じられているので、これに従い、徐々に時が推移する意味で解する。

五 この語は宙に浮いている。いいさしたかたちで以下、「白き……なりにたり」と転じてしまったもの。

しつらむ』と申し合ひたりけるに、おぼろけならぬ御こころざしかな。今日《けふ》は」とあはれがり合ひたり。

十一月もはかなく過ぎぬ。

一九　十二月一日

[一]十二月一日、まだ夜をこめて[二]大極殿《だいごくでん》に参りぬ。[三]西の陣に車寄せて、筵道《えんだう》敷きて、[四]ゐるべき所とてしつらひたるに参りぬ。

ほのぼのと明けはなるるほどに、[五]瓦屋《かはらや》どもの棟かすみわたりてあるを見るに、[六]昔、内裏《うち》へ参りしに過ぎざまに見えしほどなど思ひ出でられて、つくづくと眺むるに、[七]北の門《かど》より、長櫃《ながびつ》に、[八]襅《ちはや》着たる者ども、蘇芳《すはう》の濃き、打たる黄白《くわうはく》の[九]出だし衣《ぎぬ》入れて持て続きたる、別《べち》におもしろく見ゆべきことならねど、所がらにやめでたし。

人ども見騒ぎ、いみじく心殊に思ひ合ひたるけしきどもにて、見騒げども、われは何ごとにも目も立たずのみおぼえて、南の方を見

一　この日、鳥羽帝の即位式が、令子内親王の立后のことともに行われる点については、すでに確認している。「われ」は褰帳に奉仕するわけだが、これは『天祚礼祀職掌録』の「褰帳、左源仁子（故神祇伯康資王女―原文は割注）、右典侍藤原長子（故顕綱朝臣女―同上）」との記載と合致。

二　即位の儀は、八省院の正殿である大極殿で行われる。中央に高御座《たかみくら》が置かれている。「われ」は、夜明け前に参上したというが、儀式は午後に開始される。

三　大極殿の西にある警護の武官の詰め所である光範門の陣のこと。

四　「ゐるべき所」の「ゐる」の本文箇所は、底本には「いる」とあるが、仮名遣いの混同による転化と見てよい。「所とてしつらひたるに」と続く部分に明白

したが、並々ではないお心がまえですね。（ほかならぬ）今日は」と感嘆し合っていた。

十一月も虚しく過ぎた。

一九　十二月一日

十二月一日、まだ夜明け前に大極殿《だいごくでん》に参上した。西の陣に車を寄せて、筵道《えんどう》を敷いて、控えているべき所として設けてある（場所）に参じた。

ほのぼのと夜が明けてゆく頃に、瓦葺きの棟《むね》がずっと霞んで連なっているのを見ると、昔、内裏《うち》へ参上した折に通りすがりに見えた様子などがつい思い出されて、じっと眺めていると、北の門より、長櫃《ながびつ》に、襅《ちはや》を着ている者たちが、蘇芳《すおう》の濃いのや打ってある黄白《こうはく》の出だし衣《ぎぬ》（に用いるための衣）を入れて持って続いている（光景）は、別段心惹かれて見えるはずのものではないのだけれども、場所がらかすてきである。

（下）人たちは、見て騒ぎ、実にすばらしいものと思い合っている様子で、見て騒ぎ立てているけれども、わたしは何ごとにもまったく興味が感じられ

なとおり、控え所として設けられているというのであるから、「ゐる」でなければならない。控え所は大極殿の西登廊の北面、西華門より東の位置に用意された。

五　八省院の屋根は、瓦で葺かれている。「われ」は、その屋根が霞んだ状態で続く光景を、夜が明けてゆく頃合いに眺めていることになる。

六　瓦屋根が連なる光景から、唐突に、内裏に参上した折に目にしたという「昔」の記憶に回帰してしまう展開になっている。

七　昭慶門を指す。この門から衣服が長櫃で運び込まれた。

八　本来は襅状のものであったが、のちに衣服の形のものも用いられた。

九　記述としては不正確である。出だし衣に使うための衣となければならない。

れば、例の、[一]八咫烏《やたがらす》、見も知らぬものども、[二]おほがしらなど立てわたしたる見るも、夢の心地ぞする。

かやうのことは、[三]世継《よつぎ》など見るにも、そのこと書かれたる所はいかにぞやおぼえて、引きこそ返へされしか。現《うつつ》にけざけざと見る心地、ただ[四]推し量るべし。

日高くなるほどに[五]「行幸なりぬ」とてののしり合ひたり。殿ばら、里人など、玉の冠《かうぶり》し、あるは[六]錦のうちかけ、近衛司《このゑづかさ》など、鎧とかいふもの着たりしこそ見も慣らはず、「唐土《もろこし》の像《かた》描《か》きたる障子《さうじ》の昼御座《ひのおまし》に立ちたる見る心地よ」とあはれに。

かくて、「ことなりぬ。遅し、遅し」とて[七]衛門佐《ゑもんのすけ》、いとおびたたしげに、毘沙門《びさもん》などを見る心地して、われにもあらぬ心地しながら昇りしこそ、われながら目眩《くる》れておぼえしか。

[八]手を掛けさする真似して、髪上げ寄りて針さしつ。「わが身出でずともありぬべかりけることのさまかな。などかくしおきたることにか」とおぼゆ。

一　「やた」は「やあた」の略語である。「や」は「いや（彌）」と同根で、量的無限性を示す。「あた」の「あ」は「開く」の「あ」、また、「た」は、「た（手）」（指）であるから、開けた親指と食指の間の長さとなる。従って、「八咫烏」とは、巨大な烏の意。記紀の、神武帝の東征譚にも介在。一方、太陽に棲む三本足烏という別の伝えがあるので注意。ここは後者による、即位式などの折に大極殿の南庭に立てられる銅烏幢《どううのとう》。

二　纛《とう》のことで、ヤクの毛や黒毛馬の尾で造った飾りだが、ここは、竿の先端にこれを付け、龍像などを描いた幡を垂らしたもの。

三　『栄花物語』であろう。

四　ここも、上文にも見られた、押し量って欲しいとする、読み手に語りかける体の語句になっている。

ず、南の方を見ると、例の、八咫烏《やたがらす》、見知らぬいろいろなもの、纛《おおがしら》などを立て渡してあるのを見るのも、夢のような気持ちがする。

このようなことは、世継《よつぎ》などを見る折にも、そのことが書かれてある所はどのように（と）思われて、（自然に）引き返えしては見たものだったが、（こうして今）現実にはっきり見る気持ちは、ただ推し量って欲しい。

日が高くなる頃に、「帝がご到着になった」とみなそれぞれ大声をあげている。高官の諸人や里人などは、玉の冠を着け、あるいは錦《にしき》の裲襠《うちかけ》（を着て）、今衛司《このえづかさ》（の役人）などは、鎧《よろい》とかいうものを着ていたのは見慣れず、「唐土《もろこし》の絵を描いた障子《しょうじ》が昼御座《ひのおまし》に立っているのを見ている気持ちだ」と興趣深く（感じられる）。

こうして（暫くして）、「儀式が開始された。遅い、遅い」といって衛門佐《えもんのすけ》が、とても大げさな感じで、毘沙門《びしゃもん》などを見る心もちがして、（せきたてられるままに）われにもあらぬ気持ちがしながら（高御座《たかみくら》の階段を）昇った時は、われながら目が眩むように思われたことだ。

（褰帳《けんちょう》役といっても、わたしには、帳《とばり》に）手を掛けさせる真似をさせて、（実際は）髪を上げた女官が近寄って（帳を褰《あ》げて、それに）針を刺してとめた（のであった）。「わが身は出なくても差し障りがなかったことのさまだ。どうしてこう決めておいたことなのか」と（疑問に）思われる。

五　鳥羽帝が到着したことを示しているが、時間的には定かではない。こののちの、南殿への出御について、『殿暦』（十二月一日条）には「巳刻」とあるが、一方、『中右記』（同日条）には「午時」とあって、二時間ほど遅い。ここは、十二時前後と考えてよいだろう。

六　武官の礼服《らいふく》。一方を胸に他方を背にそれぞれ当てるが、錦のものを着るのは大儀の折である。

七　藤原為房の息男、顕隆。母は美濃守源頼国女。弁三位の夫。延久四（一〇七二）年に生まれ、大治四（一一二九）年に五十八歳で死去。現在、正五位下、左衛門権佐で右中弁、蔵人を兼ねている（三事兼帯）。三十六歳。

八　自分は帳《とばり》に手を掛ける真似だけで、実際は女官が針を刺したと不充足感をあらわにしている。

[一]おまへの、いとうつくしげにしたてられて、[二]御母屋《もや》の内《うち》にゐさせたまひたりけるを見まゐらするも、[三]胸つぶれてぞおぼゆる。大方《おほかた》目も見えず、恥ぢがましさのみよに憂くおぼゆれば、はかばかしく[四]見えさせたまはず。

こと果てぬれば、もとの所にすべり入りぬ。

夜に入りてぞ帰りぬる。あるかなきかにて帰りたれば、顔をあやしげに思ひて、目守《まも》り合ひて、「[五]御顔の色の違《たが》ひておはしますはいかに」などいひ合へるは、「まだ直らぬにこそ」と、しほしほと泣かれぬる。

二〇　十二月も

十二月もやうやうつごもりになりて、「[六]弁典侍殿《べんのすけどの》の文《ふみ》」といへば、取り入れて見れば、「院より、『[七]三位殿《さんみどの》、大納言典侍《だいなごんのすけ》など[八]さぶらはぬ一日なり。さやうの折は、さるべき人あまたさぶらふこそよけれ。

一　鳥羽帝が礼服《らいふく》を着けた様子であるが、『殿暦』（十二月一日条）によれば、大口、打袙《うちあこめ》、一重の表袴《うえのはかま》、裳、小袖をそれぞれ着け、これに綬《じゅ》を結んで垂らし、左右に玉佩を帝の身長に合わせた長さに閉じ上げて付けたことが知られる。

二　帝が母屋に置かれた高御座《たかみくら》の中にいること。『殿暦』（十二月一日条）の下文に「天皇高御座に御す（御装束已に了はり、御出の期に随ひ、御冠・襪《しとうづ》を召す、幼主に依り早に着御せしめざるなり―原文は割注）」とあるように、冠と襪を着けた姿であったが、幼帝であるため出御の時に身に着けたものであった。なお、同書によると、帝の座は高御座内の南西の位置で、帝と令子内親王の間には隔てとして三尺の几帳が立てられていた。

鳥羽帝が、とても可愛らしく整えられて、御母屋《もや》の（高御座の）中にお座りあそばされていたのを拝見するのも、胸が高鳴るように感じられる。ほとんど目も眩んで、恥ずかしさだけがいかにもつらく思われるから、（そのお姿も）はっきりとお見えあそばされない。

儀式が終わったので、（わたしは）もとの（控えの）所にそっと入った。

夜に入って（わたしは里に）帰った。（緊張していたせいか、すっかり）消沈した態《てい》で帰ったところ、（家人はめいめい、わたしの）顔を不審そうに思って、じっと見て、「お顔の色が（普段と）違っていらっしゃるのはどういうわけでしょう」などといい合っているのは、「まだ（平生の状態に）戻っていないのだろう」と、しおしおと泣けてしまったことだ。

二〇　十二月も

十二月もゆっくりとした経過で月末になって、「弁典侍殿《べんのすけどの》の手紙」というので、取り入れて見ると、「白河院より、『三位殿《さんみどの》や大納言典侍《だいなごんのすけ》などの伺候しない元日である。そうした折には、しかるべき人が大勢仕えるのがよいこと

三　いかにも儀式の場にはそぐわない、余りにいわけなく、愛らしい姿を目にした「われ」の思いである。

四　語法的には、「見え」の「え」が受身をあらわすから、「（帝はわたしに）はっきりとは見られあそばされない」との意になる。訳文は、前例に従い、整え直してある。

五　帰宅した「われ」の顔をみての、家人の反応である。緊張して伺候していたために普段とは違った顔色になっていたこと。

六　鳥羽帝の乳母の一人、藤原季綱女、悦子（前出）で、同顕隆（前出）室。

七　弁三位、藤原光子（前出）と、娘の鳥羽帝の乳母、藤原経忠室の実子（前出）のことである。

八　この光子、実子の親子は、服喪中であるから、元日に出仕できないこと。

参るべき』由《よし》、仰せられたる」とぞある。「いかがせむ。疾《と》く参らむ」とぞ急ぎ立つ。

一 一日の日の夕さりぞ参り着きて、陣 二 入るより昔思ひ出でられて、かきぞ眩さるる。局《つぼね》に行き着きて見れば、三 異所《ことどころ》に渡らせたまひたる心地して、その夜は何となくて明けぬ。

つとめて起きて見れば、雪、いみじく降りたり。今もうち降る。

おまへを見れば、別《べち》に違《たが》ひたることなき心地して、四 おはしますらむ有様異事《ことごと》に思ひなされてゐたるほどに、五「降れ、降れ、粉雪《こゆき》」といはけなき御気はひにて仰せらるる聞こゆる。「こは誰《た》ぞ。誰《た》が子にか」と思ふほどに、まことにさぞかし。思ふにあさましく、六「これを主《しう》とうち頼みまゐせてさぶらはむずるか」と頼もしげなきぞあはれなる。

昼は、はしたなき心地して、暮れてぞ上る。「今宵《こよひ》よきに、ものまゐらせ始めよ」といひに来たれば、おまへの大殿油《おほとなぶら》暗らかにしなして、「こち」とあれば、すべり出でてまゐらす、昔に違《たが》はず。御台のいと黒らかなる、七 合器《ごき》なくて、八 土器《かはらけ》にてあるぞ見慣らはぬ心地する。

一 嘉承三（一一〇八）年正月一日である。「われ」は、夕刻に参上したというが、皇居は、大炊殿ではなく、小六条殿であるから注意。『拾芥抄』（中、諸名所部第二十）によれば、楊梅小路の北、烏丸小路の西の位置にあった。前月九日に移転したものだが、この日、皇后宮も同じたが、『中右記』（十二月九日条）に「今夜皇后宮出御す、此の皇居中の皇后の御方甚だ狭小なり、仍りて忩ぎ出でしめ給ふなり、……本の御所二条堀川殿に渡御すと云々」とあるとおり、御所が手狭という理由でもとの二条大路北、堀川小路東に一町を占める御所（第三節に見えた「北の院」である）に戻った。

二 車を門内の陣に入れるやいなや、堀河帝の「昔」のことが想起されたとするが、同帝がこの小六条殿を

である。（あなたも）参上すべき（ことの）』由を、仰せになられたのです」と書いてある。（わたしは）「致し方ない。ただちに参じよう」と準備を始める。

一日の日の夕方に参着《さんちゃく》し、（車を門内の）陣に引き入れる時から昔が思い出されて、心が暗くなる。局《つぼね》に行き着いて（様子を）見たところ、（ご生前の有様のように、何か、堀河帝が）他所にお渡りあそばされている気持ちがして、その夜は、何ということもない状態で明けた。

翌朝起きて見ると、雪が、ひどく降っていた。今もまだ降っている。

帝（のご在所の方）を見ると、（ありし日の様子と）別に変わったこともない感じがして、（鳥羽帝が）おいでになる（という）有様が（現在とは関係のない）別のことに思いなされている時に、「降れ、降れ、粉雪《こゆき》」とあどけないご様子でお謡いになられる声が聞こえて来た。「これは誰なのだろう。誰の子なのか」と思っているうちに、まことに鳥羽帝だったこと（と知られる）。思うに意外で、「このお方を主君とご信頼申し上げてお仕えするというのか」と頼りなさそうなのがわびしいことである。

昼間は、きまりが悪い気持ちがして、日が暮れてから（帝のご在所に）参上する。「今宵は（日が）よいので、お食事を差し上げ始めるように」といいに来たから、お前の大殿油《おおとなぶら》を暗くして、「こちらへ」というので、膝行して出て（お側に控え）差し上げる。（こういったあり方は堀河帝の）昔といっしょである。（食べ物を載せる）御台がとても黒いのと、合器《ごき》がなくて、土器《かわらけ》であるのが見慣れない感じがする。

皇居とした事実はない。ここは、門内に入るというそのこと自体が追想の契機になったもの。

三　当所の主語については、鳥羽帝とする見地もあるが、当たらない。ここは、堀河帝であるから、見失ってはならない。「われ」は空虚感に包まれ、ふとそうした気持ちになったのである。「心地」とあることに注意。

四　主語は鳥羽帝である。

五　この場面は、『徒然草』で言及されている。歌詞全体は「降れ降れ粉雪、たんばの粉雪、垣や木のまたに」というものであるらしい。

六　幼帝であることへの落胆の思いに領される展開。

七　もともと「がふき」で、身と蓋から成る合子の器。「御器」、「五器」などは当て字。

八　「瓦笥」、釉《うわぐすり》を使わない素焼きの陶器をいう。

走りおはしまして、顔のもとにさし寄りて、「誰《たれ》ぞ、こは」と仰せらるれば、人々、「一堀河院の御乳母子《おほむめのとご》ぞかし」と申せば、「まこと」とおぼしたり。「二殊の外《ほか》に、見まゐらせしほどよりはおとなしくならせたまひにけり」と見ゆ。

三をとしのことぞかし。参らせたまひて、四弘徽殿《こきでん》におはしまいしに、五この御方に渡らせたまひしかば、暫しばかりありて、「今は、さは、帰らせたまひね。日の暮れぬ前《さき》に六頭梳《かしらけづ》らむ」などそのかしまゐらせたまひしかば、「今暫しさぶらはばや」と仰せられたりしぞ、「いみじうをかしげに思ひまゐらせたまへりし」など、七ただ今の心地してかき眩す心地す。

その夜も御傍《かたは》らにさぶらひたれば、いとはけなげに八御衣《おほむぞ》がちに臥させたまへる見るぞあはれなる。

二一　明けぬれば

一　このままでは、「われ」は堀河帝の乳母であった藤三位（兼子）の子ということになる。かつて、長子は兼子の養女であったとする臆説が示されたが、穏やかではない。兼子の子、敦兼に藤原俊忠妻となった妹があり、同俊成などを儲けていることに着目し、この妹こそが長子だと見るものだが、もとより、妹が何人存在したか不明である上に、その特定にさえ根拠はない。実は、当該箇所の発言を受けた帝の反応について、「『まこと』とおぼしたり」と記していること自体、虚言である内実を証している、この筋合いに気づいておきたい。ここは、幼帝に親しみをもたせる意味での冗談である。

二　過去に見た時よりも成長したとする感懐であって、これが次の記述を引き出す

（帝が）走っていらっしゃって、（わたしの）顔のすぐ側まで近寄って、「誰なんだ、これは」と仰せになられるので、人々が、「堀河院の御乳母《めのと》の子です」と申し上げると、「ほんとう」とお思いになられる。「殊の外に、（以前に）拝見した折よりはご成長あそばされたことだ」と見える。

おととしのことであった。（内裏《うち》に）ご参上あそばされて、弘徽殿《こきでん》にいらっしゃった時に、この（父帝の）ご在所にお渡りあそばされたので、――暫らくして、（堀河帝が）「もう、それでは、お帰りあそばされるように。日が暮れない前に髪を梳かされるのがよいでしょう」などとお促し申し上げなさったところ、「もう少し（ここに）いたいな」と仰せになられたのを、「（堀河帝が）とても可愛いらしいとお思い申し上げておいでになった」などと、ただ今の心地がして（想起され）胸がいっぱいになる感じがする。

その夜もお側に控えていたところ、実に幼い様子でお召し物に埋もれた状態でおやすみあそばされているのを見るのは愛らしく感じられる。

二一　明けぬれば

ことになる。

三　上の感懐から、連鎖的に一昨年の体験的事実が追想されるという展開になる。

四　一昨年、嘉承元（一一〇六）年に鳥羽帝が弘徽殿を御所としていたのは、『中右記』によると、正月一日～二月六日、四月二十七日～九月十六日の二度であったが、ただし、この場合、いつであったかは特定し得ない。

五　鳥羽帝が堀河帝の在所の清涼殿に来たこと。

六　堀河帝が髪を梳かすことを口にしたのは、鳥羽帝の帰りが遅くなってしまうことを慮っての方便。

七　これは、結局は、堀河帝の姿に回帰してしまった「われ」の心のありようである。

八　あまりに身体が小さいために、衣装に埋もれた状態になっていること。

一明けぬれば、みな人々起きなどして、見れば、二おまへの御簾《みす》、いとおびたたしげなる「葦」とかいふもの懸けられたり。三縁《へり》は鈍色《にびいろ》なり。御障子《さうじ》の御几帳《きちゃう》、四同じ色の御几帳の手白きなり。

御梳櫛《けづりぐし》の五大床子《だいしゃうじ》もなし。「かかる折には、なきにや。幼くおはしませばか」とぞ。ものなどまゐらすれば、六笥子《けぐ》して召すぞあはれなる。

七昼つけて殿参らせたまひて、人々ゐ直りなどすれば、ものをまゐらせさして立たむも、八「おとなにおはしまいしにぞ、さやうの折も分かず立ちしか、また、おとなしくなども告げさせたまひしか。これは、うち捨てて立たば、よきことやいはれむずる」と思へば、なほゐたるも、九かくこそありがたかりけることを心にまかせて過ぐしけむ年月を、いかで思ひ知らざらむ、はしたなく思へば、うち俯《うつぶ》してゐたれば、御障子《さうじ》の外《と》にゐたる人たちに、「あれは誰《た》そ」と問はせたまふ御声聞こゆ。

10「某《それ》」と応答《いら》ふるなめり。御障子の内《うち》に近やかについゐて、「いつ

一　嘉承三（一一〇八）年正月三日の朝になる。
二　この箇所から、「……大床子もなし」まで、諒闇の装いに関する記述内容。『西宮記』（巻十二、諒闇）に「御殿の装束、蘆の簾を懸く（摂津の蘆の簾を召し隼人司に給ふ、鈍色の手作りの布を以て冒額の縁と為す、―原文は割注、以下同様）殿内の障子御屏風帳基《（ママ）》の帳（骨白し、）鈍色の絹を用ふ（度殿《わたどの》の障子手作りの布）白木の御帳（帳台又夜の帳）大床子を立てず、……」との記載があるので、参考になる。
三　御簾の縁の色。「鈍色」は、薄黒い色。橡《つるばみ》の実（団栗）の煮汁で染めたもの。
四　ここは、隔ての几帳の意。「同じ色」とはその帷《かたびら》についていうもの。「手白き」は、几帳の横木が白木であること。

夜が明けたから、人々がみな起きなどして、（周囲を）見ると、お前の御簾《みす》は、とても大仰な感じの「葦」とかいうものが懸けられている。縁《へり》は鈍色《にびいろ》である。（部屋の）仕切りの御几帳《みきちょう》は、同色の（帷《かたびら》の）御几帳で手が白木のものである。

ご整髪（の時に使う）大床子《だいしょうじ》もない。「このような（諒闇の）折には、ないのか。（帝がまだ）幼くいらっしゃるからだろうか」と（思われる）。お食事などを差し上げると、笥子《けぐ》などでお召し上がりになる（お仕草）が可愛いことだ。

昼近くに摂政殿が参上なされて、人々が居ずまいを正したりなどするから、お食事を差し上げている途中で立つのも、――「（堀河帝は）おとなでいらっしゃったから、そのような（食事の）折でもかまわず立ったし、また、思慮深くも（人が来るのを）お知らせあそばされたものだ。（この場合は）ほったらかしにして座を立つならば、よいことはいわれまい」と思うので、そのまま座っているのも――こんなふうに恐れ多かった（堀河帝の）お気遣いを（しっかりと見据えることもなく、浅はかな）心のままに過ごして来たといってよい年月を、どうして思い知らずにいられよう――無作法と思うので、俯《うつぶ》していたところ、御障子《しょうじ》の外にいる人たちに、「あれは誰か」とお尋ねなさる（摂政殿の）お声が聞こえる。

（人たちは）「誰それです」と答えるようである。御障子の内側に近々とか

五　帝が整髪の時に使う台で、もたれがない。

六　諸本乱れ、底本には「けくにしてめすそ」とあるが、「に」は衍字であろう。「笥子」は飯を盛る容器。

七　事実としては、この日忠実は不参であったようだ。『中右記』（正月一日条）に「……仰せられて云ふ、慎む日に当たるに依り、今日出御せざるなり」とある。

八　ここから「告げさせたまひしか」までは、唐突な文章の転換であって、堀河帝の場合は大人であったからと逸脱。軌道修正されるのは「これは」の部分からである。

九　「かくこそ……思ひ知らざらむ」は挿入句。

一〇　障子の外にいる人たちが、誰それと答えるようだとする。障子の内の位置にいる「われ」の推測のかたちで抑えられている。

よりさぶらはせたまふぞ。今よりはかやうにてこそは。そも昔の思ひ出でられたまひて恋しきに、そのかみの物語して慰めむ」などある、いと悲し。一われも人も、同じやうにてこそものせさせたまふめれ。

「二いかなりし世に、三『陪膳《ばいぜん》は誰《た》そと問ひて、某《それがし》と聞かせたまうては、御舌さし出ださせたまひて、指貫《さしぬき》高く引き上げて逃げさせたまふ』とて四人々笑ひ興じまゐらせしは、五一所《ひとところ》の御献盃《けんぱい》にてありける」と思ふに、何の御返りかは申さむ、もの申されねば、「思ひかけざりしことかな。かやうに近やかに参りてものなど申さむこととは思はざりしかな。例ならでおはしまいし折など、御傍《かたは》らに添ひ臥させたまへりし折に参りたりしかば、六御膝高くなさせたまひて、陰に隠させたまひし折、『かやうならむことども』とこそ思はざりしか。げに、陰にも隠れさせたまひしかな。世はかくもありけるかな」といひかけて立たせたまひぬる聞くぞ、七「げに」と心憂き。

八かやうにて、映えなき一日にて過ぎぬ。人たちの衣《きぬ》の色ども、思

一　堀河帝の「昔」に視点を注ぎ、その当時の話しをして慰めようとした上接の摂政忠実のことばを踏まえる。同胞とする充足感。

二　この部分から、「御献盃にてありける」までは、某年時の堀河帝と忠実が絡む回想の表出となっている。ありし日における同胞の画像への回帰。なお、当該部分は冗漫であるためか、従来、構文の上での誤解も生じているので注意。文頭の「いかなりし世に」の部分は「笑ひ興じまゐらせし」に懸かる。

三　『陪膳は誰そと問ひて……たまふ』とて」はその画像の具体的な提示内容。帝のおどけた振る舞いがポイント。この部分が懸かるのも上接箇所と同様である。

四　ここから複文構造になっている。「人々」と「笑ひ興じまゐらせし」が

しこまって、「いつよりお仕えしておいでなのですか。今からはこのように（帝のお側に伺候して下さい）。それはそうと、（堀河帝の）昔が思い出されて恋しいので、その頃の話をして慰めましょう」などとおっしゃるのは、ほんとうに悲しい。わたしも摂政殿も、同じように感じていらっしゃるようである。

「どんな時であったか、『（堀河帝が）陪膳は誰かと尋ねて、だれだれとお聞きあそばされては、お舌をお出しになられて、指貫《さしぬき》を高く引き上げてお逃げあそばされる』といって人々が（そのお振る舞いを）笑い興じ申し上げたのは、摂政殿がご献盃《けんぱい》（役）であった時だ」と思うと（こみあげて来て）、——何のご返事が申し上げられるだろう——どのようにも申し上げられないので、（摂政殿が）「思いがけないことです。このように近々と参じてお話申し上げることがあろうとは思いもしませんでした。（堀河帝が）ご病気でいらっしゃった折など、（あなたが）お側に添い臥しておいでの折に参上したところ、（帝は）お膝を高くお上げになられて、（その）陰に（あなたを）お隠しあそばされた折には、『このようにお会いすることなどが（あろう）』とは思いませんでした。ほんとうに、（あなたは）陰にお隠れになられましたね。（この）世はこうも予測もできないことです」といいかけてお立ちになられたのを聞くのは、「まことに（おことばどおりだ）」と（思われて）つらい。

このような状態で、冴えない元日で（時は）過ぎた。人たちの衣服の色な

主語と述語の関係にあり、さらに全体が主部となって、下の「ありける」が述部。

五　「一所の」の本文箇所が主語で、これも「ありける」に懸かる。「摂政殿が御献盃であった（時だ）」と繫がることを見届けておかなければならない。

六　忠実は、例の堀河帝が膝陰に「われ」を隠した行為を引き出したが、ここは、このようにそれを見る側からの提示になっているのが特徴。

七　この世には予測できないことがあるという趣の、忠実のことばに対する同意。

八　「かやうに」とあるが、このことばは、摂政忠実の膝陰のはなしに及ぶ、従前の回想を踏まえたものではない。心ならずもいわけなき帝のもとに伺候することになった事実に立つ、慨嘆としての括りである。

ひ思ひに薄らぎたり。

二二　正月になりぬれば

[一]正月になりぬれば、「[二]この月ならむからに欠かじ」と参りて、堀河院に参りたれば、[三]人々、「いかで参りたまへるぞ」、「『内裏《うち》に』と聞きまゐらせつるは」、「『この月は、よも』と思ひまゐらせしに」といひ合はれたり。

「[四]いかで参らざらむ。『仕うまつり果てむ』と思へば、いみじう忙しかりしだにも参りしを」といへば、「[五]まことに」、「かく欠かず参らせたまふことのありがたさ」などいひ合ひつつ、「つれづれの慰めに、[六]法華経に花たてまつりたまふに」とて、いとなみ合はれたるぞ[七]いとあはれに見ゆ。

一　「正月になりぬれば」の「ば」の本文箇所は、順接の接続助詞だが、論理的には逆接のそれ、「ど」でありたいところである。「正月になったけれども、この月だからといって欠かすまいと思って、十九日の月忌の例講に参上した」といった筋合いでなければならない。

二　正月であるからといって例講に出席しないことはできないという意思である。あたかも欠席自体が罪悪であるかのような感懐になっている。

三　堀河院に到着すると、人々が、内裏に伺候しているということだが、正月にはまさか等々、口々に感心し合っているという記述内容だが、注意しておくべきだろう。ここも、いわゆる自己顕示になっている。他者の目を媒介にした主張なのだ。

どもは、(それぞれ)思い思いに薄らいだ。

二二　正月になりぬれば

正月になったので、「この月だからといって(例講には)欠席しまい」と(思って)参じて、堀河院に参上したところ、人々が、「どうしてご参上なさったのですか」、「『内裏《うち》に』とお聞き申し上げておりましたのよ」、「『今月はまさか(お出でになるまい)』とお思い申し上げておりましたのに」とみないい合っていられる。

(わたしが)「どうして参上しないわけがありましょう。『最後までお仕え申し上げよう』と思っていますから。大変忙しかった時でさえ参じましたのに」というと、「まことに」、「こう欠かさず参上なされることのありがたさ」などめいめいしゃべりながら、「(中宮が)つれづれの慰めに法華経に花をお供え申し上げなさるので」といって、それぞれお仕度をなされる様子がとてもしめやかに見える。

四　人々の感嘆に対する「われ」の信念の表示であって、そこには彼女の充足感が横溢していることを見逃してはならない。

五　もう一度、人々の反応に向かい、「われ」の表明に同意しながら賛嘆する有様を抑える展開。

六　前文から続いているが、以下は、例講の後に行われた別の行事だから、見きわめておきたい。これは書写した法華経に花を捧げ、供養するもの。『中右記』(正月十九日条)に「其の後又中宮の御方従り、御仏経を供養有り、夜に入りて事了はり退出せり」とある。

七　例講とは無関係の事実であるものの、「われ」はこれに対しても心内の反応を示していることに注意したい。その意味での融合というべき心情である。

二三　二月になりて

一二月になりて、二わたくしの忌日《きにち》にわたり合ひたり。三講《かう》聞く。四障子《さうじ》のもとにて見れば、五ひととせの正月に六「修正《すしやう》行ふ」とて、内裏《うち》にさぶらひしを迎へにおこされたりしかば、「おもしろき所なるにわれと具しておはしませ」とて、七八大夫典侍《たいふのすけ》や九内侍《ないし》など具しておはしたりしに、一〇この障子のもとにゐるおとなひを聞きて、「一一おはしましにけりな」。「誰々《たれたれ》具して」といへば、「内侍殿に会ひまゐらせむ、いと嬉しきことかな」といひて、会はれたり。

「このおまへおぼし扱ふなるさまの殊の外にてあるに、よろこびもえ申させず。今は籠もりゐたる身にて、まかり歩《あり》きなども、頭《かしら》つきの見苦しうなりたるを見れば、一二里殿《さとどの》などへもえ参らず。一三さらでの化粧《けさう》映えなければ、『この月に遂《と》げてやまかり隠れむずらむ』と一四執《しふ》になりぬべき心地のしつるに、今宵《こよひ》は『仏《ほとけ》の御験《しるし》』とおぼえて、いみじうなむ

一　嘉承三（一一〇八）年二月である。
二　「忌日」とあるが、ここは忌む日ではなく、人の死んだ日と同じ日といった意味であり、命日のこと。月ごと、年ごとに死者の冥福を祈る日。「わたくしの……わたり合ひたり」とあるから、「われ」の私的関係者の命日にめぐり合わせたというのである。かつて、十九日の堀河帝の命日と彼女の関係者のそれとがかち合ったという見方が示されたが、そう特定することはできない。関係者の命日が十九日であったのか、またはそれ以外の日であったのかは不明。いずれにしても、「わたり合ひたり」とあるので、他とかち合ったのではない。
三　命日の法会での講話。
四　指示がないから、不明だが、ある寺院の障子のもとであろう。この場所が追

二三　二月になりて

二月になって、自分の（縁者の）忌日《きにち》にめぐり合わせた。講《こう》を聞く。障子《しょうじ》のもとで見ていると（生前の姿が種々、想起される）、先年の正月に「修正会《しゅしょうえ》を行う」ということで、（わたしが）内裏《うち》に控えていたのを迎えによこされたので、「趣のある所ですからわたしといっしょにいらっしゃいませ」と（お誘いし）て、大夫典侍《たいふのすけ》や内侍《ないし》などが連れだっておいでになったのだが、この障子のもとに（わたしたちが）座っている気配を耳にして、「いらっしゃっていたのですね」（と近寄っておいでになった）。「誰々がごいっしょに」と応えると、「内侍殿にお会い申し上げるのは、ほんとに嬉しいことだわ」といって、会われた。

「この人をお世話下さるとのこと（ですが、それ）も殊の外に気遣われるとの由ですのに、（まだ、その）お礼も申し上げさせることもできません。（わたくし自身）今は（里に）籠もったままの身でして、出歩きなども、――髪が（すっかり）見苦しくなってしまったのを見ますと、（とても）ご実家などへもお伺いできません。（もう）尼姿以外の化粧はさえませんので、『今月中に（出家の本意を）遂げて隠棲しよう』と思い込んでしまいそうな気持ちがしていたのですが、（あなた方がおいで下さった）今宵は『仏《ほとけ》のご霊験』と思われ

想の契機になっている。

五　以下、某年の正月の事実が想起されるとの展開。

六　修正会《しゅしょうえ》。「す」は「しゅ」の直音化。天下泰平、玉体安穏を祈る。『続日本紀』の神護景雲元（七六七）年春正月条の記事により、当年開始したとされる。

七　この「具す」は自動詞だから、いっしょに行く、連れ立て行くなどの意。

八　誰なのか不詳である。

九　内侍司の三等官、掌侍であるが、これも不詳。

一〇　上の障子のもと。

一一　このことばを受けるものがない、述語省略体。

一二　これは、内侍の実家。

一三　「さらで」の、「さ」は、尼姿を指す。

一四　「執」は執着、執念の意。ただ用法上、「執になる」はやや不審。「心の執なむとまる……」（『源氏物語』若菜下）など参照。

嬉しきは。[一]今ぞ心やすく、由明きらめつれば、後世《のちのよ》もやすく」とありし聞きしが、「さまでおぼすらむ」とありしが、先づ思ひ出でらる。

かくて、二月も過ぎぬ。

二四　三月になりぬれば

[二]三月になりぬれば、例の、[三]月に参りたれば、堀河院の花いとおもしろく、[四]兼方、[五]後三条院におくれまゐらせて、

[六]いにしへに色も変はらず咲きにけり花こそものは思はざりけれ

と詠《よ》みけむ、「げに」とおぼえて、花はまことに色も変はらぬけしきなり。

昔の清涼殿をば御堂になさせたまひて、七月までは宵《よひ》、暁の例時《れいじ》絶えず、[七]二十人の[八]蔵人町《くらうどまち》、[九]左近《さこん》の陣など、僧坊になりたり。内裏《だいり》にてありし所どもさびしげなる見るにも、[一〇]亡せさせたまへりけむ院の内《うち》の、引き換へかい澄み、さびしげなる[一一]御覧じて、

一　「いまぞ」の「ぞ」の箇所、底本には「に」とあり、語法上不当。他本による。「そ（曽）」→「に（耳）」の経路で転化したもの。

二　嘉承三（一一〇八）年三月である。

三　堀河院で毎月の十九日に営まれる月忌の例講。

四　秦兼方のこと。左近府生同武方の息男。右近の任にあった。後三条、白河、堀河、鳥羽の各帝に仕えた。

五　諸本には「三条院」とあるが、「後」を脱したものと見てこれを補った。

六　この歌は、『金葉和歌集』（二度本、第九、雑部上）に入集しているが、初句は「こそ見しに」とある。「われ」は敢えて「いにしへに」に改変したものか。

七　底本には「二十」の部分が「共」とあるが、不当。他本に従う。「廿」からの字形相似による転化。

て、実に嬉しいことです。今は心穏やかで、(仏の) 教えも明瞭に見きわめましたので、後《のち》の世《よ》も安らかに (過ごせるものと存じます)」と話されたのを聞いたことが、(さらには、その時、わたし自身)「(何ゆえに) それほどまでにお考えになるのだろう」と思ったことが、先ず (ともに) 想起される。

　こうして、二月も過ぎた。

二四　三月になりぬれば

　三月になったので、例によって、月 (忌み) に参上したところ、堀河院の花が実に美しく、――(秦《はだの》) 兼方《かねかた》が、後三条院に先立たれ申し上げて、
　いにしへに……(花が、今年も) 昔と色も変わらず (鮮やかに) 咲いたことだ。花 (自身) はもの思いをしないのだな。

と詠んだとかいうのが、「たしかに」と思われて、花はまことに色も変わらない様子である。

　昔の清涼殿を御堂にお定めあそばされて、七月までは宵、暁の定時の勤行《ごんぎょう》がずっと続けられ、二十人の蔵人 (がいた) 町屋や左近の陣などは、僧坊になっている。

　内裏であった所などが寂しげであるのを見るにつけ、(往昔、一条院が) 崩御あそばされた院の中が、(今は) うって変わってしんとして、寂しそうなのを (上東門院が) ご覧になって、

八　蔵人町屋で、蔵人の宿所のこと。南西の馬屋を当てていた。
九　左近衛府の詰め所。東中門東廊内に定めたもの。
一〇　主語は一条帝。諱は懐仁。天元三 (九八〇) 年に円融帝の第一皇子として出生。母は摂政太政大臣藤原兼家女、東三条院詮子。寛和二 (九八六) 年に即位、寛弘八 (一〇一一) 年六月十三日に皇太子居貞親王に譲位し、太上天皇となるが、同月二十二日に三十二歳で死去。在位二十五年。
一一　主語は一条帝中宮藤原彰子。太政大臣藤原道長の一女で、母は源倫子。永延二 (九八八) 年に生まれ、承保元 (一〇七四) 年に八十七歳で死去。長保二 (一〇〇〇) 年に中宮、寛弘九 (一〇一二) 年に皇太后、寛仁二 (一〇一八) 年に太皇太后。上東門院と号した。

一影だにもとまらざりける雲の上を玉の台《うてな》と誰《たれ》かいひけむ

と詠《よ》ませたまひけむ、二「げに」とぞおぼゆる。

宮の御方に、「三三十講を行はせたまふ」とて、法華経を日に一品《いっぽん》づつ講ぜさせたまふ。それ聞きに四三位殿《さんみどの》の参らせたまふに具して参りて、講など果てて、おまへ近く三位殿を召せばさぶらはる。五「宰相」とてさぶらはるる人、「三位殿は、今少し近く参らせたまへ。典侍殿《すけどの》は、六今は恥づかし」といふを聞かせたまひて、「それしもこそこころざし見ゆれ。見だてなく、思ひ出もなげに見ゆる所を、忘れず見ゆる」と仰せられも果てず、むせかへらせたまへる音の聞こゆるに、われも堪へ難《がた》し。暮れぬればまかでぬ。

つごもりに内裏《うち》へ参りぬ。

二五　四月の衣更へにも

四月の衣更へにも、女官《にょうくわん》ども、例のことなれば、われもわれも

一　中宮彰子の歌。「雲の上」の「雲」の本文箇所、諸本には「草」とあるが、『栄花物語』（巻九、いはかげ）所収の歌本文によっても、転化と見られる。字形相似により、「も（毛）」から「さ（左）」に誤写されたもの。「雲の上」には内裏が託され、この語と「影」、「玉の台」は縁語。なお、「玉の台」の「玉」は美称。『玉葉和歌集』（巻第十七、雑歌四）に入集している。

二　これは「われ」の同意であり、先行歌の掲出において自己の思いを代弁させる体。

三　『法華経』二十八品に開経の『無量義経』一巻と結経の『普賢観経』一巻を加えた三十巻を、三十日間にわたり講じるもの。

四　姉の藤三位（兼子、前出）と見られる。『中右記』（嘉承二年八月五日条）に

影だにも……（帝の）影さえもとどまらなかった（この）ご在所を玉の
台《うてな》と誰がいったのだろう。

とお詠みあそばされたとかいうのが、「ほんとうに」と思われることである。

中宮の御方で、「三十講を催しあそばす」ということで、法華経を一日に一品《いっぽん》ずつ講じさせなさる。（わたしは）それを聞きに（藤《とう》）三位殿《さんみどの》が参上なさるのに連れ立って参じて、（その後）講などが終わってから、（中宮が）お前近く三位殿をお召しになったので伺候される。

「宰相」という候名《さぶらいな》で伺候される人が、「三位殿は今少し近くにお寄り下さい。典侍殿《すけどの》は、今はきまりわるく存じます」というのを（中宮が）お聞きあそばされて、「その典侍こそ情愛がうかがわれます。見栄えなく、思い出もなさそうに見える所なのに、忘れずに見舞ってくれるのは」と最後まで仰せられることなく、おむせかえりあそばされる声が聞こえるので、わたしも堪《こら》えがたい。

月末に（わたしは）内裏《うち》へ参上した。

二五　四月の衣更へにも

四月の衣更えにも、女官《にょうかん》たちは、いつものことなので、われもわれもとな

「今夜伊予三位出家せらる」とあるから、出家していたことになる。

五　簡略な記載だが、藤原隆宗女、宗子のことと推定される。『中右記』の「今年の陪膳新典侍藤宗子」（寛治七年正月一日条）、「宰相典侍（隆宗朝臣女なり—原文は割注）」（同年五月五日条）などの記載によれば、「宰相典侍」との称で仕えた人物である。堀河帝死後は中宮方女房となったようだが、実は堀河帝との間に子（僧寛暁）を儲けていた（『本朝皇胤紹運録』）。寛暁は康和五（一一〇三）年の出生と知られるので（『仁和寺諸院家記』）、長子の出仕期間中のこと。

六　「われ」を敬遠するいい方。これは、堀河帝出仕時代に両者に軋轢があった、そのしこりのあらわれと見定められるだろう。

と身のならむやうも知らず、一几帳《きちやう》ども取り合へる、人見合へれど、われは見まほしからず。これを「をかし」とおぼしめしたりしが思ひ出でられて。

二灌仏《くわんぶつ》の日になりぬれば、われもわれもと三取り出だされたり。ことと始まりぬれば、昼御座《ひのおまし》のおまへの御簾《みす》下ろして人々出でて見る。四殿を始めまゐらせて、五広廂《ひろびさし》、六高欄《かうらん》に、例の作法違《たが》はず、七下襲《したがさね》八の裾《しり》うち掛けつつ上達部《かんだちめ》たちゐ並みたり。

御導師《みだうし》、ことの有様申して水かく。九山の様、五色《ごしき》の水垂る、昔に違《たが》はず。御導師水かけて、殿参らせたまひてかけさせたまへれば、次第によりて、次々の上達部かく。何ごとかは違ひて見ゆる。

10左衛門督《さゑもんのかみ》、二源中納言《げんちうなごん》寄りて、「かく」とて、いと堪へ難《がた》げにもの思ひ出でたるけしきなり。顔も違ふさまに見ゆる、あぢきなし。

われも塞《せ》きかねられて、「大方《おほかた》例は外《と》の方も見じ」と思ひて御几帳《きちやう》引き寄せて見れば、おまへ、「御几帳の上《かみ》より御覧ぜむ」とおぼしめす。三御丈の足らねば抱《いだ》かれて御覧ずる、あはれなり。

一　四月の衣更えの折、女房たちがなり振りかまわず几帳を争奪し合っていると いうのは、それまでの冬物の帷が彼女らに与えられるためであると思われる。『東宮年中行事』（四月、一日御装束を改むる事条）に「夜御殿の旧き御帳の帷ども、及び所々の御座は台盤所に奉る。女房に是を分ち賜はる」と記される事実は、東宮御所だけでなく諸御所でも慣例として行われていたものと見られるから、当所での取り合う様子もそのことのためと類推される。

二　嘉承三（一一〇八）年四月八日の灌仏会の日。

三　諸人が取り出したのは布施であり、これを所定の場所に置く。元来は銭が用いられていたが、長保五（一〇〇三）年から紙になったもの（『江家次第』参照）。

四　摂政忠実以下の上達部

りふりかまわず、几帳《きちょう》などを取り合っているのを、人はみな見ているけれども、わたしは見たくない。（ありし日の堀河帝が）この様子を「おかしい」とお思いになっていたのが思い出されてしまって……。

灌仏の日になったから、われもわれもと（布施を）取り出された。行事が始まったので、昼御座《ひのおまし》のお前の御簾《みす》を下ろして人々は（端の方に）出て見る。

摂政殿をはじめとして、広廂《ひろびさし》の高欄《こうらん》に、定まった作法どおり、下襲《したがさね》の裾を掛けて上達部《かんだちめ》たちが居並んでいる。

御導師《みどうし》が、行事の趣旨を（仏《ほとけ》に）申し上げて水をかける。（造り据えてある）山形の様や五色の水が垂れる（有様は）、昔どおりである。御導師が水をかけてから、摂政殿が参じられておかけになられると、次第に従って、次々の上達部がかける。何事も昔と同様である。

左衛門督《さえもんのかみ》、源中納言《げんちゅうなごん》が近寄って、「（水を）かける」ということで、実に我慢しにくい感じで何かを思い出した様子である。顔も（平生と）違うさまにみえるのは、やるせない。

わたしも（涙を）とどめかねて、「決していつもみたいには外の方も見まい」と思って御几帳《みきちょう》を引き寄せて見ると、帝が、「御几帳の上よりご覧になろう」とお思いになられる。お背丈が足りないから（わたしに）抱かれてご覧になられるのは、可愛い。

の参入は、導師参上以前の事実となる（『江家次第』）。

五　諸人の座は、清涼殿広廂（孫廂とも）の位置。

六　広廂の外縁の簀子敷の端に設けられた手すり。

七　束帯の折に袍《ほう》、半臂《はんぴ》の下に着ける衣服で、後ろに裾《きょ》を長く出す。

八　広廂に居並ぶ諸人の下襲の裾は長々と伸び、端の高欄に掛けられている。

九　諸本この両箇所の本文は乱れているから、それぞれ改訂した。前者は仏像の左右に置かれた山形、後者は仏像に灌がれた五色（青・赤・白・黄・黒）の水が垂れるさま。

一〇　源雅実（前出）。

一一　源国信（前出）。

一二　帝は、通常、清涼殿の母屋御簾際の、几帳の後ろに置かれた大床子の円座に座るが、幼児であるため「われ」に抱かれている。

[一]おとなにおはしますには、[二]引直衣《ひきなほし》にて念誦《ねんず》してこそ[三]御帳《みちゃう》の前におはしましましか。

先づ目たちて、中納言にも劣らずおぼゆれば人目見苦しうて、[四]おまへこと果てぬに下りぬ。

二六　五月四日

[五]五月四日、夕つ方になりぬれば、[六]菖蒲葺《さうぶふ》きいとなみ合ひたるを見れば、[七]こぞの今日《けふ》、[八]何ごと思ひけむ、[九]菖蒲の輿《こし》、朝餉《あさがれひ》の壺《つぼ》に舁《か》き立てて、殿ごとに人々のぼりて隙《ひま》なく葺きしこそ、「[一〇]美豆野《みづの》のあやめも、今は尽きぬらむ」と見えしか。

またの日も、空はさみだれたるに、軒のあやめ雫も隙《ひま》なく見ゆるに、

[一一]五月雨の軒のあやめもつくづくと袂にねのみかかる空かな

とのみおぼゆる。

一　幼帝を抱いているといった記載から、突如「おとな」である昔時の堀河帝の姿へと連鎖してゆく展開。

二　帝の平常の装いとして用いられる直衣だが、これは裾が長いもの。

三　清涼殿の昼御座に設けられた帳台のこと。ただ、常の内裏では、この行事の場合、帝の座は、前頁脚注三でも触れているとおり、御簾際に置かれた几帳の後ろの位置であるが、ただ、帳台の前ではない。一間分北の御簾寄り、母屋南第五間であるから（『兵範記』仁安三年四月八日条など参照）、小六条殿も通例に準じていれば、何らかの誤り。

四　唐突に堀河帝への追想に及び、涙にくれる「われ」は、堪えきれずに、行事終了前に退下してしまう。

五　嘉承三（一一〇八）年五月四日の夕刻である。

（堀河帝のように）おとなでいらっしゃる場合には、引直衣《ひきのうし》（をお召しになったお姿）で念誦して御帳台《みちょうだい》の前においでになったものである。（思い出されるままに涙にくれるわたしの姿が）先ず目立って、中納言にも劣らないと思われるから人の目もみっともなくて、（帝の）お前（から、まだ）行事が終わっていないのに退下した。

二六　五月四日

五月四日、夕方になったから、（人々が殿舎の軒に）菖蒲《しょうぶ》を葺いているのを見ると（過去の光景などが思い起こされるが）、去年の今日、――何の思いもなかった――菖蒲の輿《こし》を朝餉《あさがれい》の壺に担いで（運び）据えて、殿舎ごとに人々がのぼって隙間なく（菖蒲を軒に）葺いた（有様が）、「美豆野《みずの》のあやめも、今は全部尽きてしまっただろう」と見えたことであった。

翌日も、空がさみだれているために、軒のあやめは（滴る）雫も切れ間なく見えるので、

　五月雨の……五月雨のもと、軒のあやめも（滴る雫が切れ間なく）もの寂しげに萎れているが、わたしも思いに沈みながら声をあげて泣く涙で袂を濡らしている。まこと、空も、おのが心模様と同様、このようにも雲間なく、暗く閉ざされていることだ。

六　四日夜に内裏の殿舎に主殿寮《とのもりょう》により菖蒲が葺かれる。『西宮記』（巻三、「菖蒲を供す」項）に「四日夜、主殿寮内裏の殿舎に菖蒲を葺く」とある。なお、「見れば」を受けることばがない。

七　昨年の今日のことへと転じられ、以下、現在に立ち戻らないまま「見えしか」と終止されてしまうので、文章上、不備。

八　挿入句である。何の物思いもなかったという注記。

九　菖蒲を運ぶための輿。三日の日に、この輿が六衛府によって清涼殿の南庭に運ばれて置かれる。

一〇　山城綴喜郡美豆（現京都市伏見区淀美豆町）の地で、菖蒲の産地。

一一　「空」は天象だけでなく、沈鬱な心の状態も託されている。「ね」には「音」と「根」が懸けられている。「あやめ」、「根」は縁語。

[一]やうやう十日余りになりぬれば、「[二]最勝講《さいさうかう》いとなみ合ひまゐらせて」と聞きしかば、[三]果てての十余日ばかりのつれづれ物語には、その日の[四]論議をいひ出だし、いみじさなど沙汰せさせたまひし、思ひ出でらる。

二七　六月になりぬ

[五]六月になりぬ。[六]暑さ所狭きにも、先づ、こぞのこの頃は事もなく、御心地よげに遊ばせたまひて、[七]堀川の泉、人々「見む」とありしを、何とおぼしめししにか、あながちにすすめつかはししかば、「[八]おぼしめしごとなれば、先づ明日《あす》」とて、われは出でて人たち待ちしに、二車ばかり乗り連れて、日ぐらし遊びて帰りしに、われは「今宵《こよひ》泊まりて、心安き所にてうちやすまむ」と思ひてとどまりしを、[九]常陸《ひたち》殿《どの》といふ女房、「あなゆゆし。ただ参らせたまへ。『[一〇]扇引きなど人々にせさせむ』などありし。御扇どもまうけて[一一]待ちゐさせたまふに」

一　五月十日過ぎになったといった指示である。
二　清涼殿で毎年五月に五日間にわたって、『金光明最勝王経』を講じ、国家安泰を祈願する行事。ただし、「聞きしかば」とあるように、「われ」はこの行事そのものに立ち入ることはない。
三　ここから、堀河帝在世時へと回帰してしまうことになる。想起されたのは、行事ではなく、某年時の、最勝講が終わった、十日過ぎの退屈しのぎの話。なお、「論議を」の「を」の本文箇所、底本には「と」あるが、明らかな誤りである。これは、字形相似によって、「を（越）」から「と（止）」に転化したもの。
四　講師の経文の講釈をもとに問者との問答形式で論じ合うもの。
五　嘉承三（一一〇八）年六月である。

と思われるだけである。

だんだん（時が移って）十日過ぎになったので（堀河帝の御時の、ちょうどこの頃のことが想起されるのだが、折しも）「最勝講《さいしょうこう》を行い申し上げて」と聞いたので、（講の）終了後の十数日頃のつれづれの話では、（わたしが）当日の論議を話題に出し、（堀河帝が）すばらしさなどをご評定あそばされたことが、思い出される。

二七　六月になりぬ

六月になった。暑さが我慢できかねるほどであるにつけても、――去年のこの頃は（帝は）ご健康で、お気持ちよさそうにお遊びあそばされて（いて）、堀川の泉を、人々が「見よう」といったのを、何とお思いになられたのか、強くお勧めになってお遣わしになったから、「（帝の）お思いのことであるので、何はともあれ明日に」ということで、わたしは（当日、さきに）出て人たちを待っていたところ、車二台ほど乗り続いて（来たので）、終日遊んで（みなは）帰ったのだが、わたしは「ここに今宵は泊まって、気づかいのない所でやすもう」と思ってとどまったのだけれども、常陸殿《ひたちどの》という女房が、「まあ勝手なこと。何としても帰参して下さい。（帝が）『扇引きなどを人々にさせよう』など仰せられておいででした。御扇などを準備してお待ちあそ

六　受けることばがない。

七　堀川のどこにある泉なのか、説明はないから詳らかにしない。

八　帝の意思、提案の意。

九　藤原家房女、房子。生没年は不明。父が常陸守であったためにこう呼称される。姉が大弐三位（家子）。

一〇　どのような遊戯であったのかは不詳。一定の人数で競う、自分の趣味に合う扇を引き得たかどうかが眼目のゲームらしい。

一一　底本には「待ち参らさせ給ふあ」とあるから、「あ」の部分を他本により「に」と改めても、「参ら」の箇所は、帝が主語という条件に抵触し、不当。書写過程で、「まゐる」と「ゐる」の間ではそれぞれ転化が起こりがちであるから、ここは「ゐる」からの転化後の漢字表記と見て改訂した。存続の補助動詞である。

とあれば、この人たちに具[一]して参りぬ。

待[二]ちつけて、泉の有様うちうちに問ひなどして、「扇引き、今宵《こよひ》は。さは」と仰せられしかば、「明けなむが心もとなきに、『今宵』と思ふに、人たちのけしきの暗くて見えざらむこそ口惜しくさぶらへ」と申ししかば、つとめて、「明くるや遅き」と始めさせたまひて、人[三]たち召し据ゑて、[四]大弐三位殿《だいにのさんみどの》を始め[五]てゐ合[六]はれたりしに、「先づ引け」と仰せられしかば引[七]きしに、「美し」と見しを引き当てで、中に悪《わろ》かりしを引き当てたりしを、上に投げ置きしかば、「か[八]かるやうやある」とて笑はせたまひたりしことを、[九]但馬殿《たぢまどの》といふ人の、「家[一〇]の子の心なるや。異人《ことひと》はえせじ」など、興じ合はれしに、その折は何ともおぼえざりしことさへ、「いかでさはしまゐらせけるにか」となめげに、今日《けふ》は、ありがたくおぼゆる。

二八　七月にもなりぬ

一　この「具す」も自動詞である。連れ立つ、いっしょに行く、連れそうなどの意になる。
二　帝は扇引きの遊びの興に引かれているから、待ち受ける状態になっていたわけだが、「われ」の目をとおしての整えであることはいうまでもない。
三　この部分は、直接的には下文に繋がらず、文章の上では問題がある。
四　藤原家房女、家子（前出）である。
五　この「始めて」の本文箇所は、諸本に「はしつめて」とあるが、「つ」は衍字と見てよい。
六　大弐三位を始めとする人々を主語とし、「ゐ合はれたりしに」と構えたものだが、これは、文章的に、上の、帝が主語となる「召し据ゑて」との部分とは直接的に連接しないので注意。

ばされているのに」というから、この人たちにつき従って参じた。

（帝は）待ち受けて、泉の有様を内々にお尋ねになるなどして、「扇引きを、今宵はね。それでは（始めてみよう）」と仰せになられたので、「（夜が）明けるのが待ち遠しいので、『今宵（のうちに）』と思いますが、人たちの様子が暗くて見えないのが残念に存じます」と申し上げたところ、翌朝、「明けるのが遅いこと」とお始めあそばされて、人たちを呼び据えて、——大弐《だいにの》三位殿《さんみどの》をはじめとして（みな、その場に）控えていられたのだが、（帝がわたしに）「最初に引くように」と仰せになられたので引いてみると、「きれいだ」と見ていたのを引き当てることができず、中でも不細工だったのを引き当ててしまったので、お前に投げ置いたところ、（帝が）「こんなやり方ってないな」とおっしゃってお笑いあそばされたことを、但馬殿《たじまどの》という人が、「家の子のご気分って感じですね。ほかの人は（とても）できませんよ」などと、（傍らの人たちと）興じ合われていたが、その折には何とも自覚されなかったことさえ、「どうしてあのようにしでかし申し上げてしまったのか」と無礼であったように、今日となっては、恐れ多く思われる。

二八　七月にもなりぬ

七　この遊戯の内容は詳らかにしないが、以下の記述によるかぎり、諸人の前に閉じた状態の扇を並べて置き、順番で引くといったものなのか。開いてはじめて、絵柄が分かるということだろう。

八　自分の思いどおりの綺麗な扇ではなかったので、「われ」が放り投げるようにして置いたことに反応した帝のことば。咎め立てするようないい方だが、笑顔であるから本気ではない。

九　この人物は不詳である。

一〇　「家の子」とは、語義的には、その家の子供の意だが、主人に家族のように扱われる従者についてもいう。他者からこうしたことばが発せられる展開には、例の、「われ」の自己顕示の企てが関わっているものと見てよかろう。

[一]七月にもなりぬ。「[二]御果て」とてののしり合ふ。[三]その日になりぬれば、[四]こぞの御法事同じごと、百僧なり。[五]有様同じことなればとどめつ。

[六]こぞより後《のち》、[七]女房六人をとどめつ。宮の御方に扱はせたまへるが、「今はまかでなむずる、あはれに悲しきこと」、「かやうにさぶらひつればこそ、月などに参らせたまひしを、月経ちては、『疾《と》くその日になれかし』と数へ暮らされて[八]待ちまゐらすれ。今は、さは見まゐらするが心憂き」と、誰《たれ》も誰もいひ合ひて泣くこと限りなし。泣き合ふこと果てぬれば、[九]三位殿《さんみどの》立ちて出でぬ。

またの日、[一〇]出雲《いづも》といふ女房の詠《よ》みて、北面《きたおもて》の壺《つぼ》に薄《すすき》に結び付く。

[一一]「今はとて別るる秋の夕暮れは尾花《をばな》が末《すゑ》も露けかりけり

と詠みたりつれ」と聞くもあはれなり。

二九　よろづ果てぬれば

一　嘉承三（一一〇八）年七月である。

二　「果て」は終了の意。ここは、喪が明けることで、堀河帝の一周忌をいう。

三　「その日」とは七月十九日のことである。

四　昨年行われた四十九日の法会と同じように百人の伴僧とのこと。「同じごと」の「ごと」は比況の助動詞「ごとし」の語幹である。なお、四十九日の法会自体は、嘉承二（一一〇七）年九月八日に行われずに、前日の七日におこなわれたもの。『中右記』（七月七日条）に「今日本院の御法事なり（卌九日明日に当ると雖も復日たるに依り今日行はるる所なり―原文は割注）」とあるように、復日のために八日に変わった。

五　法会の内容は同様であるから省略するという言明である。私的なおのれの思

七月にもなった。「ご一周忌」ということでみな大騒ぎしている。その日になったところ、去年の（四十九日の）ご法事と同様に、百人の伴僧である。（法会の）有様は同じことだから書くのを控えた。

去年（の堀河帝の崩御）から後《のち》、（堀河院には）女房六人をとどめていた。中宮の御方でお世話あそばされている（のだが、その人たち）が、「今はおいとま することになったのが、残念で悲しいことです」、「このようにお仕えしていたからこそ、月（忌み）に参上なさったのを（拝見申し上げていたのですが）、その月が過ぎれば、『はやくその日になって欲しい』とおのずと（あと何日というように）数えながらお待ち申し上げていたものです。（しかし）今となっては、こうお会い申し上げているのがつらいことです」と、誰も誰も（めいめいに）いい合っていつまでも泣いている。とことん泣き合ったところで、三位殿《さんみどの》が退去した。

翌日、出雲《いずも》という女房が（歌を）詠んで、北面の壺庭の薄《すすき》に結び付ける。

「今はとて……今は限りといって別れ去る秋の夕暮れは、尾花の穂も（わたしの袖と同じように、しっとりと）湿っぽいことだ。

と詠んだのだった」と聞くのも悲しいことである。

二九　よろづ果てぬれば

いとは無縁という捨象。

六　記述は、ここから、中方女房との交わりに焦点を合わせた展開になる。『殿暦』（七月十九日条）によると、法会の終了は亥刻（正刻は午後六時）だから、時間的にはこれ以降。

七　これについては、『中右記』(嘉承二年九月八日条）に「女房六七人中宮の仰せに依り留まりて祗候す（因幡掌侍等多年候するの輩なり—原文は割注)」と見える。

八　底本には「侍参らすれは」とある。「侍」は「待」からの転化、また、「すれは」の「は」は衍字で、上の「こそ」を受けた已然形結び。

九　藤三位（前出）であろう。ただ、唐突な介在。

一〇　この人物は不詳。

一一　「尾花の末も」とあるので、これにおのれの袖を並立させる構図。ともに湿っぽいとの取り込み。

よろづ果てぬれば、[一]二十五日、世の中の[二]諒闇《りゃうあん》脱ぎ合はる。おまへのしつらひ、日頃おびたたしげなりつる[三]御簾《みす》、几帳《きちゃう》の帷《かたびら》、御障子《さうじ》など取り払はれて、日頃は[四]夜御殿《よるのおとど》の御帳《みちゃう》もなかりつれど、ありしやうに立てられなどして、ただいにしへの御しつらひにて、違《たが》ふことなくめでたくなりにたり。

[五]殿を始めて、殿上人《てんじゃうびと》、蔵人、装束《さうぞく》更へ、[六]纓《えい》おろし、女房たちの姿、われもわれもといろいろ尽くし合はれたるさまぞ、ただ[七]降りけむ心地してぞ並みゐられたる、水無月《みなづき》頃に引き換へて、めづらしき心地する。[八]釵子《さいし》、[九]元結《もとゆひ》は白かりつる、「例のやうに斑濃《むらご》になされむ」とていとなみ合はれたり。

殿、うるはしく装束《さうぞ》きて参らせたまうて、「疾《と》く参らせたまへ」と召せば、参りたれば、おまへもろともに装束《さうぞく》せさせまゐらせたまふ。

うつくしげにしたてられ、引直衣《ひきなほし》にておはします。[一〇]御裾《しり》つくりまゐらするにも、[一一]昔先づ思ひ出でらる。「かやうにてこそせさせまゐらせて、日ごとに[一二]石灰《いしばひ》の御拝《ごはい》の折は出でさせたまひしか」と、先づ

一　嘉承三（一一〇八）年七月二十五日である。

二　「諒闇」とは、天子が父母の喪に服する一年の期間のことであり、すべて華美になることを慎む。『殿暦』（嘉承二年七月二十四日条）に「次に又諒闇有るべき由を同じく仰せ了《を》はんぬ、其の詞に云ふ、飲酒・作楽・美服を着す事を止むべく、上卿に仰せ了はんぬ」と見える。

三　御簾以下の諸物が平常のものに改められることをいう。諒闇の装いに関しては、一〇〇頁脚注二を参照。

四　撤去されていた夜御殿の帳台も平常どおり立てられたとの指摘だが、事実に反している。この日に立てるのは不吉との陰陽師の指示で、浜床（長方形の台で、上に畳を敷いて帳台の床とする）ではなく、平敷に立てた（『殿暦』七月二十五

（堀河帝の一周忌の法会が）いろいろすべて終わったから、二十五日に、世の中の諒闇《りょうあん》（が明け、喪服をそれぞれ）脱いでいる。（帝の）お前の設《しつら》いは、日頃ははなはだしい感じであった御簾《みす》、几帳《きちょう》の帷《かたびら》、御障子《しょうじ》などが取り払われて、日頃は夜御殿《よるのおとど》の御帳台《みちょうだい》もなかったけれども、かつてのように立てられなどして、ただもう昔の御設いのとおりで、（いささかも）変わることなくすばらしくなった。

摂政殿をはじめとして、殿上人《てんじょうびと》や蔵人は、衣服を替え、纓《えい》を下ろし、女房たちの姿も、われもわれもと色とりどりに尽くし合っていられるさまは、――ただ（天女が）降《くだ》ったかのような雰囲気がして居並んでいられることだ――六月頃とうって変わって、新鮮な心地がする。釵子《さいし》や元結《もとゆい》は白かったのを、「普段どおり斑濃《むらご》になさろう」といって準備し合っている。

摂政殿は、きちんと正装して参上なされて、「急いで参上なさって下さい」とお呼びなさるので、参じてみると、帝にご一緒に衣服を着けさせ申し上げなさる（わけであった）。

可愛い感じに整えられ、引直衣《ひきのうし》でいらっしゃる。御裾をお整え申し上げるにつけても、昔が先ず思い出される。「このように（御装束を）お着け申し上げて、（堀河帝は）毎日石灰《いしばい》の御拝《ごはい》の折にはお出ましあそばれたことであった」と、先ず思い出される。

日条参照）。
五　摂政藤原忠実（前出）のこと。
六　「纓」は両端に芯を羅を張るかたち。平生は冠の後ろに垂らすが、諒闇中は巻き上げてあった。
七　「降りけむ」の「け」の本文箇所、底本には「そ」とあるが。字形相似により「け（个）」→「そ（曽）」の経路で転化したと推定される。やや舌足らずだが、女房への、天女の降り立った姿との比喩と見られる。
八　簪の一種。女房が正装の折に用いる。
九　髻《もとどり》を結び、束ねる組糸のこと。
一〇　引直衣の裾を整えることをいう。
一一　突如、堀河帝の引直衣姿の追想に傾いてしまう。
一二　石灰の壇で毎朝、伊勢大神宮や内侍所を遙拝すること。

思ひ出でらる。

一「官使《くわんし》参りたりや。時よくなりにたりや」と、「疾《と》く、疾く」と申させたまふに、われひとり脱ぎ更へでさぶらふべきならねば、脱ぎ更へつ。

二局《つぼね》に下りても、「先づ着更へむ」ともおぼえず。三これをさへ脱ぎ更ふるこそ、「院の御形見」と思ひつれ、四これをさへ脱ぎつればいと心細し。

一天の人、御こころざしあるもなきも、みなしたりつるに、親しく仕うまつりつるさへ、一度に脱ぎてむずる、思ふに、五よからぬことなれど、脱ぎ更へまうき心地する。限りあることとなれば、「いかが」とて脱ぎつ。

六遍照《へんぜう》僧正の、七深草の帝《みかど》におくれまゐらせて、法師《ほふし》になりてこそ失せけるが、またの年、御服《ぶく》人々脱ぎけるに、

八みな人は花の袂になりぬなり苔《こけ》の衣《ころも》よ乾きだにせよ

と詠《よ》みけむ。

一　この忠実の発言は、鳥羽帝に対するもの。「官使」は、この場合、大祓《おおはらえ》の終了を奏上する、太政官の使者をいう。『中右記』（当日条）によれば、申刻（正刻は午後四時）に大祓を行い、その後、顕実と実光の二人が使者として参上した。

二　局《つぼね》に退下しても着替える気になれないことへの回帰になっている。

三　こう起筆しながら、『院の御形見』と思ひつれ」というように、喪服は堀河帝の形見とする思いに逸脱。

四　脱ぎ更えることを忌避したい思いに戻っての記述。軌道修正といってよい。

五　この部分は、上接の記述を受けるのではない。「一度に脱ぎてむずる」ことは、制度に従う、当然の対処であって、もとより「よからぬこと」ではない。当該箇所は、下接の「脱ぎ

「（大祓《おおはらえ》終了のことを奏上する）官使《かんし》が参上しましたよ。（除服の）時間になったのです」と、「はやく、はやく」と（帝に）申し上げなさるのに、わたし一人脱ぎ更えずに伺候すべきではないから、脱ぎ更えた。

（わたしは）局《つぼね》に下りてからも、「まっさきに着更えよう」とも自覚されない。これまでも脱ぎ更えるのは、――「（堀河）院の御形見」と思っていたけれども、これまでも脱いでしまったので、ほんとうに心細い。

天下の人は、（堀河帝に）ご情愛がある人でもない人でも、みな（喪服を）着けていたのに、親しくお仕え申し上げていた人まで、一度に脱いでしまうというのは、――思うに、よくないことだけれども、脱ぎ更えたくない気持ちがする。限りがあることなので、「致し方ない」ということで脱いだ。

遍照《へんじょう》僧正が、仁明《にんみょう》帝に先立たれ申し上げてから、法師になって隠遁した（が、その僧正）が、翌年、御喪服を人々が脱いだ（時）に、

みな人は……みな（世の人）は（喪服を脱いで）はなやかな袂になったと聞く。（わたしは身を被《おお》った墨染めの衣を涙で濡らし、泣くよりほかはないけれども）、（この）墨染めの衣よ、せめて乾いて欲しいものだ。

と詠んだとかいう（が、まことにそのとおりであるといってよい）。

更へまうき心地する」の部分に懸かる。

六　大納言良岑安世の息男で、素性の父。俗名は宗貞。号は花山僧正であった。弘仁七（八一六）年に生まれ、寛平二（八九〇）年に七十五歳で死去した。仁和元（八八五）年に僧正。歌人であり、六歌仙、三十六歌仙の一人。勅撰和歌集に三十五首入集している。

七　仁明帝。諱は正良。嵯峨帝の第一皇子として弘仁元（八一〇）年出生し、嘉祥三（八五〇）年に四十一歳で死去した。母は太皇太后橘嘉智子である。天長十（八三三）年に即位。在位十七年。

八　『古今和歌集』（巻第十六、哀傷歌）に入集。なお、底本では第二句中の「袂」と第三句中の「衣」が入れ替わっているが、日記の所収歌の誤りか。

三〇　かくて八月になりぬれば

かくて八月[一]になりぬれば、「二十一日御渡り」[二]と定まりぬ。人々いとなみ合ひたり。

されば、われは、変はらぬ九重《ここのへ》の内《うち》の有様を見むに、[三]初めたる御渡りにえ念ずまじき心地のすれば、「参らむ」とも思はぬに、「院より、『さるべき人々、みな参るべき』由。参らせたまへ」と[四]三位殿《さんみどの》よりあれば「『その沙汰あらば、さて当てたらむ[五]火取り、水取りばかり参らせて、われは参らじ』となむ思ふ」といへば、「げにさぞおぼしめすべきことにてぞあなれど、仰せらるるに参らせたまはざらむも僻々《ひがひが》しきやうなり。思ひ念じて、なほ参らせたまふべき」とて、出だし立てらるれば、「かばかりのことだに心にまかせぬこと」と思ひながら出で立つ。

その日になりて、[六]内大臣殿《うちのおとどの》、[七]御角髪《びんづら》に参らせたまひて、朝餉《あさがれひ》の

一　嘉承三（一一〇八）年八月であるが、同月三日に「天仁」と改元される。

二　二十一日に、鳥羽帝が、小六条殿から内裏に移ることに決定したこと。ただ、事実としては、七月二十四日に議定されていた。それも、『中右記』（同日条）の割注部分に「来月三日庚辰行幸有るべきなり、江帥件の日不快といへるに依り、八月廿一日内裏に入御すべき由議定し了《を》はんぬ」とあるとおり、当初の三日案を不快とする江帥《ごうそち》（大江匡房）の進言に従い、二十一日に決めたものであった。

三　内裏は、堀河帝の想い出が詰まる空間であるから、初めての移御であるのに、昔と変わらぬありように涙を禁じ得ない気持ちがするなどとし、参上に対して拒否反応を示している。

四　しかるべき人々は参上

三〇　かくて八月になりぬれば

こうして八月になったところ、「二十一日に（内裏）への移御」と決定した。人々は（みな）準備し合っている。

従って、わたしは、（昔と）変わらない内裏の中の有様を見れば、初めての移御で（涙を）堪《こら》えきれない気持ちがするから、「参上しよう」とも思えないのだが、「白河院より、『しかるべき人々は、みな参上すべき』由（の仰せがありました）。参じて下さい」と三位殿《さんみどの》より（知らせが）あったので、「『その命《めい》が下ったら、（すでに）そうした筋合いであてがってある火取りや水取りだけを参上させて、わたしは参るまい』と思っています」というと、「なるほどそうお思いになってよいことですけれども、（院が）仰せられるのに参上なさらないというのも心がねじけているようです。（ここは）我慢して、やはり参上なさるように（して欲しいものです）」といって、促して参仕させなさるので、「こんな程度のことでさえ思うとおりにならないことだ」と思いながら（しぶしぶ）出仕した。

その日になって、内大臣殿《うちのおとどの》が、（鳥羽帝の）御鬢角《びんずら》に参上なされて、朝餉《あさがれい》

すべきだとする白河院の命《めい》を伝えた「三位殿」については不明。これまでの経緯からすれば、弁三位（光子）である蓋然性が高い。

五　火取りの童、水取りの童のこと。新居に移る折には、旧居の火と水を童女が持って行く。この場合、左が水取り、右が火取りという位置で行列の先頭に立つのが定め（『二中歴』第八、「儀式歴」）。この日、『殿暦』に「此の間水火の童女……火を以て夜御殿内の御殿油に燃き付け、楾水を夜御殿の御帳の辺に置き畢へり」とあるように、当の火で清涼殿の夜御殿内の大殿油が点され、同所内の帳台の周辺に楾水が置かれた。

六　源雅実（前出）である。

七　鳥羽帝の髪を角髪《びんずら》に結うために参じた。

御簾《みす》巻き上げて、御角髪《びんづら》結ひまゐらせらるる見れば、[一]変はらぬ顔して見えさせたまふもあはれなり。

[二]暮れ果てぬれば行幸なりぬ。御供にやがて[三]引き続けて参りぬ。[四]中《なか》御門《みかど》の門入るより、思ひしに著《しる》くかき眩さる。[五]「香隆寺《かうりゅうじ》に参る」とて見入れしに、「わが明け暮れ出で入りし門ぞかし。[六]をとしの十二月二十余日にこそ堀河院に移ろはせたまひしか。それに出でけむままにこそありけめ。『限りの日』とも思はでぞ出でけむかし。今は何ごとにてかは、この世にてまた入らむずる」と思ひしを、[七]わが身も同じ身ながらまた立ち返り入るぞ、[八]心憂く、悲しくもおぼゆる。

参り着きて見れば、「昼は、[九]大弐三位殿《だいにのさんみどの》おはせし所」とぞ。昼、三位殿ありつれば、「御物具《もののぐ》を持て参りつる」とて、[一〇]そなたへ出でむから、[一一]暗部屋《くらべや》を歩み過ぎて、今も少し上る。

三一　その夜も

一　鳥羽帝は堀河帝と顔がそっくりという解は誤り。幼いため、事の事情が分からず、平生どおりの顔つきだというのである。

二　日が暮れた頃に鳥羽帝の行幸があったとの指示。ただ、このように時間についても余りにも大まかな記述。『中右記』(同日条)に「戌剋御出」とあるので、帝が小六条殿を発ったのは戌刻(正刻は午後八時)。

三　「われ」も随伴して内裏へと向かったもの。「続けて」とあるから、ここは車を対象とするいい方。

四　平安京大内裏、外郭十二門の一つである待賢門のことだが、南の郁芳門と北の陽明門との間にあるために「中御門」といわれる。

五　「香隆寺」は、京都市北区にあった上品蓮台寺のこと。本尊は地蔵菩薩。この寺に参詣する途中、「われ」

の御簾《みす》を巻き上げて、御鬢角《びんずら》をお結い申し上げられるのを見ると、（平生と）変わらない顔つきでお見えあそばされるのも可愛い。

日がすっかり暮れてから行幸なされた。（わたしは）お供でそのまま（車を）引き続けて参上した。中御門《なかみかど》の門から入る（時）より、思っていたとおり（心は）暗くなる。

（いつであったか）「香隆寺《こうりゅうじ》に参詣する」ということで（その途中、門内を）覗き込んだ折に、「わたしが明け暮れ出入りしていた門であることよ。おとといの十二月二十数日に（帝は）堀河院にお移りあそばされた。（わたしは）その時に（この門を）出たままだった。『最後の日』とも思わないで出たのだったわ。今は何ごとがあってもこの世で再度入ることはないだろう」と思ったのに、（門も昔と変わらず）わが身も同じ身のままでまた立ち返って入るのは、つらく、悲しいとも感じられる。

（内裏に）参り着いて見ると、（わたしの局《つぼね》は）「昼（間）は、大弐三位殿《だいにのさんみどの》がおいでになった所」とのことである。昼（間）は、三位殿がいらっしゃったから、——「お道具を持って参じた」ということで、（三位殿は別の所である）そちらへ出て行かれているから、暗部屋《くらべや》を通り過ぎて、今も（従者が）数人参上している。

三一　その夜も

が中御門から覗き込んだのは嘉承三（一一〇八）年八月以前の当該年時中である。同元年十二月二十五日に、堀河帝が内裏から堀河院に移ったのを、下文で「をとしの十二月二十余日」のこととしているからである。

六　中御門を目の前にするのは、嘉承元年十二月二十五日に堀河帝が内裏から堀河院に移ったその日以来であるとする。

七　自分も同じ身というのは、同様に内裏も不変という抑えである。

八　空間的には昔時と同様であるのに、堀河院は不在であるがゆえに、「われ」の心は辛くも悲しくも感じるというもの。

九　堀河帝の乳母であった、藤原家子（前出）。

一〇　本文に誤脱があるのか。

一一　清涼殿に近いとしても、空間的には一切不明。

一その夜も御側《そば》に臥して見れば、二夜御殿《よるのおとど》見るに、見し世に変はらぬさましたる。三四角《よすみ》の燈楼《とうろ》、御料《ごれう》などだにことなし。初めたる御渡りなれば、四火取り、水取りなどの童持ちたりつる、御枕上《まくらがみ》に左右に置かれたるぞ違《たが》ひたることにてはある。御傍《かたは》らに臥したるも、五「かやうにてこそ、宮上らせたまはぬ夜などはさぶらひしか」とおぼえて、あはれにのみぞ。

みな人は、よげに寝《ぬ》れども、われはもののみ思ひ続けられて目も合はず。六滝口《たきぐち》の七名対面《なだいめん》、八御湯殿《ゆどの》の狭間《はさま》、殿上《てんじやう》の口にて申す声ぞ、聞こゆるほどにおぼえたりしかど、耳に立ちて聞こゆる。九左府生《さふしやう》時奏して、「尋ぬべし。心得ねば」といひて、一〇時の簡《ふだ》に杭《くひ》さす音す。一一左近《さこん》の陣の夜行《やぎやう》、一二てんめきたる歩くも、昔にも変はることなし。

御帳《みちやう》の帷《かたびら》見るにも、先づ、仰せられし言《こと》ども思ひ出でらる。「昔を偲ぶいづれの時にか露乾く時あらむ」とおぼえて、一三片敷きの袖も濡れまさり、枕の下に釣りしつばかり。よろづのことに目のみ立ちて違《たが》ふことなくおぼゆるに、「ただ一所《ひとところ》の姿の見えさせたまはぬ」

一　天仁元（一一〇八）年八月二十一日の夜である。

二　夜御殿を目にした途端、「われ」は堀河帝に回帰してしまう。

三　「ことなし」までの本文箇所は、底本（「にそみのところ此かなとたにこそなし」とある）だけでなく諸本乱れているために意味不明。本文転化の解析をとおして改訂した。「四角の燈楼」とは、帳台内部の四角に掛けられた燈楼のこと。『中右記』（天永三年十月九日条）の「火の童夜大殿に入り、四角の燈炉に燃《た》き付く」との記載が参考になる。「御料」は衣架などの調度類を指す。

四　火と水の置かれた状態が昔日とは違うとする。

五　ここでも夜御殿に伺候したありし日に回帰。

六　清涼殿の黒戸前の、御溝水《みかわみず》の落ちる所にあった滝口の陣。ここはそこに詰

その夜も（帝の）お側に臥して（周囲を）見てみると、（例えば）夜御殿《よるのおとど》を見ると、（堀河帝の）時と変わらない有様であることだ。（御帳台内部の）四角の燈楼《とうろ》やお道具類などでさえ（まったく）変わったところがない。

はじめての移御であるから、火取り、水取りなどの童女が持っていたのが、（帝の）御枕もとの左右に置かれているのが（昔）と違っていることではある。

（帝の）お側に臥している（折）にも、「（ありし堀河帝の御時には）このように、中宮がお上りあそばされない夜などは伺候したことであった」とおのずと想起されて、胸がしめつけられるばかりである。

人はみな、心地よさそうに寝ているけれども、わたしはもの思いが断ち切れない状態で（どうしても）眠れない。滝口の名対面《なだいめん》、——御湯殿《ゆどの》のあいだや殿上《てんじょう》の間の戸口で申し上げる声が、（以前は）聞こえるといった程度で感受されていたのだけれども、（今は）耳にこびりつくように聞こえる。左府《さふ》生《しょう》が時刻を奏して、「尋ねるのがよかろう。はっきりしないから」といって、時の簡《ふだ》に杭を挿す音がする。左近衛府の役人の夜回り、——（その）貂《てん》みたいのが（足音を立てて）歩くのも、昔に変わることがない。

御帳台《みちょうだい》の帷《かたびら》を見るにつけても、まっさきに、（堀河帝が）仰せになられたおことば（の数々）が思い出される。「昔を偲ぶいつの機会に（袖を濡らす涙の）露が乾く時があるのか」と思われて、片敷《かたし》きの袖も濡れる一方で、枕の下で釣りができそうなくらいだ。いろいろなことに注意されて（昔時と）

める警護の武士をいう。
七　宿直の官人が定刻に名告りをすること。宿直奏《とのいもうし》、名謁《みょうえつ》などとも。
八　御湯殿と後涼殿の東廂との間を指している。
九　六衛府と検非違使庁などの四等官、主典の次位の役についていう。
一〇　時刻を記した札。清涼殿の殿上の間と下侍《しもさぶらい》の間の小庭に置かれた。
一一　「左近の陣」は紫宸殿の東南の廊にあった左近衛府の詰所だが、ここは「夜行」なので、府生の夜回り。
一二　従来、「てん」に「貂」が当てられて来たが、この夜行性の小動物は敏捷なので、夜回りの動きの比喩であれば不自然。夜行性をとらえたと見るほかはない。
一三　自分の片袖だけを敷いて独り寝すること。このあたり、あたかも夫を失った妻のようなありよう。

[一]と思ふぞ悲しき。

[二]おまへの臥させたまひたる御方を見れば、いはけなげにて大殿籠《おほとのご》もりたるぞ、「[三]変はらせおはしましし」とおぼゆる。

[四]をととしの頃に、かやうにて[五]夜昼御傍《かたは》らにさぶらひしに、[六]御心地止《や》ませたまひたりしかど、院より「あなかしこ。よく慎みて、[七]夜《よる》御殿《のおとど》を出でさせたまはで、暫し」と申させたまひしかば、つれづれのままに、由《よし》なし物語、昔今のこと語り聞かせたまひし折、[八]殿の後《あと》の方に寄りたてまつらせたまひしかば、そのままにてさぶらはむは、なめげに見苦しくおぼえしかば、起き上がりて「退かむ」とせしを、「『見えまゐらせじ』と思ふなめり」とおぼして、「ただあれ。几帳《きちゃう》つくり出でむ」とて[九]御膝を高くなして、陰に隠させたまへりし御心のありがたさ、今の心地す。

「いつの間に変はりける世のけしきぞ」と、「よろづの人たちのそのかみの人ならぬ中に、われぱかりありし昔ながらの人。いかに結

一　悲嘆としての思い。夜御殿の帳台を目にした「われ」は、過去への思いに囚われてしまい、周囲の有様は変わっていないのに、ただ堀河帝だけが不在だとする詠嘆に帰着するという展開。〈変〉・〈不変〉の相にもとづく。

二　帳台内に臥す鳥羽帝への視点になる。

三　いわけない感じで臥している帝の様子から、昔日の堀河帝のそれへと転換された記述になっている。当該箇所の主語は臥している姿。あのお姿がこうもお変わりあそばされてしまったといった抑えである。

四　ここから、一昨年、嘉承元（一一〇六）年時の事実に転出してしまう展開である。ただし、何月のことであったのかは不詳。

五　堀河帝に、昼夜側近く伺候したとして、某日のこ

変わることがないように感じられるので、「ただ（堀河帝）お一人の姿がお見えあそばされないだけだ」と思うのは実に悲しい。

　帝が臥していらっしゃる御方を見ると、愛らしげにおやすみになられているのが、――「（こうもお姿が）お変わりあそばされてしまった」と（何ともやるせなく）思われることである。

　おととしの頃に、このように（わたしは）夜昼（ずっと）お側に伺候していたのだが、（堀河帝は）ご病気が治癒あそばされたのだけれども、白河院より、「よろしいですか。充分慎重になされて、夜御殿《よるのおとど》からお出になられることなく、もう暫く（我慢されるように）」と申し上げあそばされたので、つれづれのままに、他愛ないお話や昔今のことを語ってお聞かせ下さった折に、関白殿が後ろの方にお寄り申し上げなさったので、そのままで伺候しているのは、無礼なようで見苦しく思われたため、起き上がって「退《の》こう」としたのを、「『（関白殿に）見られ申し上げまい』と思うのだろう」と察知なされて、「そのままでいなさい。几帳《きちょう》をこしらえるから」とおっしゃって（ご自分の）御膝を高くして、（その）陰に（わたしを）お隠しあそばされたお心の恐れ多さは、今（のこと）のように思われる。

　「いつの間にか変わってしまった世の様子であることだ」と、「それぞれの人たちがその頃の人ではなくなってしまったなかで、わたしだけがかつての

とがらを俎上にのぼすことになる。

六　第三節の記述にあったとおり、堀河帝は嘉承元年も前年と同様に病に疲弊した年であった。従って、病後といってもいつの折なのかは、当然、特定できないが、ただ、現時点が八月であるから、連鎖的に八月中の事実へと傾いた可能性はある。

七　白河院からの、夜御殿から出ないようにとのことばがあったことを取り上げている。この場面でも、他者は遠景に退かされてしまっている。

八　忠実の参上であるが、二人だけの場に介入したかのような記述のあり方に注意。

九　膝を高くして、「われ」をその陰に隠したとの、例の至福の画像になる。ここは見られる側からの視点。

び置きける前世《さきのよ》の契りにか」と、[一]もののみ思ひ続けられて、あはれ忍び難《がた》き心地す。

三二　明けぬれば

[二]明けぬれば、「いつしか」と起きて、人々、「めづらしき所々見む」とあれど、具して歩《あり》かばいかがもののみ思ひ出でられぬべければ、ただ恍《ほ》れてゐたるに、おまへのおはしまして、「いざ、いざ、[三]黒戸《くろど》の道をおれら知らぬに、教へよ」と仰せられて引き立てさせたまふ。

参りて見るに、[四]清涼殿、[五]仁寿殿《じじゅうでん》、いにしへに変はらず。[六]台盤所《だいばんどころ》、[七]昆明池《こんめいち》の御障子《さうじ》、今見れば見し人に会ひたる心地す。[八]弘徽殿《こきでん》に皇后宮《きさいのみや》おはしましを、[九]殿の御宿直所《とのゐどころ》になりにたり。黒戸の小半蔀《こはじとみ》の前に植ゑ置かせたまひし前栽《せんざい》、心のままにゆくゆくと生ひて、[一〇]御春《みはるの》有輔《ありすけ》が、

[一一]君が植ゑしひとむら薄《すすき》の虫の音のしげき野辺ともなりにけるか

一　周囲の人々は変わってしまった現実を前にして、自分だけがこうして変わることなく存在するという慨嘆になっている。〈変〉・〈不変〉の相を基盤にした展開。

二　天仁元（一一〇八）年八月二十二日である。

三　清涼殿の細長い空間である北廊のこと。この名称の由来については、詳らかにしない。薪を焼く煙で煤けたためなどともいわれるが、真偽のほどは定かではない。

四　ここの「清涼殿」以下、例の〈変〉・〈不変〉の相にもとづく記述になる。

五　帝の常の在所である清涼殿から移行。この殿舎は内裏の中央に位置している。「じんじゅうでん」、「にんじゅうでん」などとも呼ばれる。元来、帝の座所として用いられていたが、それが清涼殿に移ったのち、内

昔のままの存在なのだ。どのように結び置いた前世の契りであるのか」と、ひたすら（このようにも）思い続けられて、悲しみは堪《こら》えにくい気持ちがする。

三二　明けぬれば

夜が明けたので、「いつになったら」（と心せかれて）起きて、人々は、「珍しい所々を見よう」というけれども、いっしょに歩いたならどれほどか（ありし日のことが）思い出されてしまうに相違ないから、ただぼんやりして座っていると、帝がおいでになられて、「ねえ、ねえ、黒戸《くろど》への道をわたしは知らないので、教えてよ」と仰せになられて（わたしを）ひっぱってお立たせになる。

（黒戸の方に）参じてみると、清涼殿《せいりょうでん》や仁寿殿《じじゅうでん》は、昔と変わらない。台盤《だいばん》所《どころ》や昆明池《こんめいち》の御障子《しょうじ》は、今見ると知っていた人に会った気持ちがする。弘徽殿《こきでん》に（かつて）皇后宮《きさいのみや》がいらっしゃったのだけれども、（今は）摂政殿の御宿直所《とのいどころ》になっている。（堀河帝が）黒戸の小半蔀《こはじとみ》の前に植えてお置きあそばされた前栽《せんざい》は、心のままにすくすくとのびて、御春有輔《みはるのありすけ》が、

君が植ゑし……（今は亡き）君が植えておいたひとむらの薄《すすき》は、（のび放題で）虫の音がひっきりなしに聞こえてくる野辺ともなってしまったことだ。

宴、相撲、蹴鞠などが行われる場になったもの。「いにしへに変はらず」とあるように、〈不変〉の相での位置づけになっている。

六　清涼殿西廂にある台盤を置いた所。女房の詰所。

七　清涼殿広廂にある衝立障子。表に昆明池、裏に嵯峨の小鷹狩りの絵が描かれていた。

八　事実に反する。堀河帝が内裏を在所としていた期間、皇后篤子内親王（前出）のそれは、飛香舎であった。

九　摂政忠実の在所は、飛香舎であるから誤り。弘徽殿は、皇后令子内親王の在所になっている。

一〇　不詳である。

一一　この歌は『古今和歌集』（巻第十六、哀傷歌）に入集。薄が野辺になってしまったとの詠。ここに介在するのは、〈変〉の相としての組み入れである。

な
といひけむも思ひ出でらる。
[一]御溝水《かはみづ》の流れに[二]並み立てるいろいろの花ども、いとめでたき中にも、[三]萩の色濃き、咲き乱れて、[四]朝《あした》の露玉と貫き、[五]夕《ゆふべ》の風靡くけしき殊に見ゆ。これを見るにつけても、「[六]御覧ぜましかば、いかにめでさせたまはまし」と思ふに、

[七]萩の戸に面《おも》変はりせぬ花見ても昔を偲ぶ袖ぞ露けき

と思ひゐたるを、人にいはむも、同じ心なる人もなきに合はせて、ことの初めに洩り聞こえむ、由《よし》なければ、[八]承香殿《そぎゃうでん》を見やるにつけても思ひ出でらるれば、「里につくづくと思ひ続けたまはむ」と推し量りて、これをたてまつりしかば、

[九]「思ひやれ心ぞまどふもろともに見し萩の戸の花と聞くにも

思へば、さて同じさまにて歩《あり》かせたまふだにさおぼすなり。まして、つくづくと紛るる方なく思ひ続けむ」は推し量られてぞある。

かくて、ありしもぞ今少し思ひ出でらるる。

一　御溝水は塵芥などを流す溝の水だが、内裏の各殿舎をめぐるかたちで設けられている。ここは、清涼殿の東方の位置になる。
二　御溝水に沿って咲く種々の花に視点を置いた展開。一部に従前の記述と重複しているとの見方があるが、上文は、黒戸の前の植え込みが対象であったから、決して重複はしていない。
三　花々のなかから抽出されたのが、この萩であった。以下はやや技法的な取り込みになっているようだ。
四　「朝の露玉と貫き」の「と」の部分、諸本には「を」とあるが、このままでは、朝の露が玉を貫く、としか解し得ないから、意味不明である。ここは、「と」からの本文転化と見なくてはならない。萩の枝が露を玉として貫くという記述となる。この「と」は、様態を認定

と詠んだとかいうのも思い出される。

御溝水《みかわみず》の流れに（沿って）並んで立っている色とりどりの花などが、とてもきれいななかでも、萩の色の濃いのが、咲き乱れて、（枝々《えだえだ》が）朝の露を玉として貫き、夕べの風に靡く様子は格別に見える。これを見るにつけても、「（堀河帝が）ご覧になられたら、どんなにかご賞賛あそばされただろう」と思うのだが、

萩の戸に……萩の戸のもとで変わらない様子で咲いている花を見るにつけても、昔を偲ぶ（わたしの袖は、滴り落ちる涙で）湿っぽいことだ。

と思っているのを、人にいうのも、（わたしと）同じ心である人もいないのに加えて、（帝の移御といった）ことの初めに洩れて噂になるのは、具合が悪いから（気をつけていたが）、承香殿《そぎょうでん》を見やるにつけても（ある人のことが）思い出されるので、「里につくねんと（あれこれ昔を）思い続けていらっしゃるだろう」と推し量って、（ほかならないこの人に）歌を差し上げたところ、

「思ひやれ……思いやって下さい。（わたしの）心は惑うことです。萩の戸の花と聞くにつけても。

思えば、そうして（昔と）同じ様子でお歩きなさっていてさえそうお思いになるのです。まして、つくづくと人づきあいもなく、（里で昔を）思い続けているのは（どんなにか悲しいことであるか）」（とご返事があったが、そういったご事情は、わたしにも）推し量れるところである。

こうして、（この人との）ありし（日の日常）が今少し思い出される。

し、資格を与える格助詞。「秋の野の草は糸とも見えなくにおく白露を玉と貫《ぬ》くらむ」（『後撰和歌集』巻第五、秋中、よみ人しらず）の歌が同様の例。これは草が白露を玉と貫くというもの。本文上、字形相似により、「と(止)」から「を(遠)」に転化したと推定される。

五　萩の枝が夕風に靡いているという視点だが、上接の「朝の露玉と貫き」と対句的に構成されている。

六　ここで、堀河帝が見たらと、突如、変換される。

七　「萩の戸」は、夜御殿の北にある南北二間の部屋。その前に咲いているという伝統的な構図。〈不変〉の相となる。

八　清涼殿の東北にあり、内宴、御遊などが行われる。

九　「われ」との関係が不明な人物の返歌。初句と第二句がそれぞれ切れる。

三三　かくて

かくて、一九月になりぬ。九日、二御節供《せく》まゐらせなどして、三十余日にもなりぬ。

四つれづれなる昼つ方、暗部屋《くらべや》の方を見やれば、五「御経《みきやう》教へさせたまふ」とて、「読みし経を、よくしたためて取らせむ」と仰せられて、六御行ひのついでに二間《ふたま》にて、七立ちておはしましてしたためさせたまひて、八局《つぼね》に下りたりしに、九「御経したためて持て参りて、笑はれむ」とて下りし召して、あまりなるまでかしづかせたまひし御ことは思ひ出でらるるに、おまへにおはしまして、「われ抱《いだ》きて、障子《さうじ》の絵見せよ」と仰せらるれば、よろづさむる心地すれど、朝餉《あさがれひ》の御障子の絵御覧ぜさせ歩《あり》くに、夜御殿《よるのおとど》の壁に、「明け暮れ目慣れておぼえむ」とおぼしたりし楽《がく》を書きて、押しつけさせたまへりし笛の譜の、一〇押されたる跡の壁にあるを見つけたるぞあはれなる。

一　天仁元（一一〇八）年九月。

二　九日の重陽の節供のことである。この日、内裏では紫宸殿で菊花の宴が催されるが、これが中止された場合には、宜陽殿において菊酒を侍臣に賜う（平座《ひらざ》）というのが通例。当年時は、この宜陽殿での催しであった。日記ではまったく立ち入っていないのは、無関心さのあらわれか。

三　十日過ぎになったという大まかな時間の指示にとどまるもの。

四　十日過ぎの某日の昼頃、「暗部屋」を見やったとあるが、以下は、堀河帝の絡む記憶が引き出される展開になる。といっても、一二九頁脚注二でも触れたとおり、この空間がどこにあったものか詳らかにしないのだが。

五　堀河帝が「われ」に御経を教えたという事実の回

三三　かくて

こうして、九月になった。九日に、(重陽の) 御節供《せっく》を差し上げなどして、十日過ぎにもなった。

所在ない昼頃、暗部屋《くらべや》の方を見やると、「(昔、堀河帝がわたしに) 御経《みきょう》をお教えあそばされる」ということで、「読誦《どくじゅ》した経を、きちんと書いて (お前に) やろう」と仰せられて、――御勤行のついでに二間《ふたま》で―― (そこから当の暗部屋に) 立っていらっしゃって整えてお書きあそばされて (わたしに下さったのだが、その後) 局《つぼね》に退下していたところ、(つまり)「御経を清書して持参しては (人に) 笑われるだろう」ということで下がっていた (わたしを) 身に余るまで大事にして下さった御ことが思い出されている (ところに、帝がお前においでになられて、「わたしを抱いて、障子《しょうじ》の絵を見せよ」と仰せになられるから、何につけても冷めてしまう気持ちがするのだけれども、朝餉《あさがれい》の間の御障子の絵をご覧に入れて回ると、夜御殿《よるのおとど》の壁に、「明け暮れ絶えず見て慣れるようにして憶えよう」とお思いになられた曲を書いて、貼り付けあそばされた笛の譜の、貼り付けられた跡が壁に残っているのを見つけたのは感慨無量であることだ。

想になるが、もとより、何年時のことか不明である。

六　挿入句である。上接部分の注記で、経を書いたのを与えるとの発言が二間であったとするもの。

七　堀河帝が二間から暗部屋に来て経を書写し「われ」に与えたことをいう。

八　このあたりには誤脱があるものと思われる。このままでは、文脈上、上文とは論理的に接合しない。暗部屋で清書した経を帝が与えたという事実からの展開が、はなはだ不明瞭。ともあれ、この局への退下は、一定の時間経過があってからのこととして介在しているかたちになっている。

九　賜った、帝書写の経を持参してはとの意。女性にとって漢字は忌むべきもの。

一〇　夜御殿の壁に、憶えるために笛の楽譜を貼り付けた跡が残っていること。

[一]笛の譜の押されし壁の跡見れば過ぎにしことは夢とおぼゆる

[二]悲しくて、袖を顔に押し当つるをあやしげに御覧ずれば、「[三]心得させまゐらせじ」とて、さりげなくもてなしつつ、「欠伸《あくび》をせられて、かく目に涙の浮きたる」と申せば、「[四]みな知りてさぶらふ」と仰せらるるに、あはれにもかたじけなくもおぼえさせたまへば、「いかに知らせたまへるぞ」と申せば、「[五]ほ文字《もじ》のり文字《もじ》のこと思ひ出でたるなめり」と仰せらるるは、『堀河院の御こと』とよく心得させたまへる」と思ふも、うつくしくて、[六]あはれもさめぬる心地してぞ笑まるる。

かくて、九月もはかなく過ぎぬ。

三四　十月十一日

「[七]十月十一日、[八]大嘗会《だいじやうゑ》の御禊《ごけい》」とて、天《あめ》の下の人いとなみ合ひたり。

一　「譜」の本文箇所、諸本には「音」（ないしは「ね」）とあるが、ここは、当然、「譜」でなければならない。字形相似により「ふ（婦）」→「ね（禰）」の経路で転化したと推定される。「壁」、「塗る」は縁語。この語が「寝《ぬ》る」に懸けられ、「夢」と縁語になる。

二　壁に楽譜の跡が残っているのを見た「われ」は、思わず悲しみに襲われ、涙で袖を濡らすというもの。

三　これは、察知されないようにといった「われ」の対応。幼児であるから、欠伸のせいで涙が出たといった取り繕いになっている。

四　物語のひとつのシーンであるかのような会話が組み込まれ、相応にリアルな記述となっている。

五　堀河帝のことを「ほ」文字、「り」文字のことと

笛の譜の……笛の譜が貼り付けられていた壁を見ると、過ぎてしまった（昔の）ことは夢と感じられる。

悲しくて（涙が落ちるので）、袖を顔に押し当てるのを不思議そうにご覧になられるから、「分からせ申し上げまい」ということで、さりげなく対応しながら、「つい欠伸《あくび》が出てしまって、こう目に涙が浮いていることです」と申し上げると、「みんな知っているよ」と仰せられるので、愛らしくも恐れ多くも思われるので、「どのようにお知りあそばされているのですか」と申し上げると、「ほ文字のり文字のことを思い出したのだろう」と仰せになられるのは、『堀河院の御こと』とよくご承知あそばされている」と思うにも、可愛らしくて、悲しさも褪めてしまった心地がしてつい笑みがこぼれてしまう。

こうして、九月もつまらなく過ぎた。

三四　十月十一日

「十月十一日は、大嘗会《だいじょうえ》の御禊《ごけい》」ということで、世の人は準備し合っている。

するいい方だが、違和感を禁じ得ない。帝は、この天仁元（一一〇八）年時わずか六歳にすぎないといった年齢的な条件を考えると、こうした、大人びた気の利いたいい回しは奇妙。人間洞察の知力の上でとうてい可能とは思えない。「われ」のデフォルメであるか。

六　帝の可愛さに心が動かされるとして、「われ」は、包まれた悲しみから解き放たれ、ふと笑みがこぼれるという展開。こうした慰藉の位相におのずと「われ」は誘《いざな》われたと見るべきか。

七　「十一日」は「二十一日」の誤り。

八　「大嘗会」は帝の即位後の一世一度の新嘗会をいう。天照大神と天神地祇に新穀を献上する。「御禊」はこの祭儀前の帝の禊ぎのこと。仁明帝以後、賀茂川で行われるようになった。

その日になりて、[一]播磨守長実《はりまのかみながざね》、御角髪《びんづら》に参りたり。[二]内大臣殿《うちのおほいどの》、朝餉《あさがれひ》の御簾《みす》巻き上げて、[三]長押の上に殿さぶらはせたまふ。[四]縁《えん》に左衛《さゑ》門佐《もんのすけ》[五]いと赤らかなる袍《うへのきぬ》着て、こと掟てて暫しありて、御角髪果て方になりて蔵人参り、[六]「[七]女御代《にょうごだい》、面《めん》に参らせたまへり」と奏すれば、「聞かせたまひぬ。ことども進めよ」と急がせたまふ。

ことなりて、[八]皇后宮《きさいのみや》など、めでたくしたてさせたまへり。

三五　かやうに

かやうに、世のいとなみやうやう過ぎて、今は、[九]五節《ごせち》、臨時祭《りんじのまつり》いとなみ合ひたり。

「ことしの五節は、大嘗会《だいじゃうゑ》の年なれば、例にも似ず、[一〇]上達部《かんだちめ》数添ひていとめでたかるべき年」といひ合ひたり。

女房たち、われもわれもと、「[一一]御覧の日の童女《わらは》とてゆかしきこと」、「寅の日の夜《よ》、すでに例のことなれば、殿上人、[一二]肩脱ぎあるべけれ

一　「長実」の本文箇所、底本には「なりさね」とあるが、転化本文。字形相似によって、「か（可）」から「り（利）」の経路で転化したとおぼしい。長実は藤原顕季の息男で、母は同経平女。承保二（一〇七五）年に生まれ、長承二（一一三三）年に五十九歳で死去。

二　源雅実（前出）。

三　朝餉の間である西廂の端の下長押の位置。

四　「縁」は、下長押の下の簀子敷の位置である。「左衛門佐」は藤原顕隆（前出）。

五　顕隆は、現在正五位上、左衛門佐であるから、浅緋《あさあけ》の闕腋袍《けってきのほう》（武官用）で装っている。「いと赤らかなる」と記される所以。

六　参上したのは、『殿暦』（同日条）によれば藤原為隆。ただ、現在権右中弁で中宮大進を兼帯、蔵人ではなかった。この堀河帝時代

当日になって、播磨守長実《はりまのかみながざね》が、（帝の）御鬢角《びんずら》（を結いに）参上した。内大臣殿《うちのおとどの》が、朝餉《あさがれい》の間の御簾《みす》を巻き上げて、下長押の上に摂政殿が控えておいでになる。縁に左衛門佐《さえもんのすけ》がとても赤い袍《うえのきぬ》を着て（あれこれ）指図して暫くしてから、御鬢角（を結うことが）終わり頃になって蔵人が参じ、「女御代《にょうごだい》が、対面に参上なさいました」と奏上すると、（摂政殿が）「お聞きあそばされた。諸事を進めるように」と急がせなさる。

準備が完了して、皇后宮《きさいのみや》などが、（もう）すばらしく衣服をお整えあそばされていた。

三五　かやうに

このように、一年の行事が次第に徐々に過ぎて、今は、五節《ごせち》や臨時祭《りんじのまつり》（を控えて）準備し合っている。

「今年の五節は、大嘗会《だいじょうえ》の年だから、いつも（の年）とは違い、（舞姫を提供する）上達部《かんだちめ》（の）数が増えてまことに見どころがある年だ」とみな口にしている。

女房たちは、われもわれもと、「御覧の日の童女《わらわ》というので見たいこと」、「寅の日の夜は、すでに例のように定まっていることなので、殿上人《てんじょうびと》は、肩脱ぎがあるはずだから、（その場合）どこから参上したらよいでしょう」と

の職の印象のままの誤記。

七　女御の代理として供奉する女官のこと。ここは、忠実女、勲子（十四歳、のちに泰子と改名）。「面」の部分。「対面」の「対」脱落。

八　白河帝第三皇女、令子内親王。堀河院の同母姉。斎院退下後、鳥羽帝即位の日、皇后の尊称を受け、准母に。現在、三十七歳。

九　少女楽の公事。新嘗会、大嘗会前、その期間中にも行われる。

一〇　通常は、上達部、殿上人と受領のうちからそれぞれ二人、舞姫が出されるが、大嘗会の年は上達部から三人。

一一　中の卯の日、帝が清涼殿で舞姫に随伴する童女を見ること。

一二　中の寅の日に行われる殿上淵酔《てんじょうのえんずい》。殿上人が袍の肩を脱ぎ垂れ、酒宴などののち所々を廻る行事。

ば、いづれよりか上るべき」と問ひ合はれたれば、「応答《いら》へせむ」ともおぼえず。

三六　ひととせ

一ひととせ、二限りの度《たび》なりければにや、常より心に入れてもて興じて、三参りの夜より騒ぎ歩《あり》かせたまひて、その夜、四帳台《ちやうだい》の試みなどに夜更けにしかば、五つとめて、御朝寝《あさい》の例よりもありしに、六「雪降りたり」と聞かせたまうて、大殿籠《おほとのご》もり起きて、七皇后宮《きさいのみや》もその折におはしましかば、「御方々《かたがた》に御文《ふみ》たてまつらせたまふ」とておまへにさぶらひしかば、八日陰《ひかげ》をもろともに造りて結びゐさせたまひたりしことなど、九上《うへ》の御局《みつぼね》にて昔思ひ出でられて、ものゆかしうもなき心地してまでなど。

童女《わらは》上らむずる一〇長橋、例のことなれば、一一うちつくり参りて造るを、一二承香《そぎやう》殿《でん》の階《きざはし》より、清涼殿の丑寅《うしとら》の隅なる、長橋、戸《と》の端《つま》まで渡すさま、

一　ここから、例によって記述は堀河帝追懐の営みに逸脱してゆくことになる。

二　帝の最後の機会になったというその年がいつであったのか、明白ではない。史実の上では、堀河帝の最後の五節行事の体験は康和五（一一〇三）年だが、帳台の試みがあり、翌朝は降雪という両条件と合致しない。結果的には、帳台の試みが中止された年であるが、長治二（一一〇五）年の場合、当試みの日に当たる十一月十九日と翌朝に降雪の事実が確認されることからいえば（『殿暦』、『中右記』各十九、二十日条）、あるいは、当該年のイメージによって彩色したものかとも考えられる。

三　五節の舞姫の参入するのは、十一月、中の丑の日の夜。康和五年時は、十一月十四日となる。『殿暦』

尋ね合っているので、「返答しよう」とも思われない。

三六　ひととせ

先年、最後の折だったからか、常より心に入れて興じて、（舞姫の）参入の夜より（堀河帝は所々を）はしゃいでお歩きあそばされて、その夜、帳台《ちょうだい》の試みなどによって夜が更けてしまったので、翌朝は、御朝寝がいつもよりも過ぎていたのだが、「雪が降った」とお聞きあそばされて、起床なさって、皇后宮《きさいのみや》もその折にいらっしゃったので、「（舞姫を献じた）方々《かたがた》にお手紙を差し上げなさる」ということで（わたしも）お前に伺候していたから、日陰《ひかげ》（の蔓《かずら》）をいっしょに造って結んでおいであそばされていたことなどが、上《うえ》の御局《みつぼね》で（すなわち、こうした）昔（のこと）が思い出されて、（五節の行事そのものについて）見たくもない気持ちまでしてしまってなど（どうしようもない）。

（童女御覧《わらわごらん》の日に）童女が（帝のお前に）参上する（際の）長橋を、例のことなので、内匠《うちつくり》が参じて造るのを、――承香殿《そぎょうでん》の階《きざはし》より、清涼殿の丑寅《うしとら》

（同日条）によると亥刻（正刻は午後十時）に参じた。

四　帝が、舞姫参入後に清涼殿から常寧殿に移動し、帳台（舞殿）で行われる舞姫の舞を見る儀のこと。

五　十一月十五日の朝。

六　雪は前夜から降っていたことになる。仮構か。

七　中宮篤子（前出）。

八　日陰の蔓。元来、ヒカゲカズラ科シダ類のそれが使われたが、後年、組糸を用いた造り物になった。

九　弘徽殿の上の御局。

一〇　現年時十一月十九日（中の丑の日）の事実。帝、舞姫、童女が渡るために架設される長橋をいう。

一一　木工寮《もくりょう》所属の工人。

一二　ここから「昔ながらなり」までは挿入句。承香殿の階から清涼殿の東北隅の腋戸まで渡すむねの注記。なお、「長橋」は衍字。傍注の混入と見られる。

昔ながらなり、おまへ、一めづらしうおぼして御覧ずれば、暮るるまで御傍《かたは》らにさぶらふにも、二雪の降りたるつとめて、まだ大殿籠《おほとのご》もりたりしに、雪高く降りたる由《よし》申すを聞こしめして、三その夜、御傍らにさぶらひしかば、もろともに、具しまゐらせて、見しつとめてぞかし。

いつも雪を「めでたし」と思ふ中に、殊にめでたかりしかば、四あやしの賤家《しづがや》だに、それにつけて五見所こそはあるに、まいて、玉、鏡よと磨かれたるもものしきの内《うち》にて、もろともに御覧ぜし有様など、絵描《か》く身ならましかば、つゆ違《たが》へず描きて、人にも見せまほしかりしかど、押し上げさせたまへりしかば、まことに、降り積もりたりしさま、梢あらむ所は六いづれを梅と分き難《がた》げなりし。

仁寿殿《じじうでん》の前なる竹の七台、「折れぬ」と見ゆるまで撓《たわ》みたり。おまへ八の火焼屋《ひたきや》も埋《うづ》もれたるさまして、今もかき暗し降るさまこちたげなり。

滝口の本所《ほんぞ》の前の透垣《すいがい》などに降り置きたる、見所ある心地して、折からなればにや、九おまへの立ちし、せめてのわが心の見なしにや、

一　鳥羽帝が、工人の長橋を架設する作業に興味をもち、終日眺めていたこと。幼児であるがゆえの執着。
二　ここから、回想に傾く展開、鳥羽帝の側近く伺候していたとする上文のくだりが契機となり、転換されてしまったもの。上文の、帳台の試みの翌朝の降雪は、ここに連鎖したといってよい。回想内容自体は、五節行事とは重ならず、雪だけの繋がりであった。
三　当該箇所から記述は屈曲してゆくので、見過ごしてはならない。「その夜、……つとめてぞかし」の部分は、上接の記述の「つとめて」に立ち戻り、その前夜、帝のもとに近侍していたために、ともに翌朝の雪を見たといった経緯を辿る説明に逸脱したもの。
四　これ以降の記述も、さらに変換されてしまってい

の隅にある腋戸《わきど》の端まで、（その長橋を）渡すさまは、昔のままである――帝が、めずらしくお思いになられてご覧になるので、（日が）暮れるまでお側に伺候するにつけても（ありし日の堀河帝とごいっしょだった日のことが想起されてしまう）、雪が降った早朝、（堀河帝は）まだおやすみになっておいでだったのだが、雪が高く降り積もった由を申し上げるのをお聞きになられて、――その夜、（わたしは）お側に伺候していたので、いっしょに、お供申し上げて、見た早朝であった。

　いつも雪を「すばらしい」と思うなかでも、格別にすてきだったから、――粗末な賤《しず》の家でさえ、その降雪（自体）に応じて見所はあるものだが、まして、玉よ、鏡よと磨かれた宮中で、ともにご覧になられた有様など（もし、わたしが）絵を描く身であったなら、ちょっとも変えずに描いて、人にも見せたかった（ほど）であったけれども、（格子を）押し上げさせなさったところ、まことに、降り積もった光景は、梢がある（部分）は、（古歌にも詠じられているとおり）どれを梅とも見分けにくい感じ（の趣）であった。

　仁寿殿《じじゅうでん》の前にある竹の台が、「折れてしまう」と見えるまで撓《たわ》んでいる。清涼殿の前の火焼屋《ひたきや》も（雪に）埋もれた様子であって、今も空一面を暗くして降るさまはびっくりするほどである。

　滝口《たきぐち》の詰め所の前の透垣《すいがい》などに降り積もっているのは、見所がある心地がして、――折が折であるからであろうか、（孫廂に）帝が立っていらっしゃっ

る。眼前に広がる景色に対する視点になっているのであった。なお、「めでたかりしかば」の記述部分を受けることばがない。

五　当所の「あるに、まいて」という記述を受けることばがない。「賤家でさえ見所があるものだが、まして」という構文であるから、以下は、「……と磨かれている宮中では何とも形容できないほど」といった構えでなければならない。

六　「雪降れば木ごとに花ぞ咲きにけるいづれを梅と分きて折らまし」（『古今和歌集』巻第六、冬歌、紀友則）の歌を踏まえた表現。

七　清涼殿前庭にある、河竹台と呉竹台のこと。

八　衛士が警備のため、夜間火を焚く小屋。

九　ここで、突然帝の立ち姿への賛美の記述に転出してしまっている。

一輝かしきまでに見るに、わが寝くたれの姿二目映《まばゆ》くおぼえしかば、「常より三美目《みめ》欲しきつとめてかな」と申したりしを、をかしげにおぼしめして、「四いつもさぞ見ゆる」と仰せられて五微笑《ほほゑ》ませたまひたりし御口つき、向かひまゐらせたる心地するに、六五節《ごせち》の折着たりし、黄なるより紅《くれなゐ》までにほひたりし紅葉《もみぢ》どもに七葡萄染《えびぞめ》の八唐衣《からぎぬ》とかや着たりし、九わが着たるものの色合ひ、雪のにほひにけざけざとこそめでたきに、頓《とみ》にも一〇え入らせたまはで御覧ぜしに、滝口の雑仕《ざふし》なめり、女の声にて、透垣のもと近くさし出でて見るけはひして、「あなゆゆしの雪の高さや。いかがせむずる。裾《すそ》もえ取り行くまじきはとよ」といひしを聞かせたまひて、「これ聞け。『いみじき大事出で来にたり』とこそ思ひ扱ひたれ。雪のめでたさ褪《さ》めぬる心地する」とて笑はせたまひしなど、思ひ出だされて、つくづくと思ひ結ぼほるるも、ただも御覧じ知らず、「あの、うちつくり、一一槍《やり》、持ちたるもの、請《こ》はせて。いでいで、出で行かぬ前《さき》に請はせよ。それ、いへ、いへ」と引き向けさせたまへば、うつくしさによろづ褪めぬる心地す。

一　堀河帝の姿は、圧倒される、見る自分が恥ずかしくなるほどという抑え。例によって、他者は排除され、二人だけが浮き彫りされる。
二　語義的には、眩しくて直視できない意だが、対象が立派過ぎ、気がひける心の内奥を示す状態にもいう。
三　見た目、外見だが、美貌についてもいう。ここは、美しくありたいといった意。
四　堀河帝の返答。いつもそんな感じに見える、というような軽口だが、二人が日常的に親しい関係にあったことの提示になっている。
五　そうした、帝の微笑している口もとに引きつけられる「われ」だが、そこから、視点は、突如、向き合っている気持ちがするというように、回想する現在時に置き換えられている。
六　この部分から「着たりし」までは挿入句。衣装のた（お姿）は、濃密にすぎるおのが心のせいであるのか、輝かしいまでに拝見するところ、わが寝乱れた姿がきまり悪く思われたので、「いつもよりきれいでありたい朝でございますこと」と申し上げたのを、（帝は）おもしろそうにお思いになられて、「いつだってそう見えることだよ」と仰せになられて微笑みあそばされていたお口もと（など）、（今、目の前で）お向き合い申し上げている気持ちがするのだが、――五節《ごせち》の折に着ていた、黄から紅《くれない》までぼかしてあった紅葉襲《もみじがさね》などに葡萄染《えびぞめ》の唐衣《からぎぬ》とかいうのを着ていたのだった――わたしの着ているものの色合いが、雪の輝きに鮮明に（映え）すばらしいので、（堀河帝は）すぐにも中にお入りあそばされずにご覧になっていたのだが、――滝口の詰め所の雑仕《ぞうし》なのだろう――女の声で、透垣のもと近くに出て見ている気配がして、「あらすごい雪の積もりようだわ。どうしてよいのか。裾も取って行けないね」といったのをお聞きあそばされて、「ほら聞いてみなさい。『とんでもない大事件が起きた』と困惑しているぞ。雪のすばらしさが褪めてしまった心地がすることだ」といってお笑いあそばされた（こと）などが、思い出されて、つくねんと気分のふさいでいるのも、（鳥羽帝は）おわかりでなく、「あの、内匠《うちつくり》が持っているもの（槍鉋《やりかんな》）をくれるようにいって。ねえ、ねえ、出て行ってしまわないうちにくれるようにいって。ほら、いって、いって」と（そちらに、わたしの顔を）引き向けさせなさるので、可愛いさに（沈着した思いも）そっくり薄らいでしまった気持ちがする。

ご返事を申し上げるなどするうちに気が紛れてしまったから、「退出しま

説明としての注記。「紅葉」は紅葉襲のことである。ただ、五節過ぎだから季節的には合わない（『女官飾抄』）。

七　紅味がかった薄紫色に染めたもの。

八　表着の上に着ける衣で、女性の正装になる。

九　自分の装いが雪に映えて美しいといい、とどまっている帝の理由と見定める自己完結的な視点である。

一〇　当所は、諸本に「え参らせたまはで」とあるが、「参る」は、主語である帝への待遇としては不当。ここは、「いる」が、仮名遣いの混同により「ゐる」と表記され、さらに、第二七節の例と同様（一一六頁脚注二参照）、「まゐる」に転化したものと推定される。

一一　槍鉋《やりがんな》をいう。第三六節の「長橋」と同じく、衍字で傍注が本文の位置に紛れ込んだものと見られる。

御返事《かへりごと》申しなどするに紛れぬれば、「まかでむ」といへば、「あなゆゆし。などものも御覧ぜで」といひ合ひたり。

三七　皇后宮の御方

[一]皇后宮《きさいのみや》の御方、常よりは心異《こと》に、[二]細殿《ほそどの》の几帳《きちゃう》などにも織物の[三]三重《みへ》の几帳に菊を結びなどして、[四]袖口、菊、紅葉《もみぢ》、いろいろにこぼし出だされたりしかば、[五]過ぎにし方、例はさやうに乱れさせたまふこともなかりしが、[六]をとしも、[七]上《うへ》の御局《みつぼね》に、人々の衣《きぬ》どもの中に、「よし」と御覧ぜむを、「上臈《じゃうらふ》、下臈《げらふ》ともいはずそれかれを出ださむ。わざと出だしたるとはなくて、はづれてゐ合ひたるやうにせよ」とて、御手づから人たち[八]引き据ゑて、「[九]一の間《ま》には出だせ」と仰せられしかば、みな人の袖口も[一〇]龍胆《りうたん》なるに、[一一]わが唐衣《からぎぬ》の赤色にてさへありしかば、ひとり混じりたらむが怪《け》しきおぼえて、「これこそ見苦しくや」と申ししかば、「遠くては何か見えむ。敢《あ》へ。など『その

一　鳥羽帝准母、令子内親王（前出）の在所は、弘徽殿である。ここからの記述がいつのものなのかははっきりしない。前節に直接しているのなら、十一月十九日、中の丑の日になるが、もとより、不明である。
二　文字どおり、細長い空間である。具体的には、西廂で、南北に九間一面。
三　几帳の帷が、三色の糸による重ね織物であること。
四　これはいわゆる出だし衣のこと。女性が衣服の袖口や裾を車や御簾の下から出す趣向で、その姿を外側から見て楽しむ。この場合は、御簾の下から出しているもの。「菊」、「紅葉」（前出）はそれぞれ襲のこと。前者は、蘇芳五枚に、下白三枚というのその内訳である（『女官飾抄』「十月より五節までのきぬの衣」）。
五　ここから堀河帝の昔時

しょう」というと、(周りでは)「まあわけがわからない。なんで何にもご覧にならないで(そんなことを)」といい合っている。

三七 皇后宮の御方

皇后宮《きさいのみや》の御所では、常よりは入念に(臨んでいる様子で)、細殿《ほそどの》の几帳《きちょう》などにも織物の三重《みえ》の几帳に(造花の)菊を結び(付ける)などして、(また、女房たちの衣装の)袖口は、菊襲《きくがさね》や紅葉襲《もみじがさね》を、色さまざまにこぼし出させたから、(このような光景を見ると、おのずと昔のことが想起されるのであったが、思えば、堀河帝は)、平生はそのように(趣向の上で)崩してお楽しみあそばされることもなかったが(もとより、無粋に過ごされていたわけではない)、おとどしも、上《うえ》の御局《みつぼね》で、人々の衣装のなかで、「よい」とご覧になるのを、「上臈、下臈に関係なくだれかれを出そう。わざと出したというのではなく、(みな、たまたま物陰から)はみ出て座っているようにしなさい」とおっしゃって、お手ずから(黒戸《くろど》に)人たちを引き据えて、「一の間《ま》には(お前が)出すように」と仰せになられたので、全員の袖口も龍胆襲《りんどうがさね》であるのに、わたしの唐衣《からぎぬ》がよりによって赤色だったから、(色が違うのが)一人混じっている違和感が気になって、「こればかりは見苦しくないでしょうか」と申し上げると、(堀河帝は)「遠いのだから何も見えはしない。そのままでいなさい。どうして『その人だ』と分かろう。書きつけてもいない。

への追想に転じられる。

六 絞られたのが、嘉承元(一一〇六)年時のこと。

七 弘徽殿の上の御局《みつぼね》と見てよかろう。

八 堀河帝が引き据えている場は、弘徽殿の上の御局ではない。まず、そこでよい衣装の女房たちを選び、その上で、下文にある「黒戸」に並ばせたのであった。文章上、不整。

九 黒戸の南第一間のこと。

一〇 龍胆襲。青、濃紫、薄紫と重ね、紅の単衣を合わせる(『満佐須計《まさすけ》装束抄』「りんだう」参照)。

一一 自分だけが、唐衣の色が赤いという指示。この異装を帝が見つめるといった展開がポイントである。前節の季節外れの紅葉襲を用いた例と近似している。ともに、意図的な企図によるものか。

人』といふ。書きつけてもなし。よも見えじ」。
あながちに「せむ」とおぼしめしたりしことなれば、[一]咎《とが》なきやうにいひなさせたまひて、すべて黒戸《くろど》の傍《かたは》らに続きたる[二]小半蔀《こはじとみ》より御覧じて、「あの袖、今少しさし出だせ。これ少し引き入れよ」など、もて興ぜさせたまひし有様、「いかでか思ひ出でざるべきぞ」などおぼえて、[三]目とどめらるれ。

「とまりて」など思ふほどに、「[四]院より、[五]『清暑堂《せいそだう》の御神楽《みかぐら》には典侍《すけ》二人、前々《さきざき》も参る』と仰せられたるに、[六]一人ぞ弁典侍《べんのすけ》参る、[七]今一人は参らせたまひなむや」と[八]殿の仰せらるれば、「その出で立ちにことつけて出でなむ」と思ひて、「迎へに人おこせよ」といはせたれば、暮るるままにおこせたり。

道すがら、[九]心やすく夜の更けぬ前《さき》に出づるにつけても、もののみぞあはれなる。異人《ことひと》何ごとか。仕うまつり慣れし御心よ。

さぶらひし折、更けしさまに所狭《せ》かりし心地せしものを、まして、「出でよろこびす」とて、「侘《わ》びさせせむ」とおぼしめしたりし折は、

一　この咎がないという、堀河帝の「われ」への気遣いは、彼女とすれば特記しなければならなかったものである。ただし、この発言が事実どおりであるか否かは、当然ながら分からない。

二　黒戸の小半蔀から見ているというが、帝の位置は必ずしも明確ではない。弘徽殿の上の御局ないしは、黒戸の簀子敷であるが、黒戸の東廂に居並ぶ女房たちに細かな指図をしている事実に立てば、後者の方が蓋然性は高いか。ここでは後者に従っておく。

三　こういった堀河帝の興じる姿がおのずと想い出されるにつけ、目の前の皇后宮の在所での出だし衣のさまが注目されるというが、この記述から現時点における事実への視点に戻る。

四　白河院である。

五　豊楽院正殿、豊楽殿の

まさか見えるはずがない」(と仰せになられる)。

一途に(思い込まれ)「やろう」とお考えになられたことなので、(わたしには)咎《とが》がないようにおとりなしあそばされて、みな黒戸の側に連なって座っている(様子を、堀河帝は)小半蔀《こはじとみ》よりご覧になられて、「あの袖を、もう少し出しなさい。これをちょっと引き入れなさい」などと、夢中におなりあそばされた有様が、「どうして思い出さないことがあろうか」などと思われて、(目の前の、皇后宮御所でのありようが)自然に注目されてしまうのであった。

「(今宵も宮中に)とどまって(いることにしよう)」などと思っているところに、「白河院より、『清暑堂《せいしょどう》の御神楽《みかぐら》には典侍《すけ》が二人、以前からも(奉仕に)参上する(ことになっている)』と仰せになられたのですが、――一人は弁典侍《べんのすけ》が参じます――もう一人は(あなたが)ご参上なさって下さいませんか」と摂政殿が仰せになられたので、「その準備にかこつけて退出しよう」と思って、「迎えに人をよこすように」と(里に)いわせたところ、(日が)暮れるとただちに(人を)よこした。

(里に向かう)道すがら、気兼ねなく夜の更けぬ前に退出するにつけても、ひたすらもの(思いにいざなわれるの)が悲しいことだ。ほかの人はいかなること(を想起するの)か。(堀河帝のお側で)ずっとお仕え申し上げた(そのお優しい)お心よ。

(堀河帝に)お仕え申し上げていた折(には、こんなこともあった)、夜が

後房をいう。「せいそ」の「そ」は拗音「しょ」の直音化したもの。元来、大嘗会後の神楽(中の巳の日)は、当所で行われていたが、康平六(一〇六三)年に焼亡したために、場所は大極殿後房、小安殿に変更されたもの。ただ、呼称には変化はない。

六　この箇所は挿入句である。典侍二人のうち、一人は弁典侍に決まっているとの注記になっている。「弁典侍」は、鳥羽帝乳母、藤原悦子(前出)。

七　今一人必要であるから、参上するようにとの「われ」への命令である。

八　院の命令を受けた摂政忠実のことばという指示。

九　里への途次、夜更け前に気兼ねなく退下できるにつけ、もの思われるとするが、すでに堀河帝追懐に傾いている。

一あやにくがりて、頓《とみ》にも御手も触れさせたまはざりしものを。

「急ぎてまかでむ」と思ひし夜のことぞかし。二宮の御方に渡らせたまひて、夜の更くるまで帰らせたまはざりしに、からうじて待ちつけまゐらせて三勧めまゐらせしを、いかで心得させたまひたりしにか、まかづること仰せられしかば、「さにさぶらふ」と申したりしを聞かせたまふままに四うち臥させたまひて、「今宵《こよひ》は明け方に何ごともせむ。眠たし。寝なむ」と仰せられて、五『いかにつきなうぞ見合へるものかな』と思ふ人あらむ」と微笑《ほほゑ》ませたまひて仰せられしかば、「われは何の心にかさまでは思ひたまへむ。待ちゐたる供人《ともびと》、六いづみなどこそ侘《わ》びしからめ」と申せば、七「いづみも侘びよ。いけも侘びよ。われ苦しからず」と仰せられて、御畳の上にうち臥させたまひて見つかはして、「あはれ、ゆゆしぞ。憎げに思ひたるさまこそ著《しる》けれ。いかがせむ。『苦しければ、うち臥してやすむぞかし』と暫し念ぜよかし。あな侘《わび》し」など仰せられて、さまでなきことをこちたげに仰せられなして、八笑はせたまひしことなど、思ひ出でられながらまかでぬ。

一　上接の「われ」が退出するのを喜んでいると堀河帝が思い込んでいた折には、困らせようとして、仕事にも取りかかろうともしなかったという趣の記載から、連鎖的にその例示として回想に入る展開になる。

二　堀河帝が、中宮篤子の在所に行き、夜更けまで戻らなかったとのことがらが引き手繰られるのだが、もちろん、その生起した時間的事実は不詳である。

三　「われ」が勧めたのが何であったのか、立ち入ってないから、まったく分からない。夜更けという時間的事実から見れば、やや不自然ながら、ここでは何らかの仕事ととらえておく。

四　ここから、帝のからかいとしての所作に対する記述になっている。

五　このあたり敢えて意地悪ないい方をしているわけ

更けた様子に心せかれたものだけれども、まして、「（わたしが）退出をよろこんでいる」とお受け取りになって、「困らせよう」とお思いになられた折は、意地悪をなされ、すぐにも（お仕事の）御手もお触れあそばされなかったものだったけれども。

（そうそう、わたしが）「急いで退下しよう」と思った（ある）夜のことだった。（堀河帝は）中宮の御方にお渡りあそばされて、夜が更けるまでお帰りあそばされなかった（折）に、どうにかお待ち申し上げて（お仕事を）お勧め申し上げたのだが、どうしてご承知あそばされていたのか、（わたしが）退下することを仰せになられたので、「さようでございます」と申し上げたのをお聞きあそばされるとそのまま、横におなりあそばされて「今宵は明け方に何ごともやろう。眠たい。寝よう」と仰せになられて、「さぞかし『不都合にも（嫌なことに）出くわしたものだ』と思っている人がいるだろう」とにっこりあそばされて（こう）仰せになられたから、「わたしは何の意思でそうまでは思いましょう。（わたしの退出を）待っている供の者やいずみなどが困るでしょう」と申し上げると、「いずみも困れ。いけも困れ。わたしには（何の）差し障りもない」と仰せになられて、御畳の上に横におなりあそばされて見よこして、「あれ、恐ろしいな。憎らしそうに思っている様子が顔に出ているぞ。どうしよう。『苦しいので、横になってやすむのだ』と暫く我慢してくれよ。ああつらい」などと仰せになられて、それほどでもないことを大げさに仰せられたなどして、お笑いあそばされたことなどが、思い出されるまま退出した。

であって、これも、二人の親密な関係性の発露というあり方に関わるだろう。例によって、帝は微笑を浮かべ、「われ」に向き合っていることも見過ごしてはならない。

六　「いづみ」の本文箇所、底本には「いっはると」あって、意味不明。他本によって改訂した。「い(以)」から「は(八)」、「み(見・三)」から「は(者)」、「な(奈)」から「る(留)」に、それぞれ字形相似により転化したものと思われる。この「いづみ」とは、「われ」に仕えている従者の名とみてよい。

七　ここも帝の軽口。名の「いづみ」から「泉」に懸け、さらに「池」という縁語としての連鎖的な取り合わせになっている。

八　からかい、困らせた行為を手繰りながらも、笑い顔に帰着することになる。

三八　つとめて

一つとめて、「二肩脱ぎまだしからむ」と思ひゐたるほどに、三紙づかひ美しげなる文《ふみ》、「これまゐらせむ。内裏《うち》に持ちて参りてさぶらひつれば、出でさせたまひにければ、こち参りさぶらひつるなり」とて差し入れたり。「思ひかけず」と思ふに、「四大和殿《やまとどの》より」といふ。取りて見れば、

五そのかみのをとめの姿思ひ出でていとど恋しき雲の上かな

とぞ書きたる。

六そのかみの忘れ難《がた》さに雲の上も出づる日高くおどろかすかな

とぞ書かれぬるに、「七小安殿《こあどの》の行幸」とてののしり合ひたり。里よりやがて参る。

大嘗会《だいじゃうゑ》のこと、書かずとも思ひやるべし。八みな人知りたることなれば、細かに書かず。

一　天仁元（一一〇八）年十一月二十日の朝である。
二　殿上淵酔のことだが、これは、この日の、御前の試みの前にある。『中右記』（同日条）によれば、「申時ばかりに殿上淵酔有り」とあるから、申刻（正刻は午後四時）のほどであった。
三　料紙の色づかい。
四　不詳。『中右記』（嘉承二年七月二十四日条）の素服を分けられた人物の記事に「女房六人（出雲、新少納言、大和、陸奥、衛門、備後—原文は割注）」と、その名が録されている。
五　初句。第二句の「そのかみのをとめの姿」とは、昔時の堀河帝の世における五節の舞姫のそれを示しているが、当然ながら、この舞姫の行事の起源譚なども念頭にはあったものと見られるだろう。『本朝月令』『年中行事秘抄』所引によ

三八　つとめて

翌朝、「肩脱ぎはまだ始まらないだろう」と思っていたところに、料紙の美しい感じの手紙を、「これを差し上げましょう。内裏《うち》に持参して控えておりましたら、退出なさっておしまいでしたので、こちらに参じました次第です」といって差し入れた。「思いかけずに」と思っていると、（従者が）「大和殿《やまとどの》より（のものです）」という。（受け）取ってみると、

　そのかみの……その昔の（堀河帝の御時の五節《ごせち》の）舞姫の姿を思い出して、いっそう恋しく偲ばれる内裏ですこと。

と書いてある。

　そのかみの……その昔の（堀河帝の御時が）忘れがたいがゆえに、内裏にまで朝日が高く（昇る今、意外にも）お手紙をお届け下さったのですね。

と（迷いもなく）書いてしまったところに、「小安殿《こあどの》への行幸」ということでみな大騒ぎしている。（わたしは）里からそのまま参上する。

　大嘗会《だいじょうえ》のことは、書かなくても思いやって欲しい。みな知っていることだから、細かく書かない。

る）に見出されるのは、天武帝が吉野に滞在中、琴を弾じていると神女のような者が現れ、袖を五度ほど翻して舞ったので、五節という趣旨の譚だが、第五句中に「雲」が置かれている点からいえば、「前岫の下に、雲気忽ち起こる、疑ふらくは高唐の神女の如し」（原文は漢文）のくだりも見合わされていたか。

六　贈歌の「そのかみ」、「雲の上」を踏まえるが、前者には堀河帝の世、後者には内裏が懸けられ、贈歌とは趣を変えているのが眼目。第五句中の「おどろかす」は手紙をよこしたこと。

七　帝が大極殿前に造られた沐浴の場、廻立殿《かいりゅうでん》に向かうこと。

八　ここでも儀式の説明は省略。堀河帝とは無縁であるためで、扱いは第二八節の記述と同様である。

三九　御神楽の夜になりぬれば

[一]御神楽《みかぐら》の夜になりぬれば、ことのさま、[二]内侍所の御神楽に違《たが》ふことなし。これは、今少し今めかしく見ゆる。

みな人たち、[三]小忌《をみ》の姿にて赤紐かけ、日陰《ひかげ》の糸などなまめかしく見ゆるに、[四]挿頭《かざし》の花の有様見る、臨時祭《りんじのまつり》見る心地する。

[五]みな座に着きて、おのおのすべきことどもとりどりにせらるるに、[六]殿も、本末《もとすゑ》の拍子《ひやうし》とりたまふぞうるはしき。昼《ひ》の装束《さうぞく》なる殿は、今少し人たちの座よりは上がりて、[七]御座敷きたれば、それにゐさせたまひたり。

使ひの挿頭の花挿させたまひたる見るに、さま変はりてめでたき。

本《もと》の拍子、[八]按察使中納言《あぜちのちうなごん》、笛、その子の[九]中将信通《ちうじやうのぶみち》、琴、その弟の[一〇]備中守伊通《びちうのかみこれみち》、篳篥《ひちりき》、[一一]安芸前司経忠《あきのぜんじつねただ》、あまたゐたりしを、こと長ければ書かず。

一　清暑堂の御神楽の行われる、天仁元（一一〇八）年十一月二十三日、中の巳の日の夜。

二　この神楽は、毎年、十二月の吉日に行われる。場所は、内侍所のある温明殿《うんめいでん》の西庭である。座の位置関係については『雲図抄』（「内侍所の御神楽の事」）参照。

三　小《お》忌衣《みごろも》の姿。白布に山藍で小草、梅、柳、水等々を摺ったのを束帯の上に着し、赤紐を肩につけ、冠の巾子《こじ》に日陰蔓を下げる。

四　「髪挿《かみざし》」の転じたもので、髪や冠に挿した花（造花も含む）、枝などのこと。この日は、『中右記』（同日条）によると、摂政忠実＝藤、納言＝梅、参議＝欵冬《やまぶき》であったことが知られる。

五　鳥羽帝以下、諸人の座に関しては、『中右記』（同日条）に詳しい。

六　神楽の演奏は、本方《もとかた》と

三九　御神楽の夜になりぬれば

御神楽《みかぐら》の夜になったが、行事のさまは、内侍所《ないしどころ》の御神楽と変わるところはない。（ただ）これは、もうちょっと近代的に見える。人たちはみな、小忌衣《おみごろも》の姿で赤紐をかけ、日陰の（蔓《かずら》）の糸（を垂らす）など（何とも）しっとりとして美しく見えるのだが、挿頭《かざし》の花の有様を見るのは、臨時祭《りんじのまつり》を目にする気持ちがする。

みな座に着いて、おのおのすべきことなどをめいめいに執り行っていられるが、摂政殿も、本末《もとすえ》の拍子《ひょうし》をおとりなさる（お姿）は整然としてご立派である。昼《ひ》の装束を着けた摂政殿は、今少し人たちの座より上がって、御座が敷いてあるので、そこにお座りになっておいでである。

（臨時祭《りんじのまつり》の）勅使が挿頭《かざし》の花を挿していらっしゃるのを見ると、（ほかの人とは）様子が違っていてすばらしい。

本《もと》の拍子《ひょうし》は、按察使中納言《あぜちのちゅうなごん》、笛は、その息男の中将信通《ちゅうじょうのぶみち》、和琴《わごん》は、その弟の備中守伊通《びちゅうのかみこれみち》、篳篥は、安芸前司経忠《あきのぜんじつねただ》、（これ以外にも）大勢いたけれども、記述上長くなるので書かない。

末方《すえかた》で構成されるが、ここの忠実が本末両方の拍子を担当。つまり、笏拍子を打って進行させたとある指示は、事実と相違。本方は藤原宗通、末方は同宗忠がそれぞれ担当した（『中右記』十八、二十三日条）など。下文をも参照のこと。

七　「たれば」の「た」の部分、諸本には「な」とあるが、このままではそぐわない。字形相似により「た（太）」から「な（奈）」への経路で転化したもの。

八　藤原俊家の息男、宗通。正二位、権中納言、按察使を兼ねる。現在、三十六歳。当所では本方の拍子の担当とあり、上の記述と矛盾。

九　藤原信通。現在、従四位上、左中将で、十八歳。

一〇　藤原伊通。現在、正五位下、侍従、備中守を兼帯。十七歳。

一一　藤原経忠（前出）。

かくて、[一]御神楽始まりぬれば、本末の拍子の音さばかり大きに、高き所に響き合ひたる声、聞き知らぬ耳にもめでたし。「御神楽、やうやう果て方になる」と聞こゆ。[二]「千歳《せんざい》、千歳、万歳《まんざい》、万歳」と謡ふこそ、[三]「天照神《あまてるかみ》の岩戸に籠もらせたまはざりけむもことわり」と聞こゆ。

「わが君の、かくいはけなき御齢《よはひ》に世を保たせたまふ、[四]伊勢の御神も護りはぐくみたてまつらせたまふらむ」と、位《くらゐ》保たせたまはむ年《とし》の数添ひ、[五]末は長井の浦のはるばると、[六]浜の真砂《まさご》の数も尽きぬべく、[七]御裳濯川《みもすそがは》の流れいよいよ久しく、位《くらゐ》の山の年経させたまはむ。まことに、[八]白玉椿《しらたまつばき》、八千代に千代を添ふる春秋まで、四方《よも》の海の波静かに見えたり。

かくて、御遊《みあそ》び果て方になりぬれば、殿、御琴、[九]治部卿基綱《ぢぶきやうもとつな》、琵琶、[一〇]拍子、もとのごとく宗忠《むねただ》の中納言《ちうなごん》、笙《しやう》の笛、内大臣《うちのおとど》の御子の[一一]少将《せうしやう》雅定《まささだ》、笛、篳篥、もとの人々御番《つが》ひにて、殿の御声にて[一二]「万歳楽《まんざいらく》出だせ」とて、われうち添へさせたまひて、二返《ふたかへ》りばかりにて、[一三]安名尊《あなたふと》、

一　開始時間がいつであったのか、例によって触れることがない。記録類でも直接的な言及はなされていない。『中右記』（十一月二十三日条）にも、上接の記載で主基《すき》の節会の終了について、「亥時行事了《を》はんぬ」との指摘があるだけ。

二　神楽歌の「千歳法《せんざいのほう》」の一節。これは、「早歌《そうか》」とともに前張《さいばり》という神あそびの段階の最後に謡われる。

三　神楽の起源譚を踏まえた記述。『古事記』（上巻）などにも見られる、周知の天の岩屋に籠もった天照大神を引き出すために天鈿女命が舞ったというもの。

四　天照大神のこと。伊勢の皇大神宮（内宮）に祭祀されているのでこう記す。

五　以下、幼帝の将来を予祝することば。「長井の浦」（歌枕）に帝位の永続を喩える。長くはるばるとの意。

こうして、御神楽《みかぐら》が開始されると、本末《もとすえ》の拍子の音がまことに大きいので、高所に響き合っているその音が、聞いても理解できない（わたしの）耳にさえすてきだ。「御神楽が、だんだん終わりの段階に移ってゆく」と聞こえる。「千歳《せんざい》、千歳、万歳《まんざい》、万歳」と謡うのが、「天照大神《あまてらすおおみかみ》が岩戸にお籠もりあそばされなかったとかいうのももっともだ」と聞こえる。

「わが君が、このように幼いご年齢で世をお治めあそばされるのを、伊勢の御神も護りおいたわり申し上げなさるだろう」と、御位《くらい》をお保ちあそばされる年の数が加わり、末は長井の浦の（ように）はるばると（続き）、（この年数に比べれば）浜の真砂《まさご》も尽きてしまいそうに（思われるし）、御裳裾川《みもすそがわ》の流れ（のように）ますます久しく、（御位は）山の（ように高い帝の）位にて年の数をお重ねあそばされるだろう。まことに、白玉椿《しらたまつばき》（の）、（その）八千代に千代を添える年月まで、四方《よも》の海の波は静かに（穏やかなこと）と見えた。

　こうして、（御神楽後の）奏楽が終わり頃になったから、摂政殿は、箏《そう》の琴、治部卿基綱《じぶきょうもとつな》が、琵琶《びわ》、拍子は、もとのとおり宗忠《むねただ》の中納言、笙《しょう》の笛は、内《うち》の大臣《おとど》の御息男の少将雅定《しょうしょうまささだ》、笛と篳篥は、もとの人々の組み合わせで（担当）、摂政殿のお声で、「万歳楽《まんざいらく》を出せ」といって、ご自分もお添えになられて、

六　帝位の永続により浜の真砂の数も尽きるとの意。

七　川の流れは久しく、帝位は山のように高くとする。「御裳濯川」は皇大神宮の神域を流れる。

八　「白玉」は美称。「八千年を以て春と為し、八千年を以て秋と為す」（『荘子』逍遥遊篇―訓読引用者）などの伝承が源流にある文言。

九　源経信の息男。現在、正三位、権中納言で治部卿を兼ねる。五十九歳。

一〇　見誤りか。御遊びの折の拍子役は、按察使中納言宗通（『中右記』同日条）。

一一　底本には「まさたゝ」とあるが、史実的に「まさた」が正しい。雅定は内大臣雅実の息男。現在、正五位下、右少将で周防守を兼帯。十五歳。

一二　平調《ひょうちょう》の唐楽の名。

一三　催馬楽の曲の名。呂《りょ》（呂旋法《りょせんぽう》）の曲である。

一伊勢の海など、乱れ遊ばせたまふ。二宗忠の中納言、拍子とりて出だす。

こと果てぬれば、おのおの装束脱ぎ更へさせたまふ。三殿の御琴の音、爪音《つまおと》なべてならず、めでたし。

みな人々、四禄《ろく》肩に掛けて立つに、殿は人には今ひときは五まさり、まゐらせて、六御下襲《したがさね》、七打御衣《うちおほむぞ》、肩に抱《いだ》かせたまひたるを見まゐらすれば、八三笠《みかさ》の山にさし出づる望月の、代々を経て、澄み上るらむやうに見ゆ。御年のほどなど、まことに、盛りなる桜の咲きととのほりたらむを見る心地す。御装ひ、九「転輪聖王《てんりんじゃうわう》かくや」とおぼえさせたまふ。

「立たせたまふ」とて、「たまはりたるものなり。置きて立つべからず。なめげなり」とて御肩に掛けながらおはしまして、大床子《だいしゃうじ》の前にて、御子の一〇中将殿《ちうじゃうどの》を「参れ。これたまはれ」とて譲りまゐらせたまふ。見まゐらすれば、一一二葉《ふたば》の松の千代に栄えむ御行く先、「雲を分けてなり上らせたまはむほど」、頼もしく見えたり。

一　これも催馬楽の曲の名。律（律旋法）の曲である。ただし、御遊びでは、上の「安尊」やこの「伊勢の海」だけが演奏されたのではない。『中右記』（同日条）によれば、「鳥破《とりのは》」「鳥急《とりのきゅう》」、「席田《むしろだ》」、「賀殿急《かてんのきゅう》」、「五常楽急《ごじょうらくのきゅう》」等々の奏楽もあった。略述にとどまる。

二　ここも事実と相違する。前頁脚注一〇で指摘しているように、御遊びで拍子を担当したのは宗通であった。宗忠は息男の宗能とともに付歌を務めたのである（『中右記』同日条）。

三　摂政忠実が担当したのは『中右記』（同日条）によると箏《そう》の琴であった。ここはその爪音を賞賛する記述だが、こういった忠実への向き合いはこれまでなかったもの。この待遇のあり方は以下にも引き継がれる。

四　拝領した禄の衣服など

二返《ふたかえ》りほど、安名尊《あなとうと》や伊勢の海などを、自由にご演奏になる。宗忠の中納言が、拍子をとって謡いだす。

　行事が終了したので、おのおの装束をお脱ぎ替えなさる。摂政殿の御琴の音《ね》は、（その）爪音《つまおと》が並み一通りではなく、すばらしい。

　人々はみな、禄を肩に掛けて立つが、摂政殿（の場合）は人より今一段とたくさんで、（蔵人が取って）差し上げて、（摂政殿が禄のそれら）御下襲《したがさね》や打御衣《うちおんぞ》を、肩に（掛けて、腕で）抱えておいでになるのを拝見すると、三笠《みかさ》の山に（光の）射しはじめた満月が、代々《よよ》を経て、澄み上るように感じられる。ご年齢のほどなどは、まことに、盛りの桜が咲き整っているのを見る気持ちがする。ご装束は、「転輪聖王《てんりんじょうおう》もこのように（いらっしゃったのではないか）」と思われる（すばらしさである）。

　「（座を）お立ちなさる」ということで、「頂戴したものである。（席に）置いて立ってはいけない。無礼になる」といって御肩に掛けたままおいでになられて、大床子《だいしょうじ》の前で、ご息男の中将殿《ちゅうじょうどの》に「（こちらに）参れ。これを頂戴しなさい」といってお譲り申し上げなさる。拝見すると、二葉《ふたば》の松が千代に栄えるようなご将来が、「（日が）雲を分けて（昇るように）ご出世になられるほど」と、頼もしく感じられた。

を肩に掛けるのは所作としての型になっている。

五　「まさりまゐらせて」と続けては不当。諸本異同はないが、文章上不適切なので誤脱が予想される。現本文では、「まさり」が忠実への賛辞、「まゐり」は彼への下位者を介しての供与の事実と解するほかはない。

六　袍、半臂《はんぴ》の下に重ねる衣のこと。

七　平服の袿《うちき》をいう。

八　この部分も、忠実一門の賛美となっている。

九　梵語の漢訳。古代インドの聖王で輪宝を回転させて周囲を威圧すると伝えるが、ここは忠実への比喩。

一〇　忠通。現在、従四位下、右中将で播磨権守を兼帯、十二歳。

一一　この部分も賛辞であって、将来の繁栄への予祝として整えられている。

こと果てぬれば、車を立てて、やがてまかでぬ。

四〇　またの日

一またの日、夜べの二名残、めづらしく心にかかりておぼゆるにも、先づ、昔の三御名残思ひ出でられさせたまへば、四周防内侍《すはうのないし》のもとへ、「五代々《だいだい》おぼえて、『げに』と思ひ合はせらるらむ」とていひやる。

六めづらしき豊の明かりの日かげにも慣れにし雲の上ぞ恋しき

返し、

七思ひやる豊の明かりの隈なきによそなる人の袖ぞそぼつる

四一　つごもりになりぬれば

八つごもりになりぬれば、一日の御まかなひすべき由《よし》、仰せられたればいそぎ合ひたるにも、われは、ただ、「別れや九いとど」とのみ

一　翌日とは、次項で触れるとおり、天仁元（一一〇八）年十一月二十五日。
二　末尾の贈答歌に「豊の明かり」と表出していることでも明白なように、二十四日の豊明の節会の名残。
三　堀河帝の時代の名残。「思ひ出でられさせたまへば」の部分、受身の助動詞「らる」に二重敬語「させたまふ」が付く構造であるから、語法上は、「堀河帝の折の名残がわたしによって思い出されあそばす」の意になる。
四　平仲子（前出）。
五　底本には「たひ〱」とあるが、仮名遣いの混同による転化。当内侍は何代もの帝に仕えているので「代々」としたもの。
六　初句、第二句は豊明かの節会。第三句中の「日かげ」には陽光と日陰（の蔓）が懸けられ、「明かり」、

行事が終了したので、車を用意して、ただちに退出した。

四〇　またの日

翌日、昨夜の（豊明《とよあかり》の節会《せちえ》の）名残が、すばらしい（ことと）心にかかって思われるにつけても、先ず、昔の（堀河帝の御時の）名残が思い出されるので、周防内侍《すおうのないし》のもとへ、「代々《だいだい》の（帝の御代を）記憶していて、（わたしの思いも）『もっともだ』と考え合わせてご理解下さるだろう」ということで詠んで贈る。

めづらしき……目に鮮やかな豊明《とよあかり》の節会《せちえ》の、輝きに満ちた盛儀を拝見するにつけても、お仕えし慣れた（昔日の）内裏が恋しいことです。

ご返歌、

思ひやる……思いやる（しかない）豊明の節会が曇なき（盛儀である）につけても、（今は）遠く離れて関わりないわたしの袖は涙で濡れていることです。

四一　つごもりになりぬれば

（十二月）末になったところ、元日の（祝膳の）賄いをすべき由を、（白河院が）仰せになられたので（家内では）準備し合っているにつけても、わたしは、ただ、「別れやいとど」と（いった歌ではないが、堀河院の崩御から

「日かげ」、「雲」は縁語。

七　第三句中の「に」の箇所、底本には「も」とあるが、他本によって改めた。「豊の明の節会が盛儀と思いやられるのに」といったかたちでの、逆接の接続助詞「に」の介在が正当。「に(爾)」→「も(毛)」の経路で転化。盛儀なのにもはや疎遠な自分は涙で濡れる、という対照性が眼目の歌。

八　「つごもり」は十二月末のこと。「一日の御まかなひ」は元日の祝膳への奉仕。

九　「いとど」の「とど」、諸本には「さ」とあるが転化本文。これは紀貫之の「恋ふる間に年の暮れなば亡きひとの別れやいとど遠くなりなむ」（『後撰和歌集』巻第二十、哀傷歌、などに入集）によるからである。「と（止）」と踊字「ゝ」を「（左）」一字に見誤ったものとする見方に従う。

おぼえて。

一つごもりの夜、「二内裏《うち》へ参る」とて堀河院過ぐるに、三二条の大路、堀川など、かい澄み、もの騒がしげに人の出で入りたるけしき見えず、目のみ先づとどまりて、

四主《ぬし》なしと答ふる人もなけれども宿のけしきぞいふにまされる

と詠《よ》みけむふる言《ごと》さへ、五思ひ出でらる。

六うち見む人、「女房の身にてあまりもの知り顔に、憎し」などぞ誇《そし》り合はむずらむ。

かやうの七法門《ほふもん》の道などさへ、朝夕の由《よし》なし物語に、常に仰せられ、聞かさせたまひしかば、ことの有様、思ひ出でらるるままに書きたるなり。もどくべからず。偲びまゐらせざらむ人は何とかは見む。

われは、ただ、八一所《ひとところ》の御心のありがたく、なつかしう、「九女房主《しう》などこそかくはおはしまさめ」と一〇おぼえたまひしが、一一忘るる世なくおぼゆるままに書きつけられてぞ。

一二嘆きつつ年の暮れなば亡き人の別れやいとど遠くなりなむ

一　十二月三十日の夜。
二　「内裏」は、大炊殿。鳥羽帝と皇后（令子内親王）は十一月二十八日に常の内裏から当所に移っていた。
三　「われ」は、里から内裏に向かう途次、堀河院を通り過ぎる時に、二条大路、堀川小路を見たというが、道筋については追尋不能。
四　当該歌は、能因法師の作で、『後拾遺和歌集』（第十、哀傷）に入集している。ただ、第二句中の「も」の本文箇所が「は」となっている。家の主はもういないと答える者はいないが、宿の佇まいがことばよりも勝っているといった歌意。
五　「われ」は上文の記述と同様、ここでも他詠におのれの思いを託し、自己同一化している。本来なら、自詠によって表現を拓いてゆきたいところ。自身の作歌能力の欠乏を告げている。

遠ざかってしまうことが）思われるばかりで（何とも悲しい）。

大晦日の夜、「内裏《うち》へ参上する」ということで堀河院を（通り）過ぎると、二条の大路や堀川（小路）などが、しんと静まりかえって、もの騒がしい感じで人が出入りする様子は見えず、目だけが真っ先に向けられて、

主なしと……主人は（今はもう）いないと答える人もいないのだけれども、（深閑とした）家の有様がことばであらわすよりまさっている（といってよく、まこと、深い悲しみを能弁に告げている）。

と詠んだとかいう古歌さえ、ひとりでに思い出されてしまう。

（この日記を）読む人は、「女房の身なのにあまりにももの知り顔で、憎い」などと謗《そし》り合うのだろう。

このような法門《ほうもん》の道などさえ、（帝は）朝夕の雑談で、常に仰せになられ、（わたしに）お聞かせあそばされたものだから、事実の有様を、思い出されるままに書いたのである。非難してはいけない。（堀河帝を）お偲び申し上げない人は（この営みを）どうにも理解できまい。

わたしは、ただ、堀河帝のお心がかたじけなく、慕わしく、「女主人などであればこう（おやさしく）いらっしゃるだろう」と思われた（こと）が、忘れられる時もないように感じられるままにおのずから書き付けられてしまった（という次第なのである）。

嘆きつつ……嘆き続けている間に年が暮れてしまうなら、亡き人との別れはいっそう遠くなってしまうのだろう。

六　日記読者を意識したいい方。女房の身ながらもの知り顔でなどと誹謗し合うだろうという省視になっているが、ここから執筆意図に触れた総括となるから日記の跋文と見なせよう。

七　「門」を底本では「問」と誤る。仏の教法などの意。

八　堀河帝のこと。

九　女主人の意。

一〇　「おぼえ」の「え」が受身を表す。これに尊敬の補助動詞と過去の助動詞が付いているので、語法的には「堀河帝はわたしに思われなさった」の意。

一一　帝への追慕が執筆理由との定位となっている。

一二　一六五頁脚注**九**に挙げた紀貫之歌の初句を改変している。嘆いている状態で年が改まれば、堀河帝との別れが一層遠くなるとしておのれの心情を当歌に託すことで、括りとしたもの。

四二　十月十余日のほどに

[一]十月十余日のほどに、里にゐてよろづのことにつけても「おはしまさましかば」と、常よりも[二]偲ばれさせたまへば、「御姿にこそ見えさせたまはねど、おはします所ぞかし」といへば、[三]「香隆寺《かうりゅうじ》に参る」とて見れば、木々の梢ももみぢにけり。外《ほか》のよりは色深く見ゆれば、

[四]いにしへを恋ふる涙の染むればや紅葉《もみぢ》の色も殊《こと》に見ゆらむ

御墓に参りたるに、尾花《をばな》の末《うら》白くなりて、招き立ちて見ゆるが、所がら盛りなるよりも、かかるしもあはれなり。

「さばかり、われもわれもと男、女の仕うまつりしに、かく遥かなる山の麓に、慣れ仕うまつりし人もひとりだになく、ただ、一所《ひとところ》[五]招き立たせたまひたれども、留《と》まる人もなくて」と思ふに、大方《おほかた》、涙塞《せ》きかねて、甲斐なき御跡ばかりだにきり塞《ふた》がりて見えさせたまはず。

一　本節から終末の第四四節までは書き継ぎ。日記とは別個の記述になっている。「十月十余日のほど」というこの一文は、時間的にいつの十月のことかは定かではない。これまで、嘉承二（一一〇七）年時、天仁二（一一〇九）年時などとする見方が示されてはいるが、結果的には後者と見るほかはない。前者とすると、記述内容が香隆寺への初めての参詣という事実によっているかぎり、正当性を欠くことになる。堀河帝の死後、十月までには、「今日帥三位（先帝の御乳母なり—原文は割注）、香隆寺に於て仏経を供養す」（『中右記』八月十三日条）というように女房たちはそれぞれ参詣していることが知られるので、長子が十月以前に当寺に赴かないわけはない。こうした点からとらえるなら、

四二　十月十余日のほどに

十月十日過ぎの頃に、里にいて、いろいろのことにつけても「（堀河帝が）生きていらっしゃったなら」と、常よりも偲ばれるから、「（あの、ご生前の）お姿ではお見えあそばされないけれども、おいでになられる所だ」というので、「香隆寺《こうりゅうじ》に参詣する」ということで（到着してあたりを）見ると、木々の梢も（すっかり）紅葉していた。ほかの（所の）よりも色濃く見えるので、

いにしへを……（遠ざかった）昔を恋い慕う（おのれの血の）涙が染めるからか、紅葉の色も格別に（濃く）見えるのだろう。

お墓にお参りして見ると、尾花の先端が白く惚けて、（人を）招いて立って（いるように）見えるのが、場所が場所だけに盛り（の状態であるの）よりも、このようなのが心にしんみりと響いて来ることだ。

「（ご生前には）あれほど、われもわれもと男も女もお仕え申し上げていたのに、（今は）このような遥かな山の麓に、日頃近侍申し上げていた人もだれ一人なく、ただ、お一方《ひとかた》で（人を）招いてお立ちあそばされているけれども、とどまる人もいない有様で（お可哀相である）」と思うと、まったく、涙をとどめかねて、（見る）甲斐のない御跡だけ（なのに、それ）さえ（涙で目が）塞がってお見えあそばされない。

「われ」は敢えて、初参詣の装いをとおして、帝との対面というイメージで整合を図ったと見なせよう。

二　この箇所は、「偲ぶ」に受身の「る」と二重敬語が付いているから、語法的には、「帝はわたしによってお偲ばれあそばす」となる。

三　帝の遺骸は香隆寺の南西の野で火葬されてのち、同寺の僧坊に置かれ、六年後の承久元（一二一九）年に円融院の山陵に移された。

四　昔日を恋慕する血涙が染めたために紅葉が濃くきわだって見えるのかという意。本歌は『新勅撰和歌集』（巻第十八、雑歌三）に入集しているが、大分変形。

五　当所の擬人法による抑えは、「招くとて立ちもとまらぬ秋ゆゑにあはれかたよる花薄かな」（『拾遺和歌集』巻第三、秋、よみ人知らず）など定型である。

一花薄《はなすすき》招くに留まる人ぞなき煙《けぶり》となりし跡ばかりして
二尋ね入る心の内《うち》を知り顔に招く尾花を見るぞ悲しき
三花薄聞くだにあはれ尽きせぬによそに涙を思ひこそやれ
これを、ある人いひおこせたり。

四三　いかでかく

四いかでかく書きとどめけむ見る人の涙にむせて塞《せ》きもやらぬに
返し、
五思ひやれ慰むやとて書き置きしことのはさへぞ見れば悲しき

四四　わが同じ心に

「わが同じ心に偲びまゐらせむ人と、六これをもろともに見ばや」

と思ひまはすに、偲びまゐらせぬ人は誰《たれ》かはある。されど、われを

一　自詠歌である。初句「花薄」は「尾花」を言い換えたもの。第二句中の「招く」は、上文の「招き立ちて見ゆる」といった記述と同様、伝統的な表現の型にもとづく擬人法における見定めである。招くのにとどまる人はなく、煙になった跡だけが残っているといった歌意にある。堀河帝の孤影が縁取られ、空虚な景のなか、自分一人が対面しているとの構図になっている。

二　これも自詠である。第四句中の「尾花」は、「花薄」との言い換えから戻った提示になっている。当所に詣でたおのが心のうちを知っているかのように、招いている尾花を見るのは悲しいといった趣の歌。自分一人が向き合っているその心奥を帝は分かっているはずだという、せめてもの思いの発露。

花薄《はなすすき》……花薄が招いているのに、とどまる人もいないことだ。煙となってしまった（虚しい）跡だけが残っていて。

尋ね入る……探しに入った（わたしの）心のなかを知っているかのように手招きしている尾花を見るのは悲しいことです。

花薄……（お墓のもとで人を手招きしている）花薄のことを聞くのでさえ切なさは尽きませんのに、（その様子をご覧になったあなたのお気持ちはどれほどであったかと、そのお悲しみの）涙をよそながら思いやっていることです。

これを、ある人が詠んでよこした。

四三　いかでかく

いかでかく……どうしてこのように（悲しいことを）書きとどめたのでしょうか。読む人が涙にむせて、抑えることもできませんのに。

（わたしの）返歌、

思いやれ……思いやって欲しいものです。（切ないわたしの心が）慰められるだろうかと思って書き置いたことばさえも、見ると（逆に、いっそう）悲しくなってしまいます。

四四　わが同じ心に

三　他詠である。「ある人」とする左注の内容では、誰であるか皆目分からない。両歌への返歌だが、花薄を見たあなたのつらさゆえの涙をよそながら思いやっているというような意であって、きわめて常識的な範疇にある対応といってよかろう。

四　この部分は、贈答歌の掲示にとどまり、記述の広がりはない。贈歌は、どうしてこのようなつらいことを書いたのかという読後感を詠じたもの。それによれば、看病記たる上巻への感想といえ、この記述は脱稿後、見せていたことを語る。

五　「われ」の返歌。慰藉されるかと書き置いたものだが、見ればさらなる悲しみの淵に沈むといった意。

六　この日記を、堀河帝を偲ぶ人といっしょに読みたいという心の欲求。

あひ思はざらむ人に見せたらば、一世にわづらはしく洩れ聞こえむも由《よし》なし。

また、二あひ思ひたらむ人も、三方人《かたうど》などなからむ人は映えなき心地すれば、「この四三廉《みかど》に合ひたらむ人もがな」と思ふに、「五常陸殿《ひたちどの》ばかりぞこの三廉に合ひたる人はあなれ」と思ひ迎へたれば、思ふも著《しる》く、あはれに心やすく渡られたり。日暮らしに六語らひ暮らして。

一　この日記を自分のことをよく思っていない人に見せ、世間に洩れてしまうのも不都合だとするもの。

二　ここは逆に自分をよく思っている人でもの意。

三　「方人《かたうど》」は、「かたびと」の音便形である。味方。

四　「三廉」の本文箇所、かつて「帝《みかど》」とする見地も示されたことがあったが、「合ひたらむ人……」との部分とは繋がらず、穏やかではない。ここは取り上げる事項の意味に立ち、「廉」ととらえる見方による。そこで、「三廉」とは、上来の記述によると、①堀河帝を偲ぶ人であること、②「われ」をよく思っている人であること、③味方をもっている人であること、となる。

五　前出。この人物が、最終的に三事項の条件に適う人として選定されたことになる。「われ」と親交を結

「(亡き堀河帝のことを) わたしと同じ心でお偲び申し上げる人と、この日記をいっしょに読みたいものだ」と思いめぐらすのだが、お偲び申し上げない人は誰一人いない。そうではあるけれども、わたしをよく思わない人に見せたなら、世間に煩わしくも洩れて評判になるのも具合が悪い。

また、(わたしを) よく思っている人でも、味方などのない人は頼りない感じがするので、「この三つの条件に合っている人を得たいものだ」と思っていると、「常陸殿《ひたちどの》こそがこの三つの条件に合っている人である」と思い(至って、自宅に) お迎えしたところ、思ったとおり、嬉しくも心やすくお越しになられた。終日語らい続けて (過ごしたことだ)。

んでいた存在であるはずだが、両者の接点に関しては、根拠となる事実も知られず、把握できない。ただ、上記のとおり、お互いに、姉が堀河帝の乳母であったという事実が関与しているかもしれない。なお、上巻では読者に同意を求める記述が散在していたから、公開性を思わすものであったが、この絞り込みは、反対に非公開性をうかがわせるもの。といっても、読者は彼女にとって、まず自己の内なる存在であったと見なす必要があること、触れたとおり。

六　いいさした形で終止しているが、「われ」はこれで結ぼうとは思っていなかっただろう。たまたま書かれなかっただけのことである。なお、「語らひ」の「かた」の「た」、底本には「き」とあるが、他本によって改めた。

解　説

一　讃岐典侍日記の表象世界について

上巻、堀河帝看病記

いったい、平安女流日記の作者に関してはその実名は不詳というのが実態といってよい。藤原道綱の母、菅原孝標女というような、息男や父親の名が付された呼称、もしくは和泉式部、紫式部といった、夫や父親の官職名を以ってする候名《さぶらいな》などによって伝えられていることは周知のところだ。当時の女性の社会的な待遇状況からすれば、通常は、たしかにこういった符号に等しいかたちで扱われるしかなかったわけだろう。

ところが、『讃岐典侍日記』の書き手については、藤原長子といった実の名が判明しているのであった。他の女性の書き手たちの扱いの実態から見れば、稀有なことであったといわなければならない。いってしまうなら、これは、彼女が内侍司の官職（二等官の典侍）に就いていた事実に起因している、ということだけではなく、新帝の即位式といった国家行事に参与していたために記録に実名が残った、その偶然性も関わっていたのであった。わたしたちは、『天祚礼祀職掌録』（鳥羽帝）なる外部資料を通じて、きわめて容易に長子の名を見出し得るのである。

褰帳　左源仁子（故神祇伯康資王女―原文は割注）、右典侍藤原長子（故顕綱朝臣女―同上）、（本文引用は『群書類従』所収による）

鳥羽帝の即位式の折に、大極殿の高御座《たかみくら》の帳を褰げる役に奉仕していたことを告げているのだが、これについては、日記に「われにもあらぬ心地しながら昇りしこそ、われながら目眩れておぼえしか」（第一九節）などとする当所での奉仕の記述と符合するゆえに実証される筋合いになるのであった。ちなみに、偶然といえば、この役に就いたのも、もともと決定していた、藤原実子（大納言乳母）が父の公実の病死によって服喪の身になったため、たまたま長子にこの役が回って来たという次第であったのである（第一七節）。このことは、事実という次元ではたしかに幸いであったというべきだろう。

ここでは、長子の伝記的部分には立ち入らず、テクストの内部構造に向き合うことにするが、実は、生没年はもとより、彼女の私のレヴェルでのいわゆる生涯はいっさい不明であるから、事実上、不可能でもあるのだった。『尊卑分脈』などの外部資料をとおして、わたしたちが追尋できるのは、父が藤原顕綱であり、兄姉として、道経のほか、堀河帝の乳母であった、藤三位（伊予三位などとも）と呼称される兼子などがいること、特にこの兼子女の一人は俊成母として注意されること、また、顕綱母、兼経室が歌人として知られる弁乳母、高祖母が『蜻蛉日記』作者の道綱母だったこと等々の、家系的事項にすぎず（左の系図には他の関係人物を若干、補足）、

彼女の生に関与するのは、せいぜい（といった向き合いは浮薄すぎようが）後年、精神に異常を来し、宮中から追放された事実に瞠目させられるだけにとどまるからである。付言的に触れておけば、源師通の『長秋記』（元永二年八月二十三日条）に、

　伊予守語りて云ふ、内裏に候する讃岐前司顕綱姫（字は讃岐前典侍―原文は割注、以下同様）此の間先朝の御霊（堀河院）と称し、□《種カ》々の雑事を奏し、已に大事に及ぶ、仍りてかの先《兄》の和泉前司道経を召し、邪気の間参内せしむべからざるの由、召し仰せらると云々、（原文は漢文、本文引用は『増補史料大成』所収による）

と録されるとおりである。長子が自分を堀河帝の霊などと口走り、何やら奏上することから、兄の道経をして退下させたというもの。

　彼女の精神病理学上における内的素因の点では、注目させられる事実であるが、ともあれ、いまは、この程度の目配りにとどめておき、日記の表象に対峙しておきたい。

　日記の序文の記載内容によると、「もろともに八年《やとせ》の春秋仕うまつりしほど」（第一節）とあるように、八年間、堀河帝のもとに出仕していたことになる。帝の死去が嘉承二（一一〇七）年であるから、康和二（一一〇〇）年からと逆算されるが、この間、同三（一一〇一）年十二月三十日の夜、典侍に任じられていたので（『中右記』康和四年正月一日条）、ほとんどの期間、典侍として近侍していた身において、堀河帝への愛執の思いに囚われていったものと予想される。先を急げば、そうした心奥の傾きのまま、帝に添い臥しするなど、病に疲弊する姿を側近く見届けなければならなかった彼女は、その死によって空虚な日常に抛り出されてしまうことになり、思わず取り残された者としての悲傷を慰藉すべく、筆をとったのであった。

書く行為が、魂の慰藉の方途にならなかったことは彼女自身、いずれ気づくわけだけれども、帝不在の現実を引き受けざるを得ないかぎり、ともかく書くという営みにわが身を投没させるほかはなかったのだ。おそらく、堀河帝の死後の里居の時点で、病苦に呻吟し続け、死の淵に沈んだそのありようを手元に引き寄せる行為に及んだはずである。鎮魂ということばを持ち出すなら、それには死者のみならず、彼女の内奥をも鎮める操作も包含されることを、わたしたちはよくよく見通しておく必要があるだろう。

こうした経緯として抑えれば、長子の企ては、当初は、堀河帝看病記（拙著『讃岐典侍日記への視界』以後、便宜上、私にこう呼称している）なる現存本の上巻に当たるブロックだけを見据えていただけに過ぎないといってしまって誤りはない。この段階では、当然ながら、第一節の序文もものされてはいなかったから（後述のとおり、下巻相当の部分、鳥羽帝出仕日記〈前例どおり、便宜上、私にこう呼称している〉を書き終えてのち、両記述を追慕の記として統括する目論見により、冠せられたのである）、この点に対しても、わたしたちは見抜いておかなくてはならない。『讃岐典侍日記』の伝本には、上巻のみのものが存在している実情に照らしても、この生成の内実は明確に理解されるに違いない。ついでに補っておくなら、そこで、上、下巻に弁別されているのは、書き手の所為ではなく、後人の手による整えであると推定されるから、充分、意を注いでおきたいものだ。

ここから、堀河帝看病記の記述世界から分け入り、表現を辿ることにするが、わたしたちが、何よりも確認しておかなければならないのは、日記を領導するのは、もちろん、テクスト内の語り手、正確にとらえれば、書き手長子とは別個に自立する《われ》と提示される存在であるといった機構上の事実である。この《われ》の語りによって、拓かれてゆく、というより具体的には、この存在が記述するというシステムになっている。日記の操作主体は長子であるものの、実際に展開するのは、《われ》の記述行為なのであった。以下、記述に向き合いながら、当の《われ》の介在にも着眼して見よう。

六月二十日のことぞかし。内裏《うち》は、例さまにもおぼしめされざりし御けしき、ともすれば、（第二節）うち臥しがちにて、

とあるのが、始発部分だが、この日を発病の日と見定めているのであった。そもそも、実人生では帝はすこぶる脆弱であって、病とともにあったといってしまってもよいほどで、関白藤原忠実の『殿暦』や中御門右大臣藤原宗忠の『中右記』の三月以降の記事を見ると、当月の初旬、五月十日から下旬にかけて病気の記載が散在し、それ以後は関係記事がなくなるといった推移が指摘されるのだが、六月二十日になって、「御使ひとなり、参内二ケ度、此の夜半より、主上頗る御風の気に御すなり、然りと雖も又指したる事御さず」（『中右記』同日条、原文は漢文）というような記事があらわれるから、《われ》がこの六月二十日を発病と特定したこと自体、いわゆる事実と呼応しているのであった。

わたしたちが注目しておいてよいのは、日記行為が、上記のような記録類とは違い、その主体の存在性を基底としてなされてゆくという事実である。先に愛執といったが、そうした主体の眼差しにより、紡ぎ出されてゆく機構こそがこの日記行為の本質に絡むのだった。当該一文では、下文の「『これを人は悩むとはいふ。など人々は目も見立てぬ』と仰せられて、世を恨めしげにおぼしたりしものを」のくだりなども端的にそれを語っているだろう。帝の病気の報告なのではなく、病苦のままに、おのが運命を恨めしげに見つめていたのに、なにゆえそれほどまでの病状になっているこ

とを察知できなかったのかと、見守るおのれの鈍感さを悔やむのだが、これは、すでに、愛する者としての視界における能動になっているのであった。病苦に歪む帝の顔が、おのが内部に重く意識されるところ、ただただ、至らぬ自己の愚かさを呪わずにはいられないという発露なのである。

《われ》は、病状に寄り添うかたちで、この内的な磁場から日記する行為を持続させるのだが、だから、日記とはいいながら、時間性がはなはだ稀薄であって、いわゆる日付の形式が記述の基軸にはならないのであった。いわゆる男子官人の記録などとはまったく内実を異にしているから、わたしたちは見逃してはなるまい。これまで、機会がある度に注意して来たように、このの ち時間が示されるのは、

○　かくて、七月六日より……（第二節）
○　十九日より、よき日なれば、（第五節）
○　十五日のこととぞおぼゆる。（第六節）
○　十七日の暁に、（第七節）

の四例にすぎず、何とも恣意的な指示になっている実相が看取されるだろう。時間の枠組みによって事実を提示することなどは意に介してはいず、病床に近侍する自己の内部の、いわば主情的な視座をとおして領導してゆくのが日記の眼目であったのだ。そこで、「今日などは」（第四節）、「今日も暮れぬ」（第七節）、「きのふより」（第八節）といった、内在的な時間での縁取りになり、一日のなかでも、「明け方になりぬるに」（第四節）、「昼つ方になるほどに」（第五節）、「日の暮るるままに」（第三節）と記されるように、大まかで不明確な指示で済まされてしまう。時の経過にはさしたる意味を見出してはいないことを証し立てていよう。

公的時間性からの乖離は、このとおりなのだが、ほかならぬ自己を取り巻く諸事実にしても、基本的には同様だといっていい。第一、根幹である病床の間が堀河院のどこにあり、また、病床はどの位置にあったのかなどについても、《われ》は筆を割かず、「長押」、「御障子」などの空間の部分をかすめるにすぎないありさまなのだった。従来、この空間的事実が等閑視されて来たのは、読み手側の怠慢によるとばかりはいえない所以である。

外部資料を援用しなければ、西対に設定された清涼殿の母屋、夜御殿の南に隣接する空間が病床の間であって、その中央部に病床が設けられていることなどは決して解明できなかったわけであり（一二頁脚注一の図示参照）、《われ》は自己納得的な所為に滞留しているかと思われるほどの対処なのである。

時間や空間をめぐる事実への対応の不明確さに視点を投じておいたのだが、続いて、その病床の間の空間に立ち入り、《われ》のありように目を向けておきたい。

上述のとおり、この病床の間こそ、根幹なのであって、まさに《われ》にとって特別の、帝に対峙する場として定位される。彼女は、乳母でもないのに関わらず、帝に添い臥しする行為が許されている存在であるのだ。つまり、他者には侵犯できない特殊空間に身を置くととらえてよかろう。

　つゆも寝られず目守《まも》りまゐらせて、ほどさへ堪へ難く暑き頃にて、御障子と臥させたまへるとに詰められて、寄り添ひまゐらせて、寝入らせたまへる御顔を目守らへまゐらせて泣くよりほかのことぞなき。「いとかう何しに馴れ仕うまつりけむ」と悔しくおぼゆ。（第三節）

このくだりは、まさにその隔絶された場での《われ》のさまが浮かび上がる部分であるが、西廂との境に設けられた障子と病床とに挟まれた体勢のまま添い臥し、寝入っている帝の顔を見ながら泣くよりほかはない無力感に襲われ、そこから、側近く伺候しているこの所与の状況にさえ後悔の念をいだかなければならないといった詠嘆に行き着く、この場面の展開を見過ごしてはならないだろう。如実に、愛する者としての眼差しが注がれていることを語っているからである。実のところ、こうして、二人だけの時空に身を置く《われ》は悲嘆の涙にくれているものの、どこかでそうしたおのれに陶酔してもいるはずなのだ。すなわち、書く現場ではその論理に包摂され、新たなる現実が創出されてゆくことを、わたしたちは透視しなければならないことをいい添えておこう。

第三節は、七月六日から重態化した帝をめぐってかなり詳細に記述されている箇所といってよく、病状の悪化の報告を受けた白河院が、堀河院の北隣の「北の院」に移動したり、諸僧が召し寄せられたりと、あわただしくなってゆく周囲の様子も配されているなか、「われればかりの人の今日明日死なむとするを、かく目も見立てぬやうあらむや」（同上）というような、余りの苦しさに、周囲に当たり散らす帝の姿もリアルに抑えられているのだが、終局的には、当日の括りは、病床の帝に近接するおのれに絞られていることになる。前引箇所からやがて次の看取りに及ぶのであった。

「せめて苦しくおぼゆるに、かくしてこころみむ。やすまりやする」と仰せられて、枕上《まくらがみ》なる璽《しるし》の筥を御胸の上に置かせたまひたれば、「まことにいかに堪へさせたまふらむ」と見ゆるまで、御胸の揺るぐさまぞ、殊のほかに見えさせたまふ。（同上）

帝は、押し寄せる病苦に堪えられずに、思わず神璽が納められた筥を胸の上に置くと、それが荒い呼吸のために揺れるとして、いたたまれぬ思いに沈降してゆく《われ》なのだけれども、ここでも、愛執の眼差しは顕著であって、例の無力感において凝視するのであった。当然ながら、病床の間には諸人が参集しているにしても、彼女はそうした他者の存在を無化し、この場から捨象してしまっている表象というものを、わたしたちは知っておくべきだろう。おのれだけが帝に向き合えるとする切り取りなのだった。

堀河帝は、日々に重篤な病状へと下降してゆき、七月十七日頃には身体に浮腫が生じたもののようである。脚注でも触れたとおり、『中右記』（七月十八日条）に「昨日より御身所々はれと御《テカ》すと云々」とあり、日記でも「あないみじ。昼見まゐらせざるつるほどに腫れさせたまひにけり」などと、いったん退座し、夕刻に立ち戻った大弐三位（藤原家子）のセリフとして記しとどめているが、これが、《われ》の場合になると、変化があらわれ、あの愛執の眼差しの介入となるので、見逃してはいけない。受戒の場面で帝が直衣を着ける所作に対して、

> 御直衣引きかけてまゐらせたる、御紐、「差さむ」とおぼしめしたるなめり、「差さむ」とさせたまへど、御手も腫れにたれば、え差させたまはぬ見る心地ぞ目も眩れて、はかばかしう見えぬ。（第一〇節）

と見定める、十八日条における視座がそれである。帝は直衣の紐の結び玉を片方の紐の輪に差し入れようとするのを《われ》が見やるのだが、手もむくんでしまっているから困難を極めるさまに、目が眩むとする。傍線部分は、挿入句で、帝が差し込もうとするのだろうと、紐の部分で注記に傾斜するなど、いかにも冗漫な、たどたどしい文として現前しているそこに、彼女の愛する者たる感受が籠められていることがうかがわれるのであった。無力なおのれは、いかなる助力の術も思いつかずに、じっと見つめる以外になく、涙でくもる目は、もうその姿をさえとらえることができないと書いた時、もはや当該箇所での記述行為を終止せざるを得なくなる。

こうした《われ》の愛執としての視界は際立つけれども、一方、帝の側の彼女への気遣いは特別

なものであったという組み込みがなされることも忘れてはならないだろう。

十八日の範疇の記述部分、帝の食事の世話をする場面であるが、「『大臣来《おとどく》』といみじう苦しげにおぼしめしながら、告げさせたまふ御心のありがたさは、いかでか思い知られざらむ。かく、苦しげなる御心地に、弛《たゆ》まず告げさせたまふ御心のあはれに思ひ知られて、涙浮くを」（第四節）との展開も、《われ》にとっては、特筆すべきことがらだった。内容的には、食事中に関白忠実が病床の間に参上した際に、帝がそのむねを《われ》に教えてくれたといった事実の取り込みとなっている。引用部分の前の記述に、彼女の背後からとする指示があるから、忠実は、たぶん、西廂との境の障子の位置から参入したのだろうが、帝はそのことへの気遣いを見せたというのだ。つまり、病苦をおしてわざわざ告げる行為を《われ》への特別な意思によるものと見据え、感涙に及ぶわけであった。

帝の気遣いに心震えるといった記述を手繰っておいたが、もう一例、同趣の内容をもつ一文を加えておきたい。日記の構造からいえば、この、病床の間に忠実が参入したことがらから帝の所為を取り上げた《われ》は、連鎖的に忠実の関わる場面に傾斜することになり、

大殿近く参らせたまへば、御膝高くなして、陰に隠させたまへば、われも単衣《ひとへ》を引き被《かづ》きて、臥して聞けば、「御占には、とぞ申したる。かくぞ申したる。御祈りはそれそれなむ始まりぬる。また、十九日より、よき日なれば、御仏《みほとけ》、御修法《みずほふ》延べさせたまふ」と申させたまへば、
（第五節）

と配置するのだが、当面、冒頭からの展開に着目しておけばよい、といったのは、当該一文には、文章上の欠陥があるからであった。「十九日より」とありながら、以降は、日がよいために延期し

たというように転じられてしまっている以上、構造的に接合しないのだった。とまれ、今はこの問題への介入は慎み、冒頭からの関白忠実の参上の記述部分に立ち返ろう。いうまでもなく、《われ》は常のとおり、帝に添い臥ししているのであって、その場に彼は姿を見せたのだが、帝は、視野に入ると、膝を高くして陰に彼女を隠したというのだ。むろん、それによって《われ》の姿は隠れるはずもないのだが、彼女は、帝の気遣いにこそ執着していることに気づけばよかろう。自分を隠す、要するに、庇護の行為として彼女は感受し、充足の思いに包摂されているのだった。その意味で、これは彼女にとって至福の画像になっている。

実は、この画像は、本例のみでなく、下巻の記述にも、第二一、三一節と、二回介在するから、《われ》の執着の度合いがどれほどであるか容易に推測できるというものだ。ただし、これが体験的事実にもとづくものであるにしろ、もともと、回数どおりであったか否か、詳らかにしない。すでに別に述べてもいるように（拙著『讃岐典侍日記全評釈』参照）、あるいは、一度の体験が増幅されるかたちで、複数回挿入されたのだったろうか。現象的に三回もなされた行為であったとすれば、逆にこれほど固執することはなかっただろうとも憶測可能だからだ。もとより、ここでは忖度する必要はないから、わたしたちは、さしあたり、《われ》の充足した思いに注目しておくだけでよい。

堀河帝看病記ともいうべき上巻に関して、公的時間性を枠組み、基軸としないことや、空間的事実を明記しないなどの点を指摘した上で、根幹である病床の間を基点とした、《われ》の介在のありように意をとどめ、愛執の視座と堀河帝の気遣いといったおのおのの定位の実相を跡付けたのだが、締め括りに、堀河帝の死の描出部分をめぐり、彼女の仮構の企てという問題に対していささか言及しておこう。

俎上にのぼすのは、七月十九日の堀河帝の死去を凝視する、

かかるほどに、日はなばなと射し出でたり。日の闌くるままに御色の日頃よりも白く腫れさせたまへる御顔の、清らかにて、御鬢《びん》のあたりなど御梳《けづり》櫛《ぐし》したらむやうに見えて、ただ、大殿籠《おほとのご》もりたるやうに、違《たが》ふことなし。（第一三節）

といった一文である。「かかるほどに」とは、従前の記載事実である関白忠実の退下、内大臣源雅実の遺骸の整え、増誉僧正の伺候という諸事実の羅列を受けたものだが、そこから、帝の遺骸を熟視する記述へと展開したことになる。わたしたちが、見落としてならないのは、「日はなばなと射し出でたり」と指示される箇所の時間の問題なのであった。普通、こうとらえられるのは、日出、陽光の射し出す光景であることに鑑みれば、時間的事実の上で齟齬を来すからなのだ。例えば、『殿暦』（七月十九日条）によって、当日の時間と事実を追うと、

○　寅刻（正刻は午前四時）のほど、帝は法華経を読誦、
○　卯刻（正刻は午前六時）のほど、忠実は宿所に退下、
○　某時刻、忠実、病床の間に帰参、
○　辰刻（正刻は午前八時）のほど、帝の死去、
○　巳刻（正刻は午前十時）のほど、諸僧の退出、

という具合なのであって、特に死の瞬間に関しては、「御念仏并びに御経宝号を実に能々《よくよく》唱へ給ひ崩じ給ふ」（原文は漢文）と録されている。これによって明瞭なとおり、時間的には、堀河帝の死去は午前八時頃であったのである。《われ》が見つめているのは、その後、何ほどかの時間経過があってからなので、すでに指摘があるように、日が射し始める時刻との指示内容とは合致しないことが

判明するだろう。嘉承二（一一〇七）年七月十九日（グレゴリオ暦では八月九日）の京都の日出は午前五時過ぎといった事実を顧慮しておいてもよかろう。

屡述するまでもなく、彼女が、帝の遺骸を凝視しているのは、実際は、午前八時から大分時が経っていた頃だから、当該記述は時間的には虚偽を告げるものとなっている。おそらく、ここには、《われ》の仮構が加わっていると見られよう。あれほどに病苦に呻吟し続けた挙げ句、最期を迎えた帝であるかぎり、愛する者としての視界では、早朝の陽光に浮かび上がる形姿を見出すのでなければならなかった。だから、「日はなばなしく射し出でたり」とは、彼女の、せめてもの愛執の眼差しにおける取り込み、仮構であったと把握されるに相違ない。この操作をとおして、「清らかにて、御鬢のあたり、……大殿籠《おほとのご》もりたるやうに、違《たが》ふことなし」という、つまりは清らかにして安らかな姿というイメージ化が完了するわけであった。そうして、当の行為によって、ほかならぬおのれの内奥が浄化されるのでなければならなかったのである。

堀河帝死去の段での《われ》の仮構の介在について眺めておいたのだが、このような挑みによって彩色された当該記述が、看病記の営みの中核になるといってしまってもよいはずだ。

これ以降、記述は、増誉僧正の退出を機に（このあたりにも《われ》のデフォルメがあるのだが、ここでは触れない）、病床の間が愁嘆場と化す状況から、大弐三位（藤原家子、前出）、藤三位（藤原兼子、前出）、大臣殿三位（源師子）などの乳母たちの悲嘆にくれる自失状態へと展開し、新帝践祚のため、神璽宝剣が堀河院から大炊殿に移るとして、清涼殿の昼御座から歴代の帝の日記や八咫鏡を取り出し、帳台を取り壊すことなどを記し、末尾に、

昼より、美濃内侍《みののないし》をやがて殿の、佩刀《はかし》につけさせたまひつれば、つきまゐらせておはしつる

やうなど語る。

われは朝餉御座《あさがれひのおまし》のことは知らざりつれば、この人の語るを聞きて、何にかはせむ。

（第一五節）

という記述を付加することで括っている。奇妙というべきか、この最終部分では、《われ》は、すべてにわたって実見することなく、聞く行為に閉塞しているから見過ごしてはなるまい。文章的には、引用箇所には文字の欠脱があるのか、とらえにくいが、美濃内侍（高階業子）が佩刀の守り役として夜御殿に伺候していた事実から、そのまま彼女が新帝践祚の儀に参仕したそれを書きとどめている、とは解読可能ではある。それにしても、「つきまゐらせて」から「おはしつるやうなど語る」への接合は何とも不充分であって、解読にはすこぶる難渋するところだ。

ことがらの推移とすれば、唐突に、大炊殿の践祚の場での鳥羽帝の有様に転換されてしまっていることになり、読み手の側は驚嘆させられるだろう。いずれにしても、彼女は、内侍の報告を聞いても、「われは、……何にかはせむ」といった感懐を洩らすだけなのだった。要するに、践祚の儀は関知しないから、聞いたところで無意味だというのだが、わたしたちは。《われ》がこうした放擲するような口吻で終止させてしまうことに目を向けておかなくてはいけない。堀河帝の死は、彼女にとって世界の終焉を意味するから、すでにして、新帝の境域における事実どもは無機的な雑事にすぎなかったのだ。

下巻、鳥羽帝出仕日記

長子が堀河帝看病記を執筆したのは、帝の死去後の里居の折であろうことは、先にも触れているが、脱稿していたと見られる十月に、後述のとおり、鳥羽帝への出仕の要請を受けたようだ。説くまでもなく、下巻の鳥羽帝出仕日記の生成は、天仁二（一一〇九）年以降の時点であったとおぼしいが、諸事の詮索は控え、当出仕日記の営為に踏み込んでおこう。

かくいふほどに、十月になりぬ。「弁三位殿《べんのさんみどの》より御文《ふみ》」といへば、取り入れて見れば、「年頃、宮仕へせさせたまふさま、ありがたさなどよく聞きおかせたまひたりしかばにや、院よりこそ、『この内裏《うち》にさやうなる人の大切《たいせち》なり。登時《とうじ》参るべき』由、仰せ言《ごと》あれば、さる心地せさせたまへ」とある、見るにぞあさましく、「僻目《ひがめ》か」と思ふまであきれられける。

おはしましし折より、かくは聞こえしかど、いかにも御応答《いら》へのなかりしにぞ、「さらでも」とおぼしめすにや、それを「いつしか」といひ顔に参らむことあさましき。（第一六節）

始発の一文であるが、前述のように、十月の某日、白河院の命により、弁三位が新帝に出仕すべきむねの手紙をよこした事実が先ず示されている。ただ、書き出しの部分に問題があることは、あらかじめ知っておきたい。「かくいふほどに十月になりぬ」とありながら、従前の記述には「かく」と指示するものはないからである。《われ》は、無配慮にも、あたかも既述箇所に並列するかのようなスタイルで筆を起こしてしまっているわけであって、遺憾ながら、記述主体は当の不当性には気づいていないのであった。

このように、不用意な起筆であるのだが、彼女は、出仕命令に驚き、見誤りかといった反応を見せている。これ自体は、ごく普通のリアクションとして了解されるけれども、見抜いておくべきなのは、「おはしましし折より、……とおぼしめすにや」といった思いが胸奥にある事実なのであった。生前、再出仕の話題になった時、堀河帝からは何の返答もなかったが、それは出仕に対して否定的な考えがあったからではないかという臆断である。この思いこそ《われ》を心理的に拘束するものとなっていたといってよく、いわばこうしたかたちでの帝の呪縛であった。

以下、再出仕をめぐっての懊悩が執拗に引き出されてゆく。同様な立場の人物を摘出したり、他方では、喪服を濡らすほどに悲嘆に暮れるさまを配したりと、曲折しながら、やがて、外部事情による余儀ない出仕とする、呪縛からの解放の方途を組み入れることになるのだった。これは再出仕を受諾するまでの道筋における自己操作であるから、わたしたちは的確に見抜いておかなくてはいけない。

取り敢えず、前者から見ておくが、前引部分に続く記述で、「周防内侍《すはうのないし》、後冷泉院におくれまゐらせて、後三条院より、七月七日参るべき由仰せられたりけるに、／天の川同じ流れと聞きながら渡らむことはなほぞ悲しき／と詠みけむこそ『げに』とおぼゆれ」と、周防内侍（平仲子）の例が提示されている。彼女は、歌人として名を残しているが、後冷泉、後三条、白河、堀河、鳥羽の各帝に参仕した人物であった。当所で指摘されているのは、後冷泉帝（後朱雀帝第一皇子）が治暦四（一〇六八）年に死去してのち、後三条帝（同帝第二皇子）から出仕すべき由の命が下った折の、おのれの感慨を詠じた歌であった（『周防内侍集』所収、『後拾遺和歌集』第十五、雑一、に入集）。七月七日に参上するようにとの命令であったから、「天の川」に後三条帝を託し、ともに後朱雀帝の皇子だとして「同じ流れ」と喩え、出仕の意となる「渡る」の語を置いたのであって、これらは縁語としての関係性において位置づけられている。後三条帝は後冷泉帝と同じ血筋の人物だけれども、やはり、仕えるのは悲しいことだというのが歌意となるが、当該歌を引照した《われ》は、「げに」と共鳴するのであり、他詠に依存し、代弁させていることが明らかである。本来なら、自詠で統括すべき筋にあるのに、こうした手段による自己主張になっているところに理由があった。例の弁乳母の血脈にありながら、資質の上で歌の才には恵まれていなかった《われ》ゆえの所為といってよいのであり（他詠への依存は、下文でも顕著なもの）、このような自己同化によって、再出仕への抵抗感を刻むのである。

後者は、出家遁世といった逃亡の道にさえ視点を向ける、苦悩の日常を対象化した記述を経ての、

「今更に立ち出でて、見し世のやうにあらむこと難し。君はいはけなくおはします。『さて慣らひしにものぞ』とおぼしめすこともあらじ。さらむままには昔のみ恋しくて、うち見む人はよしとやはあらむ」など思ひ続くるに、袖の隙《ひま》なく濡るれば、

乾く間もなき墨染めの袂かなあはれ昔の形見と思ふに　（第一六節）

といった一文である。うかがわれるように、《われ》は、鳥羽帝に参じた場合の状況を仮想するおのれに焦点を合わせているのだが、つまりは、再出仕しても、かつての堀河帝の世での状況のようにはゆくまいとして、幼帝であるという昔時との条件の差異に根本的な問題がある事実に思い及ぶことになる。嘉承二（一一〇七）年時、わずか五歳にすぎない鳥羽帝であるかぎり、宮仕えに慣れていた存在であるととらえることもないはずだから、おのれは懐旧の念にとらわれ、堀河帝の日常に回帰してしまうだろうし、そういった自分を見る者は許容しないだろうなどと、いうなれば妄想にまで達してしまうのだった。

これも苦悩するおのれの一様態としての嵌入の意味合いをもっているわけであった。結尾の歌は、珍重すべき自詠であって、相応の、統括の機能を果たす能動になっているので、誤読してはなるまい。従来、墨染の衣を、堀河帝を偲ぶよすがである形見よと思って涙で濡らすなどと解されてもい

るが、明らかに見誤りなのであった。統括と前述したとおり、当該歌は、日々に再出仕の命に懊悩する状況に立ち、この乱れる心によって、故帝を偲ぶ形見であるのに（「思ふに」の「に」は、逆接の接続助詞）涙で濡らすと詠じたものであるから、わたしたちは読み違《たが》えてはならないだろう。

例示的に、鳥羽帝への出仕命令に関する懊悩のコンテキストにおける表出に着眼したのだが、《われ》は、究極的には、余儀ない受諾という方向性で、あの帝の呪縛からの脱却を図るのであった。

『大納言乳母《だいなごんのめのと》、帳褰《とばりあ》げしたまふべし』とて、安芸前司《あきのぜんじ》の、『三位殿《さんみどの》こそ、故院の御時、帳褰げはせさせたまひければ、その例をまねばむ』など尋ねらるる」と聞くほどに、「大納言、日頃例ならで、にはかに重りて亡《う》せたまひて」と聞こゆ。「いと心細き世かな」と思ひかこちぬ。

夕暮れに、三位殿のもとより帳褰げすべき由《よし》あれば、いとあさましくて、「日頃は聞き過ぐしてのみ過ぎつるを、『参らじと思ふなめり』と心得させたまうて、おし当てさせたまふなめり」と思ふにすべき方なし。（第一七節）

この記述は、鳥羽帝の即位式（嘉承二年十二月一日）が取り沙汰されている頃の事実として書かかれた一文だが、前半には、大納言乳母（藤原悦子）が、儀式に参与し、高御座《たかみくら》の帳を褰げる役に奉仕するために、夫の安芸前司（同経忠）が、経験者の姉の藤三位（兼子）の教示を得ようと尋ねている由を聞いている間に事態が急変したことが示されている。兼子が、応徳三（一〇八六）年十二月十九日の、堀河帝の即位式に当の褰帳に奉仕していたから、悦子の側に、その例を聞こうという動きがあった折も折、彼女の父、大納言（同公実）が病死したというのである。

わたしたちが、目を見はるべきは、心細さに陰鬱になったと結んだのちの、後半部分で、三位から、《われ》に褰帳に参仕するようにとの命が伝えられたとする展開である。兼子は、病気中であることから見れば、従前の例と同様、弁三位（光子）の蓋然性が高いが、どちらであるにしろ、見落としてならないのは、公実の死は、十一月十四日であった事実である。すなわち、『中右記』に「申刻ばかり正二位行権大納言公実卿出家すと云々、……年来飲水病は甚だしきに依り、此の両三月の比、逐日倍増し、今日出家せり（年五十五―原文は割注）」（十一月十二日条）、「今夜深更に及び、入道大納言公実卿薨ずと云々、悩む所数年に及ぶ」（十一月十四日条）などと記されているように、公実が飲水病（糖尿病のことという）を患い、この二、三ヶ月飲水量が倍増するなか、十一月十二日に出家し、同月十四日に五十五歳で死去したものであった。

だとすれば、現時点は、本節の記述が「つれなく、うらめしきに、十一月にもなりぬ」と括られることに照らし合わせても、紛れなく十月中に属しているから、史実の上で齟齬を来しているのであった。

わたしたちは、ここに、《われ》が、公実の死を十月の時間に措定した事実を指摘できるわけで、仮構と先述した所以なのだ。かくして、彼女は、抗えぬ外的条件により、再出仕は余儀なく受諾せざるを得ないとおのが心を抱え込む道筋を見きわめておけばいい。当該記述では、鳥羽帝への出仕を要請された《われ》に対する兄の羨望と賞賛や、再出仕の命令を受けながら出家した藤原惟成の例などを付加したあとに、「前世《さきのよ》の契りも心憂けれど、『さるべきにこそは』と思ひなして、流れの水を掬《むす》び、さやかになり」というように、禊によって身を浄め、出仕に向かうとする終結に至るのであり、これまでの懊悩に屈折する状態が嘘のように、あっけなくも唐突に落着する次第なのだ。《われ》は、堀河帝の呪縛からこうして解き放たれたといってよかろう。

この展開のベクトルからするなら、あるいは、前節の「御乳母《めのと》たち、まだ六位にて、五位にならぬかぎりはものまゐらせぬことなり。この二十三、六日、八日ぞよき日。疾《と》く、疾く」とある文《ふみ》たびたび見ゆれど、思ひ立つべき心地もせず」と記される、三位殿から届いたという手紙の内容にも、《われ》の操作が介入しているのかもしれない。

当時点では、乳母は全員、六位であるため陪膳役には奉仕できないからとの、出仕の決断を促す内容は、彼女の仮構であるといった憶測もあながち錯誤とはいえないのではないかと思われるからだ。

拙著『全評釈』などでも触れているとおり、史実に徴すれば、弁三位（藤原光子）、同悦子（弁典侍）、同実子（大納言典侍）、同公子、同惋子の五人が鳥羽帝の乳母として確認できるが、結語的にいえば、光子はもとより、悦子も十月以前に五位であったことは、『中右記』（嘉承二年十月二十六日条）の記載において、

内侍司
典侍従五位下藤原朝臣悦子
典侍従五位下藤原朝臣実子
掌侍正六位上源朝臣長子
掌侍正六位上高階朝臣為子
掌侍正六位上藤原朝臣方子

との女官除目の「勅旨」を掲出後に、「典侍二人御乳母なり、悦子故季綱朝臣女、本五□□、実子公実卿女、今夜五位に叙すなり」と注記を施している点からも（なお、欠字箇所は「位也」であるか）、まさしく事実であったと了知される。

このような事実関係に立脚し、《われ》は、他者からの手紙の内容として改変し、外的条件として挿入したとすれば、操作上のしたたかさを告げるものとして興深いが、ここでは、ひとまず可能性に言及するだけにしておく。

《われ》は、呪術のような、心理的な解放の仮構の営為をとおして、新生というべき自己のありようを定位し終えると、堀河帝看病記とは違い、外在的時間を記述の基軸に組み入れ、鳥羽帝出仕日記を領導してゆくことになる。とはいうものの、官人日記のように事実を詳述するのではなく、叙法としてはむしろ不徹底な記述行為といえ、肝心な行事であっても、突然、省筆してしまう場合があるだけでなく、しばしば昔日の堀河帝追懐に変換するから、眼前の事実は、回想のために媒体化されてしまう本末転倒といってよい例も目立つし、また、外的事実を昔時から変化しているかどうか、いうなれば、変・不変の相において弁別するにとどまる例も見受けられるなど、宮仕えという現実に根ざす行為とは程遠いのであった。

しばらく、こうした叙法の例を見ておくが、最初に取り上げるのは、第二五節の灌仏会行事の記述である。清涼殿の昼御座の御簾を下ろして見物するという視点から、簀子敷との境の高欄に下襲の裾を掛けて広廂に居並ぶ上達部たちの様子を引き据え、山形に五色の水をかける御導師や関白忠実をはじめとする諸人について指摘しているうちに、左衛門督（源雅俊）、源中納言（源国信）の兄弟のさまに行き着くや、記述はスライドしてしまうのだった。堀河帝の叔父に当たる彼等は、思わずありし日を想い出し、堪えにくい状態であるとすると、《われ》も涙をとどめきれないといった傾きを見せ、「おほかた例は外《と》の方は見じ」などと、外界への視線を遮断してしまうのだ。

そこから、視座は、彼女に抱かれて、几帳の上から見ている幼帝に転換されるのだが、いきなりこれを媒介に、引直衣を着け念誦していた堀河帝の姿を引き寄せ、「先づ目たちて、中納言にも劣らずおぼゆれば人目も見苦しうて、おまへこと果てぬに下りぬ」というように、自己閉塞から退座に及ぶ動きを見定め、果てには行事そのものの記述行為から頓出してしまうのである。彼女にとって、灌仏行事は、何らの意味もないのであり、放棄することにもいかなる違和感もない。

このような記述の終止には、「七月にもなりぬ。『御果て』とてののしり合ふ。その日になりぬれば、こぞの御法事同じごと、百僧なり。有様同じことなれば、とどめつ」（第二八節）といった主体の情感が介在しない例もあるので、わたしたちは見逃してはならないのだった。これは嘉承三（一一〇八）年七月十九日の、堀河帝一周忌の法会を記した一文であって、昨年の四十九日のそれと同様、百僧であるという理由を掲げると、省筆してしまうのであった。前例では、堀河帝回帰によって閉塞し、記述を切り上げてしまったのだが、ここでは、逆に、同帝が介在しないがゆえに省略したといった機構にあるといっていい。

灌仏会行事の記述でも見られた、現在から過去の堀河帝に回帰する展開も、この出仕日記では著しく、従って、《われ》は、昔時の堀河帝に誘《いざな》われてゆくことを心の底で望みながら記述を重ねているといったいい方をしてもよかろう。

御帳《みちやう》の帷《かたびら》見るにも、先づ、仰せられし言《こと》ども思ひ出でらる。「昔を偲ぶいづれの時にか露乾く時あらむ」とおぼえて、片敷きの袖も濡れまさり、枕の下に釣りしつばかり。よろづのことに目のみ立ちて違《たが》ふことなくおぼゆるに、「ただ一所《ひとところ》の姿の見えさせたまはぬ」と思ふぞ悲しき。

おまへの臥させたまひたる御方を見れば、いはけなげにておほとのごもりたるぞ、「変はらせおはしましし」とおぼゆる。

をととしの頃に、かやうにて夜昼御傍《かたは》らにさぶらひしに、御心地止《や》ませたまひたりしかど、院より「あなかしこ。よく慎みて、夜御殿を出でさせたまはで、暫し」と申させたまひしかば、つれづれのままに、由《よし》なし物語、昔今のこと語り聞かせたまひし折、殿の後《あと》の方に寄りたてまつらせたまひしかば、そのままにてさぶらはむは、なめげに見苦しくおぼえしかば、起き上がりて「退かむ」とせしを、『見えまゐらせじ』と思ふなめり」とおぼして、「ただあれ。几帳《きちゃう》つくり出でむ」とて御膝を高くなして、陰に隠させたまへりし御心のありがたさ、今の心地す。

「いつの間に変はりける世のけしきぞ」と、「よろづの人たちのそのかみの人ならぬ中に、わればかりありし昔ながらの人。いかに結び置きける前世《さきのよ》の契りにか」と、もののみ思ひ続けられて、あはれ忍び難《がた》き心地す。（第三一節）

掲出したのは、鳥羽帝の小六条殿から内裏への移転に随伴し、奉仕した事実を記しとどめた部分のうち、当日夜に当る記述箇所である。なお、この一文の前には、変・不変の相による弁別で総括されている記述があるのだが、ここでは立ち入らない。

《われ》が、当のくだりで見届けるのは、夜御殿の帳台である。だが、彼女はその見る行為から、突如（またしても突如なのだが）、「仰せられし言《こと》ども思ひ出でらる」と、堀河帝のことばへの追想に転じてしまい、例によって悲嘆の涙をとどめ得ない状況に沈降するのだった。わたしたちが刮目させられるのは、「片敷きの袖も濡れまさり、枕の下に釣りしつばかり」といった詠嘆であるはずだ。「片敷きの袖」は、おのれの袖だけを敷いて寝る、独り寝のこと。《われ》は、夫を失った妻という べき構図のうちにわが身を転入させて、生の側に取り残された悲哀を発露している、そうした表象の秩序を注視しておくべきだろう。この場面での彼女の情動の高まりは、書き手の長子の思惑を超えたテクスト内の論理における《われ》の内部状況によって現前したものなのであり、操作主体の手から離れた噴出と見なされるだろう。直言すれば、その表現の論理を透視できないのなら、わたしたちは、何も読んでいないに等しい。

この、独り寝の愁嘆は、「ただ一所《ひとところ》の姿の見えさせたまはぬ」との堀河帝不在の現況に収斂し、以下、悲しみの色合いを深める展開において、鳥羽帝の臥すさまを見出すことになる。わたしたちは末尾の「変はらせおはしましし」といった詠嘆を見過ごしてはならない。幼帝への視点が、在世時の堀河帝の形姿に転換されたかたちで、こうも変わってしまったと措き定められるという構文になっているのであった。ありし堀河帝の寝姿に回帰した視点から、変貌したとして、いわけなき幼帝のそれに結びつけるのであって、特異と称してよい整えになっている。

当該記述は、奇怪なことに堀河帝との時間を辿る営みに偏向し続け、「をととし」、嘉承元（一一〇六）年時の、病後の日常に回帰することになる。時間的には明確を得ないが、記録類には、七月三日から九月十七日までの期間、帝の病気についての記事がうかがわれないことから見れば、あるいは、この期間内の某日（八月中とも）の事実にもとづく追想行為であったのかとは推測できるようだ。

病後であるから夜御殿から出ないようにとの白河院の謹慎の指示があったので、同所で語らい過ごすということがらを引き出すと、ただちに、そこに関白忠実が来合わせた事実に向かい、あの膝陰の画像に入り込むのでなければならなかった。

「『見えまゐらせじ』と思ふなめり」とおぼして、「ただあれ。几帳《きちゃう》つくり出でむ」とて御膝を高くなして、陰に隠させたまへりし御心のありがたさ、今の心地す。

堀河帝看病記と同様、《われ》という見られる側を拠点とした取り込みであって、帝は、彼女の、見られまいという思いを察し、膝を高くしてその陰に隠したと提示するのだった。この帝の所為は、日記に三回も記述されているけれども、果たして指示どおりであるのかどうかといった問題に関しては、既述のとおりである。いずれにしても、《われ》にすれば、帰着しなければならない至福の画像だったのだ。

展開を見れば、「御心のありがたさ」などと、その気遣いに固執し、「今の心地す」としながら、詰まるところ、やっと変貌した現況に立ち返ることになる。なお、ちなみに指摘しておくなら、ここから、「よろづの人たちのそのかみの人ならぬ中に、わればかりありし昔ながらの人。いかに結び置きける前世《さきのよ》の契りにか」といった詠嘆に連接させて括る道筋は、論理的に飛躍してしまっているから、留意しておきたい。この磁場では、世は変貌し、おのれ一人だけが、昔どおり出仕生活を送る事実がこと上げされているのであって、従前の堀河帝の気遣いの範疇のことがらとは直截には結びつかないからである。もし、変貌に執着するのなら、庇護の思いでおのれを包み込んでくれた帝も今はいないとして、不在の現実を取り上げる方向性で処されなければならないのであった。

最後に、変・不変の相による看取りにつき、二例ほど掲げておこう。

ア　その夜も御側《おそば》に臥して見れば、夜御殿《よるのおとど》見るに、見し世に変はらぬさましたる。四角の燈楼《よすみのとうろ》、御料《ごれう》などだにことなし。初めたる御渡りなれば、火取り、水取りなどの童持ちたりつる、御枕上《まくらがみ》に左右に置かれたるぞ違《たが》ひたることにてはある。

御傍《かたは》らに臥したるも、「かやうにてこそ、宮上らせたまはぬ夜などはさぶらひしか」とおぼえて、あはれにのみぞ。

みな人は、よげに寝《ぬ》れども、われはもののみ思ひ続けられて目も合はず。滝口《たきぐち》の名対面《なだいめん》、御湯殿《ゆどの》の狭間《はさま》、殿上《てんじやう》の口にて申す声ぞ、聞こゆるほどにおぼえたりしかど、耳に立ちて聞こゆる。左府生《さふしやう》時奏して、「尋ぬべし。心得ねば」といひて、時の簡《ふだ》に杭《くひ》さす音す。左近《さこん》の陣の夜行《ぎやう》、てんめきたる歩くも、昔にも変はることなし。（第三一節）

イ　明けぬれば、「いつしか」と起きて、人々、「めづらしき所々見む」とあれど、具して歩《あり》かばいかがもののみ思ひ出でられぬべければ、ただ恍《ほ》れてゐたるに、おまへのおはしましまして、「いざ、いざ、黒戸《くろど》の道をおれら知らぬに、教へよ」と仰せられて引き立てさせたまふ。

参りて見るに、清涼殿、仁寿殿《じじうでん》、いにしへに変はらず。台盤所《だいばんどころ》、昆明池《こんめいち》の御障子《さうじ》、今見ればみし人に会ひたる心地す。弘徽殿《こきでん》に皇后宮《きさいのみや》おはしましましを、殿の御宿直所《とのゐどころ》になりにたり。黒戸の小半蔀《こはじとみ》の前に植ゑ置かせたまひし前栽《せんざい》、心のままにゆくゆくと生ひて、御春有輔《みはるのありすけ》が、

君が植ゑしひとむら薄《すすき》虫の音のしげき野辺ともなりにけるかな

といひけむも思ひ出でらる。（第三二節）

アは、先ほど掲出した「御帳の帷見るにも」と起こされた、夜御殿の帳台からの堀河帝回帰の記述の上接部分、始発の一文である。《われ》は伺候する夜御殿を基点に、周囲の空間へと視界を広げてゆくのだが、事実の説述に向かわずに、堀河帝の昔日と同じか否かという、すなわち、いわば変・不変の相による切り取りで処理するという叙法をとっていることが明らかだろう。展開の順序から類別すれば、先ず、夜御殿（不変）、帳台内の四角の燈楼や道具類（同）、帳台の枕もとに置かれた火と水（変）、といった弁別を連ね、それを経て、こう伺候している現在状況から、「かやうに

てこそ、宮上らせたまはぬ夜などはさぶらひしか」との追想に変換、中宮（篤子内親王）が参上しない折には、《われ》が伺候したことを想起することになる。彼女はその過去に包み込まれてしまい、帝不在の現実の悲哀に囚われるのだった。

展開としては、再度、変・不変の相による指示に立ち返り、滝口の名対面に対して、かつては聞こえる程度に感受されたものだが、今は耳にこびりつくように聞こえるなどと、変の相で取り込むと、左近衛府の役人の夜行を「昔にも変はることなし」として、不変のそれにおいて見きわめるにとどまる。

次のイは、鳥羽帝が小六条殿から内裏に移転した八月二十一日の翌朝の記述だが、女房たちの誘いを断わり、気の抜けた状態でいる《われ》のもとに幼帝が現れ、黒戸への道を教えるよう催促するので、拒否できないまま随伴するといった展開になっている。

引き続く記述が、殿内巡回となるわけだが、ここから固定化した視座による提示になり、清涼殿、仁寿殿は不変、台盤所と昆明池の障子も「見し人に会ひたる心地す」とあるから、同じく不変、他方、弘徽殿は、皇后（篤子内親王）の在所であったものが、摂政忠実の宿舎になっているというので変（ただ、当該部分の脚注でも指摘したとおり、篤子の在所は飛香舎だったし、その殿舎に忠実の宿所が当てられていたので、事実誤認）、というような内実にあるけれども、末尾の箇所の、それまでの殿舎への視座とは相違する黒戸の小半蔀前の萩に対するそれも、成長を看取っているから、相としては変であるわけで、同様に、引用された御春有輔の歌にしても、ひとむら薄がすっかりのびてしまい、虫の音すだく野辺に化しているというかぎり、変の相における位置づけになっている。

これらア、イの例にはっきりしているように、堀河帝の在世時との対比によって、空間や事物を変・不変の相で統括し、時に過去の時点に没入することにもなる。多弁を弄するまでもなく、現在の状況を基底とした積極的な対応とは無縁な奥行きのない行為になっていることは否めない。

　鳥羽帝出仕日記の叙法上の特徴にかかわる例について簡略に触れておいたが、かなりユニークなこういった《われ》の記述行為は、天仁元（一一〇八）年十二月末の一段で終焉を迎えることになる。たぶん、書き手の長子は、そのことで出仕日記の締め括りとしたのだと見ておいてよかろう。

　出仕日記の展開からすれば、白河院から元日の祝膳の賄いに奉仕すべき由の命を受けた《われ》は、三十日夜、内裏に参上する途次、堀河院を通過する折に邸内の様子を見遣ったとして、無造作に、能因法師の「主なしと答ふる人もなけれども宿のけしきぞいふにまされる」（『後拾遺和歌集』第十、哀傷、ただし、第二句中の「人も」の「も」の本文箇所は「は」）といった歌、要するに、主《あるじ》はもういないと答える人もいないが、静まりかえった宿の様子がことばであらわすより、深い悲哀を語っているとする詠を想起すると、例のとおり、自己の代弁として同化するのであった。実は、これ以降には書き手のレヴェルからの企図が加わり、日記行為そのものに関わる弁明というべき主張に転換した上で、堀河帝思慕にこそ記述の理由があるむねを表明し、全体を総括する跋文としたのである。

　　うち見む人、「女房の身にてあまりもの知り顔に、憎し」などぞ誹《そし》り合はむずらむ。かやうの法門《ほふもん》の道などさへ、朝夕の由《よし》なし物語に、常に仰せられ、聞かさせたまひしかば、ことの有様、思ひ出でらるるままに書きたるなり。もどくべからず。偲びまゐらせざらむ人は何とかは見む。

　　われは、ただ、一所《ひとところ》の御心のありがたく、なつかしう、「女房主《しう》などこそかくはおはしまさめ」とおぼえたまひしが、忘るる世なくおぼゆるままに書きつけられてぞ。

嘆きつつ年の暮れなば亡き人の別れやいとど遠くなりなむ　（第四一節）

いつの時点からか、書き手の長子は、鳥羽帝出仕日記が、堀河帝回帰に傾斜し、記事によっては帝との親密な関係を露呈するかのような内容も含まれているのを（思っても見なかった、テクスト内の《われ》の奔出といった躍動なのだが）、他者からの誹謗の対象になるのではないかと意識し出したのであったろう。それがゆえに、彼女なりの弁明の意思が生じたと見ておけばよい。『あまりもの知り顔に、憎し』などぞ、誹《そし》り合はむずらむ」というようないい方をしているけれども、真意はここにあることを、わたしたちは見通しておかなくてはいけない。

最終部分では、堀河帝を、女主人であったらと仮定して、その気遣う優しさを特記し、それが忘却の淵に沈まないものと感じられるままに（「おぼえたまひし」の箇所、「おぼえ」の「え」が受身をあらわすことは注記したとおりなので、注意）おのずと思慕の情のあらわれとして書かれたものだとし、結尾に、上文でも踏まえた紀貫之歌を配しているが、年が暮れれば故人との別れはいっそう遠くなるという詠嘆に、堀河帝との別れへの思いが託されていることはいうまでもない。

終局的に、書き手は、堀河帝看病記から鳥羽帝出仕日記へと書き連ねた当該日記行為を、堀河帝追慕の営みと位置づけた上で、既成の看病記に序文を冠して一個のテクストとして整合したと理解されるだろう。

ところで、下巻には、鳥羽帝出仕日記のあとに、

① 某年十月十日過ぎの香隆寺参詣についての記述（第四二節）
② 堀河帝看病記の読者との贈答歌（第四三節）
③ 日記読者を常陸殿に選定したむねの記述（第四四節）

と三分類できる記述が存在するが、これらは、日記とは別個の記述、書き継ぎであるから注意したい。構想意識もない状態で香隆寺参詣記事を記しととどめた長子は、末尾の某人との歌の贈答を機縁に、看病記読者との贈答歌を置き、さらにこの読者をポイントに連鎖的に統合体である日記の読者選定の一文を書き添えたと見据えられるだろう。

二　讃岐典侍日記の伝本

『讃岐典侍日記』の伝本に関しては、拙著『校注讃岐典侍日記』（新典社校注叢書9）の解説などで触れているところだが、ここではその大要について言及しておこう。

当日記の伝本としては、現在のところ、三十三本の残存が確認され、これら諸本は、形態的に上巻だけの系統と上下両巻を保有する系統に大別される。

前者は一冊本であり、奥書の類はいっさい記されていない。

①　今小路覚瑞氏蔵本
②　三手文庫蔵、今井似閑本
③　山口県立図書館蔵、今井似閑本模写本
④　彰考館文庫蔵、続扶桑拾葉集所収本
⑤　祐徳稲荷神社蔵、鍋島家本
⑥　京都大学附属図書館蔵、鍋島家本透写本
⑦　桃園文庫蔵、一冊本（1）

⑧ 桃園文庫蔵、一冊本（2）
⑨ 関西大学図書館蔵本

後者は、上下二冊本であり、奥書に「秘書郎」と記されていることから呼称される、秘書郎本系と、鹿島神宮本系（非秘書郎本系とも称される）とに類別される。

秘書郎本系の諸本は、私見によれば、奥書の種類や有無、保有状況などにもとづき、左の四類に識別できるものと思われる。

・奥書の種類

ア 上巻

右拝借仙洞本使安中書泰広《端》 太神景明《奥》 書写之與清閑寺亜相具房卿一校了落字魚魯等不可勝計重可加校正者也

寛永十六稔念二

※ 傍線箇所、「夫」字のものも多い。

イ 下巻

右申請 官本俾源極臈《俊治》書写与岩倉中将一校畢

寛永十六稔臘十六

ウ 下巻結尾

右讃岐典侍日記以柰佐勝皐本書写以百花庵宗固本校合

諸本の類別

一類＝ア、イ、ウを保有するもの

①　群書類従所収本

②　九州大学図書館本

③　宮内庁書陵部蔵本

④　遊行寺本

二類＝ア、イを保有するもの

①　天理図書館蔵、村田春海旧蔵本

②　東京大学史料編纂所蔵本

③　多和文庫本

④　西尾市立図書館蔵、岩瀬文庫本

⑤　神宮文庫蔵、勤思堂本

⑥　神宮文庫蔵　巫書蔵本

⑦　桃園文庫蔵、二冊本

⑧　住吉文庫本

⑨　無窮会図書館神習文庫蔵、井上頼圀旧蔵本

⑩　東京大学附属図書館蔵、南葵文庫旧蔵本

⑪　萩野由之氏蔵、賀茂季隆本

⑫　無窮会図書館神習文庫蔵、「雑筆」所収本

⑬　桃園文庫蔵、清水浜臣旧蔵本
三類＝イもしくはその一部のみを保有するもの
①　歌仙堂文庫蔵、賀茂季隆本
②　神宮文庫蔵、「きよきなきさの集」所収本
四類＝奥書を保有していないもの
①　彰考館文庫蔵、八洲文藻所収本
②　宮内庁書陵部蔵、八洲文藻所収本
別系統、鹿島神宮本系
①　高橋貞一氏蔵本
②　関西学院大学図書館蔵本
③　彰考館文庫蔵、小山田本

三　主要研究文献

校本・影印本

校本讃岐典侍日記　片桐洋一篇　松蔭女子学院大学国文学研究室　一九六六年
校本讃岐典侍日記　今小路覚瑞・三谷幸子編　初音書房　一九六七年
讃岐典侍日記　石井文夫編　勉誠社　一九七九年
関西学院大学本さぬき日記　本位田重美・植村真知子編　和泉書院　一九七九年

讃岐典侍日記（西尾市立図書館蔵岩瀬文庫本）　守屋省吾編　新典社　一九八一年

注釈書

讃岐典侍日記通釈　玉井幸助　育英書院　一九三六年
讃岐典侍日記（文庫）　玉井幸助　岩波書店　一九三九年
讃岐典侍日記（古典全書）　玉井幸助　朝日新聞社　一九五三年
讃岐典侍日記　尾崎知光　桜楓社　一九六〇年
讃岐典侍日記全註解　玉井幸助　有精堂　一九六九年
讃岐典侍日記（古典文学全集）　石井文夫　小学館　一九七一年
讃岐典侍日記（学術文庫）　森本元子　講談社　一九七七年
讃岐典侍日記　研究と解釈　草部了円　笠間書院　一九七七年
讃岐典侍日記全評釈　小谷野純一　風間書房　一九八八年
讃岐典侍日記（新古典文学全集）　石井文夫　小学館　一九九四年
校注讃岐典侍日記（校注叢書）　小谷野純一　新典社　一九九七年
讃岐典侍日記全注釈　岩佐美代子　笠間書院　二〇一二年

研究書

宮廷女流日記文学　池田亀鑑　至文堂　一九二七年
平安女流日記文学　今井卓爾　啓文社　一九三一年
日記文学概説　玉井幸助　目黒書店　一九四五年
平安時代日記文学の研究　今井卓爾　明治書院　一九五七年

日記文学の研究　玉井幸助　塙書房　一九六五年
平安女流日記文学の研究　宮崎荘平　笠間書院　一九七二年
平安朝日記Ⅱ　日本文学研究資料刊行会編　有精堂　一九七五年
論叢王朝文学　上村悦子編　笠間書院　一九七八年
日記文学　作品論の試み　中古文学研究会編　笠間書院　一九七九年
平安女流日記文学の研究　続編　宮崎荘平　笠間書院　一九八〇年
平安後期女流日記の研究　小谷野純一　教育出版センター　一九八三年
平安後期日記文学論　更級日記・讃岐典侍日記　守屋省吾　新典社　一九八三年
平安女流日記作家の心象　加納重文　和泉書院　一九八七年
『讃岐典侍日記』の研究　林水福　台湾・豪峰出版社　一九九〇年
論集日記文学　木村正中編　笠間書院　一九九〇年
女流日記への視界　小谷野純一　笠間書院　一九九〇年
日記文学研究　第一集　日記文学懇話会編　新典社　一九九二年
日記文学の成立と展開　森田兼吉　笠間書院　一九九五年
女流日記の論理と構造　宮崎荘平　笠間書院　一九九五年
平安日記の表象　小谷野純一　笠間書院　二〇〇三年
讃岐典侍日記への視界　小谷野純一　新典社　二〇一一年

改訂本文一覧

上部に改訂本文を、下部に底本、群書類従所収本の本文をそれぞれ掲げた。漢数字は、頁数、アラビア数字は行数を示す（ただし、小見出しは数えない）。私に訂したものについては、括弧内に注記してある。

上巻

二①　干しわぶらむも—ほしわふらむと
二①　ことわりと—ことはりも
二⑥　雫も—雫に
二⑫　思ひ出づることども—しいづる事とも
四③　書きたることなれど—書きたることなれは
八③　北の院—北の陣
八⑦　召しにやりつ—召にやりつゝ
一〇③　ただせさせたまふ—たてさせ給ふ
一〇③　尊勝にて—尊勝寺にて
一〇⑤　さぶらふべき—さふらへき
一二⑦　弛みさぶらはねど—たゆみ侍らねど
一二⑧　さぶらはばこそ—侍らはこそ
一八⑤　扱ひまゐらさせたまはめ—あつかひまいらせ給は
二二⑪　あの—何の
二四⑦　しも—しか
二六③　さぶらはせたまひて—侍らせ給ひて
三〇②　黒煙りを立てて—くろけふりを立て
三二②　御枕上《まくらがみ》—やかて枕かみ
三二③　祈らさせたまふ—いのらせ給ふ
三四⑥　会はせさせたまひて—あそはさせ給ひて
三四⑦　見まゐらするままに—文まいらするまゝに
三四⑦　申さむも—申さんと
三六①　大臣殿《おほいどの》など—大臣殿
三六②　賢暹法印《けんせんほふいん》（意改）—せんせい法印
三八⑪　御傍《かたは》ら—かたはら
四〇⑮　聞くぞ—聞くに
四二④　故右大臣殿《みぎのおほいどの》の子—故右大臣の子
四四⑤　まゐらせらるる—参らせらる
四四⑨　聞くなりけり—きくに威にけり
四四⑩　とぞ（意改）—よそ
四四⑩　苦しがらせたまふ—にてしからせ給ふ
四四⑫　大臣殿三位《おほいどののさんみ》—大殿の三位
四六③　とらへまゐらせゐたり—とらへまいらせ給たり
四六④　少しのどまらせたまひぬる御けしきなり—ナシ
四六⑥　大臣殿三位《おほいどののさんみ》—大殿の三位
四六⑫　帰り参られたれど—帰り参られたれは
四八②　苦しくこそなるなれ—くるしくこそなかるれ
四八③　南無阿弥陀仏《なむあみだぶつ》、南無阿弥陀仏—南無阿弥陀仏

とそ
四八⑤　局々《つぼねつぼね》の―□〳〵の
四八⑤　さはさはと―さは〳〵
四八⑥　仰せられ出だすを―おほせられ出すと
五〇⑨　探られさせたまふは―さくられ給ふはと
五二③　申させたまへど―申させ給も
五二⑥　何のもののおぼえむにか―何の物おほえんにか
五二⑨　僧正―ナシ
五二⑨　まことに―誠
五四⑩　日頃―月ころ
五六③　出でさせたまひぬるぞ―出させ給ひぬると
五六⑤　中将《ちゅうじゃう》―中将の
五六⑨　われもわれもと―我も〳〵と
五八⑫　目見開けさせたまひつらむを―うち見あけ給ひつらんを
六〇②　押し当ててぞ添ひゐられたる―をしあてゝそへゐられたる
六〇③　人たちの―人たち
六二⑧　端様《はしさま》にて―おなしさまにて
六二⑮　声絶《こわだ》えもせず（意改）―こゐたにもせす
六四①　過ぎゐられぬるにや（意改）―すきいられるや
六四③　助けさせたまへと―たすけたまへと
六四④　あれば―あれと
六四⑨　「もしや」と―ナシ
六四⑮　いかでか―いかて
六六①　置きまゐらせては―をきまいらせて
七〇⑥　日記《にき》（意改）―ひき
七〇⑩　語るを―かたを

下巻
八〇①　五、六日になれば―五六日なれは
八二③　院宣にて―院宣は
八四⑭　思ひ絶えたりつる―おもひたへたり
八六⑤　いそぐめれど―いそくめれは
八六⑥　この月―この日
八八⑦　車寄せに―車よせよ
九〇⑨　黄白《くわうはく》（意改）―くはうこゝ
九〇⑩　別《べち》に―へちにも
九二⑬　寄りて―よりと
九六⑮　心地する―心ちす
一〇〇⑤　まゐらすれば―参らすれう
一〇〇⑤　笥子《けぐ》して召すぞ（意改）―けくにしてめすそ
一〇二⑤　いかなりし―はかなりし
一〇二⑨　申さむ（意改）―申し
一〇四②　欠かじ―かくして
一〇六③　迎へに―むかひに
一〇六⑧　扱ふなる―あつかふる
一〇六⑧　殊の外にてあるに（意改）―ことの外にくな

けに
一〇六⑪ まかり隠れむずらむ—まかせかくれすらむ
一〇八① 今ぞ—今に
一〇八④ 参りたれば—参りけれは
一〇八⑤ 後三条院（意改）—三条院
一〇八⑩ 二十人の—共人の
一一〇③ とて—見て
一一〇④ それ聞きに—それきくに
一一〇⑥ さぶらはるる人—さふらはる人
一一〇⑧ 見ゆれ—みゆる
一一二⑦ ゐ並みたり—ゐなはたり
一一二⑧ 有様—見さま
一一二⑧ 水かく（意改）—みつから
一一二⑧ 山の様（意改）—山の座主
一一二⑧ 五色《ごしき》の水垂る（意改）—こしきのわたる
一一二⑨ 違《たが》はず—たかはて
一一二⑭ おまへ—ナシ
一一四⑤ 菖蒲《さうぶ》葺き—さうふ
一一四⑨ 見ゆるに—みえけるに
一一六③ 論議を—ろんきと
一一六⑤ 事もなく—事となく
一一六⑨ われは—みれは
一一六⑪ ゆゆし—ゆかし
一一六⑫ 待ちゐさせたまふに（意改）—待参らさせ給
ふあ
一一八③ 心もとなきに—心けなさよ
一一八④ 暗くて—くるしくて
一一八⑥ 始めて（意改）—はしつめて
一一八⑥ ゐ合はれたりしに—あわれたりしに
一二〇② 同じごと—おなしと
一二〇⑤ 悲しきこと—出なし事
一二〇⑥ 月経ちては—日たちては
一二〇⑦ 待ちまゐらすれ—待参らすれは
一二〇⑩ またの日—□の
一二二⑦ 降りけむ—おりそん
一二二⑧ 並みゐられたる—なえ居られたる
一二二⑭ 思ひ出でらる—思ひ出たる
一二二⑭ こそ—みそ
一二二⑮ 出でさせたまひしかと—いかゝさせ給ひしと
一二四② 参りたりや—参りたるや
一二四⑩ 脱ぎ替へまうき—ぬきかへましき
一二四⑪ とて—とそ
一二六④ 思はぬに—おもはぬ
一二六⑧ あなれど—あれと
一二六⑫ その日になりて—その日もなりて
一二八③ 御供に—御仰せに
一二八⑥ 二十余日にこそ—廿余日こそ
一三〇② 四角《よすみ》の燈楼《とうろ》、御料《ごれう》などだにことなし（意改）—
にそみのところ此かなとたにこそなし
一三〇③ 御渡り—御あたり

一三〇⑨　左府生《さふしやう》（意改）—うけせう
一三〇⑩　心得ねば—心みねは
一三二②　いはけなげにて—いはけなきにて
一三二③　おはしまししと—おはせましゝと
一三二⑦　後《あと》の方—あとかた
一三二⑨　退かむとせしを—の給はんとせし
一三六②　思ひ出でらる—思ひ出たる
一三六④　玉と（意改）—玉を
一三六⑭　ある—ありし
一三六⑮　ありしもぞ（意改）—あるし昔
一三八⑦　とて—とそ
一三八⑦　下りし—おはし
一四〇①　笛の譜（意改）—笛の音
一四二①　播磨守長実《はりまのかみながざね》—播磨守なりさね
一四四⑫　戸《と》の端《つま》まで—とのつまして
一四六③　由《よし》申すを—よしを
一四六⑧　磨かれたる—つくりみかゝれたる
一四八①　輝かしきまで—かゝやきしまて
一四八②　美目《みめ》—みま
一四八⑥　雪のにほひに—雪の匂ひ
一四八⑥　けざけざと—ふさ〳〵と
一四八⑥　めでたきに—めてさに
一四八⑦　え入らせたまはで（意改）—え参らせ給はて
一四八⑦　御覧ぜしに—御覧せしよ
一四八⑨　裾《すそ》—さを
一四八⑫　思ひ結ぼほるるも—思ひむすほるゝも
一四八⑬　あの、うちつくり（意改）—なのうちへくも
一五二⑤　べきぞ—へきを
一五二⑨　殿の—殿
一五二⑬　御心よ—御心に
一五四①　頓《とみ》にも—とみに
一五四⑨　たまへむ（意改）—たまはむ
一五四⑨　待ちゐたる—待ゐたり
一五四⑨　いづみなど—いつはると
一五四⑫　ゆゆしぞ—ゆゝしに
一五六⑥　雲の上かな—雲の上人
一五八⑦　敷きたれば（意改）—しきなれは
一五八⑩　笛、その子（意改）—の子
一六〇②　響き合ひたる—ひゝきあひたり
一六〇⑭　雅定《まささだ》（意改）—まさたゝ
一六〇⑮　うち添へさせたまひて—うちそひさせ給ひ
一六二⑤　みな—みなく
一六四⑦　隈なきに—くまなきも
一六四⑨　いとど（意改）—いさ
一六六⑩　聞かさせたまひしかば—きこえさせ給ひしかは
一六八⑥　参りたるに—まりたるに
一六八⑥　末《うら》—うす
一七〇②　悲しき—くるしき
一七二⑥　語らひ暮らして—かきらひくらして

脚注語句索引

脚注部分で扱った語句を五十音順に配列した。下の数字が頁数を示す。括弧内に脚注該当箇所の番号を記した。

【あ】

【い】

【う】

【え】

【お】

【き】

【く】

【け】

【さ】

【し】

【た】

【ち】

【つ】

【ほ】

【ま】

【み】

和歌各句索引

『讃岐典時日記』中の和歌二十三首について、各句を五十音順に配列した。下の数字が頁数を示す。

著者——小谷野《こやの》 純一《じゅんいち》

二松学舎大学大学院文学研究科国文学専攻修士課程修了　現在大東文化大学名誉教授

著書　『平安後期女流日記の研究』（教育出版センター　1983年）・『讃岐典侍日記全評釈』（風間書房　1988年）・『女流日記への視界—更級日記・讃岐典侍日記をめぐって—』（笠間書院　1991年）・『更級日記全評釈』（風間書房　1996年）・『校注讃岐典侍日記』（新典社　1997年）・『校注更級日記』（新典社　1998年）・『平安日記の表象』（笠間書院　2003年）・『紫式部日記』（原文＆現代語訳シリーズ　笠間書院　2007年）・『紫式部日記の世界へ』（新典社新書28　新典社　2009年）・『更級日記への視界』（新典社選書36　新典社　2010年）・『讃岐典侍日記への視界』（新典社選書43　2011年）

編著『源氏物語の鑑賞と基礎知識36　蓬生・関屋』（至文堂　2004年）

原文＆現代語訳シリーズ
讃 岐 典 侍 日 記

2015年2月25日　　初版第1刷発行

著 者　小谷野　純一

装 幀　笠間書院装幀室

発行者　池 田 圭 子

発行所　有限会社 **笠間書院**

東京都千代田区猿楽町2-2-3［〒101-0064］
電話　03-3295-1331　Fax　03-3294-0996

NDC分類 913.3

ISBN 978-4-305-70424-5

モリモト印刷
（本文用紙：中性紙使用）

落丁・乱丁本はお取りかえいたします。
出版目録は上記住所までご請求下さい。
http://kasamashoin.jp